わたしが
いどんだ戦い
1939年

キンバリー・ブルベイカー・ブラッドリー 作
大作道子 訳

The War That Saved My Life

評論社

THE WAR THAT SAVED MY LIFE
by Kimberly Brubaker Bradley

Copyright ©2015 by Kimberly Brubaker Bradley
Japanese translation rights arranged with Curtis Brown Ltd.
through Japan UNI Agency, Inc., Tokyo.

装画／浦上和久
装丁／川島 進

わたしが いどんだ戦い　１９３９年

わたしをイギリスと出会わせてくれたキャスリーン・マグリオチェティへ

1

「エイダ！　窓《まど》から離《はな》れるんだよ！」

母さんのどなり声。腕《うで》をつかまれ、思いきり引っぱられたわたしは、いすから落ちて、床《ゆか》にたたきつけられた。

「スティーヴン・ホワイトにあいさつしてただけだよ」

言いかえさないほうがいいとわかっていても、頭が働く前に口が開いてしまうことがある。その夏、わたしは〝戦い〟をはじめていたから。

たおれたわたしを、母さんがひっぱたく。手かげんなし。わたしはいすの脚《あし》に頭をぶつけた。目の前に星がちらつく。

「おしゃべりは禁止《きんし》だ！」母さんが言う。「あたしが親切で窓の外を見せてやってるのに、おまえはそうやって鼻を突《つ》きだすばかりか、だれかに話しかけるときてる。窓を板でふさいじまうよ！」

「ジェイミーは外にいるじゃない」わたしはぼそりと言った。

「そりゃそうさ。あの子は奇形《きけい》じゃないんだから。おまえとちがってね」

言いかえしたかったけど、がまんして唇《くちびる》をかみしめ、頭をふって気をとりなおそうとした。

そのとき、床《ゆか》に血のあとがついていることに気づいた。どうしよう。昼間そうじしたつもりだったのに。母さんに見つかったら、わたしのたくらみは、あっというまに見ぬかれる。そうなったら、ただですむわけがない。からだをずらして血のしみの上にすわり、悪いほうの足をお尻《しり》の下にかくした。

「お茶をいれとくれよ。そろそろ仕事に行く時間だ」

母さんはベッドのはしにすわって、ストッキングをぬいだ。どこも悪くない二本の足が、わたしの目の前で動く。

「はい、母さん」

わたしは窓辺《まどべ》のいすを少しずらして、血のしみをかくした。それから、かさぶたのできた悪い足が母さんの目に入らないよう気をつけながら、床をはっていった。別のいすにはいあがって、ガスこんろに火をつけ、やかんをのせる。

「パンを切って、肉の脂《あぶら》といっしょによこしな。弟の分は、とっておくんだよ。もしもあまったら、窓の外に投げるといいさ。スティーヴン・ホワイトがおまえの晩《ばん》ごはんをほしがるかどうか、たしかめられるじゃないか。どうだい?」

母さんはそう言って、ケラケラと笑った。

わたしはだまっていた。パンをふた切れ、ぶあつく切って、のこりは流し台の奥《おく》へもどした。

ジェイミーが帰ってくるのは母さんが出かけたあとだろうし、あの子はいつだって、食べものがあればわけてくれる。

わたしがお茶をいれると、母さんはこっちに来てマグカップを手にとった。

「おまえの腹《はら》のうちは、目を見りゃわかるんだよ。あたしをだませるなんて思うんじゃない。そのままの姿《すがた》にがまんしてやってるんだから、おまえはめぐまれてるんだよ。もっとひどいことだってありえるんだ。まるでわかってないね」

わたしは自分のマグカップにお茶をそそいだ。ゴクリとひと口飲むと、熱いお茶が焼けつくようにしておなかに落ちていった。母さんはじょうだんを言ってるんじゃない。でも、わたしも本気だ。

戦争にもいろいろある。

わたしが語るこの話は、四年前、一九三九年の夏が来たころにはじまる。今は二度目の世界大戦のただなかだけど、そのころは、イギリスが参戦するかしないかの瀬戸際《せとぎわ》だった。みんな不安になっていた。わたしは十歳《さい》（ただし、自分の年をまだはっきり知らなかった）で、ヒトラーというドイツ人の名前は知っていた。通りで人々がうわさしたりののしったりする声が、アパートの三階の窓辺にいるわたしの耳にもきこえてきたからだ。でも、ヒトラーのことも国同士の戦争のことも、どうでもよかった。

ここまで読んだ人は、わたしが母さんと戦争していたと思うかもしれない。でも、わたしの最初の戦争の相手は、弟だった。その年の六月のことだ。

弟のジェイミーは、もじゃもじゃの茶色い髪《かみ》に天使のような目をしたわんぱくな男の子。六歳《さい》だから秋から学校に行かなきゃならないと母さんは言っていた。ジェイミーはわたしとちがって、どこも悪くないじょうぶな足をしている。その足で走っていってしまい、わたしはとりのこされた。

一人になるのは、すごくいやだった。

わたしたちの住まいはアパートの三階にあり、部屋はひとつきりだった。母さんは、同じ建物の一階のパブで、夜働いていた。午前中はおそくまで寝《ね》ているので、そのあいだ、ジェイミーがさわがないように気をつけたり、食事を用意したりするのはわたしの仕事だった。起きてからの母さんは、買いものにいったり、近所のおばさんたちと話をしたりして過《す》ごす。ジェイミーをつれて出かけることもあったけど、たいていは一人で。夜は仕事に出かけるので、わたしがジェイミーに晩《ばん》ごはんを食べさせ、子守歌をうたって寝かしつけてやる。おぼえているかぎりずっと、こうしてきた。ジェイミーがまだおむつをしていて、おまるも使えなかったころからだ。

二人で遊んだり歌をうたったり、窓《まど》の外の世界をながめたりもした。荷車を引いた氷売り。みすぼらしいポニーをつれたくず屋。夕方になると帰ってくる港の労働者《ろうどうしゃ》たち。せんたくものをほしたり、玄関《げんかん》の前でおしゃべりしたりする女たち。なわとびやおにごっこをして遊ぶ近所の子どもたち。

そのころだって、階段《かいだん》をおりられないわけじゃなかった。はっていくか、お尻《しり》ですべるかすればよかったのだ。それぐらいは一人でできた。でも、一度思いきって外に出たら、母さんに見つかって、肩《かた》から血が出るほどぶたれた。

「この恥知《はじし》らず！」母さんはわめくように言った。「見苦しい足の怪物《かいぶつ》め！　世間に恥をさらすなんて、あたしはごめんだよ！」

今度同じことをしたら、窓を板でふさぐと母さんは言った。いつものおどし文句《もんく》だ。

わたしの右足は、足首のところで内側にねじれている。サイズも左足より小さい。ねじれているせいで、足の裏《うら》は上を向いていて、指は地につかなくて、甲《こう》が地面にふれている。こんな足がちゃんと動くはずがないし、右足に体重をかけると痛《いた》むから、そんなことはほとんどしたことがなかった。はうのは得意だった。ジェイミーが家にいれば、一つしかない部屋にとじこもっていても平気だった。でも、ジェイミーも大きくなって、ほかの子どもたちと外で遊びたがるようになった。母さんは、わたしにはこう言った。

「あたりまえだろ。ジェイミーにおかしいところはないんだから」

ジェイミーには、こう言った。

「おまえはエイダとはちがう。どこでも好きなところへ行っていいよ」

「だめだよ」わたしは言った。「わたしの目のとどくところにいなきゃだめ」

最初はそうしていたジェイミーも、ほかの男の子たちとなかよしになると、どこかへ走っていってしまい、一日じゅう姿《すがた》が見えなくなった。帰ってくると、テムズ川の港の話をしてくれた。世界じゅうから大きな船がやってきて荷物をおろすんだよ、と。汽車の話や、このアパートの建物より大きい倉庫の話もしてくれた。セント・メアリー教会も見たという。いつも時間を知らせてくれる鐘《かね》があるところだ。日が長くなるにつれて、ジェイミーはおそくまで遊ぶようになり、母さんが出かけて何時間もたつまで帰ってこなくなった。ジェイミーが家をあけてばかりいても、母さんは気にしなかった。

部屋の中はまるで牢屋《ろうや》だった。暑くて静かでがらんとしていて、がまんできないほどだった。ジェイミーに家にいてもらいたくて、いろいろやってみた。まずはドアの前に立ちはだかってみたけど、ジェイミーはわたしより力が強くなっていた。母さんに、どうかジェイミーを行かせないでとたのんでもみた。ジェイミーをおどしたこともある。そしてある暑い日、眠《ねむ》っているジェイミーの手足をひもでしばった。それは実際《じっさい》、うまくいった。

ジェイミーが目をさます。泣きもわめきもしない。一度手足をばたつかせたけど、そのままあきらめて横になり、わたしを見た。

ジェイミーの頰《ほお》を涙《なみだ》がつたった。

わたしはあわててひもをほどいた。自分が怪物《かいぶつ》になったような気がした。ジェイミーの手首に、赤くあとがついている。きつくしばったからだ。

「二度とこんなことしない」わたしは言った。「約束する。もうぜったいにしないからね」

ジェイミーの涙は止まらない。そのとき気づいた。生まれて初めてジェイミーを傷《きず》つけてしまったことに。それまでは、たたいたことだって一度もなかった。

今のわたしは、まるで母さんみたいだ。

「ぼく、外に行かないよ」ジェイミーが小さな声で言った。

「いいんだよ、行っていいんだよ。ほら、お茶を飲んで、それから遊びに出かけなよ」

わたしはそう言ってジェイミーにマグカップをわたした。パンをひと切れと、バターがわりの肉の脂《あぶら》も。その朝、母さんはどこかへ出かけていて、ジェイミーとわたしだけしかいなかった。わたしはジェイミーの頭をぽんぽんとたたいて、てっぺんにキスしてやり、それから歌をうたってやった。笑顔を見せてくれそうなことを全部やった。

「どうせ、もうすぐ学校に行くんだしね」口に出してはじめて、そうなることを実感した。「そしたら一日じゅういないんだもんね。でも、わたしはだいじょうぶ。なんとかするから、だいじょうぶだよ」

ジェイミーをなだめて送りだし、出かけていく姿に窓《まど》から手をふった。

そのあと、もっと早くからやっておくべきだったことにとりかかった。歩く練習だ。

歩けるようになれば、母さんはわたしをそれほど恥《は》ずかしく思わなくなるかもしれない。足の奇形《きけい》をごまかせるようになるかもしれない。もしかしたら、この部屋を出られるかもしれない。そしたらジェイミーといっしょにいられる。ずっとじゃなくてもいいけど、ジェイミーがわたしを必要としているなら、そばにいてあげたい。

そして、思《おも》い描《えが》いたとおりではなかったものの、実際《じっさい》そうなった。ジェイミーとの小さな戦争の終わりと、ヒトラーの戦争という大きな戦争のはじまり。この二つのできごとが、ついには、わたしを自由にしてくれた。

2

決心したその日から、歩く練習をはじめた。よじのぼるようにしていすにすわり、両足を床《ゆか》につける。正常《せいじょう》な左足。不自由な右足。いすの背《せ》につかまり、ひざをまっすぐにのばして立ちあがる。

わたしの足がどう不自由なのか説明しておきたい。

立つことはできる。うそじゃない。片足《かたあし》でとびはねて進むことも、そうしたいと思えばできなくはない。でも、手とひざではうほうがずっと速い。うちのアパートはすごくせまいから、わざわざ立とうなんて思うことはほとんどなかった。だから、足の筋肉《きんにく》、特に右足のほうは、立つことに慣《な》れていなかった。背中の力も弱かった。でも、そういうのはみんな、たいしたことじゃなかった。立つことさえできればいいのなら、特に不自由じゃなかった。

問題は、歩くことだ。歩くためには、悪いほうの足を地面につけなければならない。その足に全体重をかけて、もう片方の足を持ちあげて、ふらふらしても、どんなに痛《いた》くても、たおれないようにする。

練習一日目、よろけながらも、いすのわきで立ちあがった。左足にかかっていた体重を、ゆっくりと右足にうつす。ものすごく痛《いた》い。

ふだんから歩いていれば、これほどつらくなかったかもしれない。小さくて弓なりに曲がった足首の骨《ほね》だって、歩くことに慣《な》れていたかもしれない。うすっぺらい皮膚《ひふ》も、もっとじょうぶになっていたかもしれない。

でも、今さら言ってもしょうがないし、立っているだけじゃ、ジェイミーにはちっとも近づけない。いすから手を離《はな》す。悪いほうの足を持ちあげる。からだを前におしだす。ナイフでさされたように足首が痛い。床《ゆか》にたおれる。

起きあがる。いすにつかまる。からだを立てなおす。前に進む。たおれる。起きあがる。もう一度やってみる。今度はいいほうの足を先に前に出した。ウッと声をあげながら、悪いほうの足を持ちあげて、つぎに……バタン！

悪いほうの足の裏《うら》に傷《きず》ができた。床に血のしみがつく。しばらくつづけたけど、もうむりだと思った。ふるえながら両ひざを床につき、ぼろきれをとって、よごれをふいた。

それが一日目のこと。二日目はもっとひどかった。いい方の足まで全体が痛くなった。両足をまっすぐにするだけでたいへんだった。たおれたときに両ひざにあざができていたし、悪いほうの足の痛みも引いていなかった。二日目にできたのは、いすにつかまって立つことぐらいだった。立ったままで窓《まど》の外をながめた。片足《かたあし》からもう片方の足に、体重をうつす練習をした。そのあとベッドに横になり、痛いのと疲《つか》れたのとで、泣いた。

歩く練習のことは、もちろん、ないしょにしていた。ちゃんと歩けるようになるまで、母さんには知られたくなかったし、ジェイミーにうちあけたら、母さんに伝わってしまうと思った。大声を出せば、通りにいる人たちにこの一大決心を伝えることができただろうけど、そんなことしてもなんにもならない。わたしは毎日、窓の外の人たちをながめていて、ときには話しかけていた。それにこたえて手をふってくれる人はいたし、「やあ、エイダ！」と声をかけてくれる人もいた。でも、ちゃんと会話しようとしてくれた人は一人もいなかったと思う。

歩けるようになったら、母さんは笑いかけてくれるかな。「おまえはかしこい子だったんだね」なんて、言ってくれるかもしれないな。

そんな思いだけがふくらんだ。きつかった一日が終わり、ベッドに入って足をおさえ、もう泣くまいと涙《なみだ》をこらえながらふるえていると、つい想像《そうぞう》してしまう。わたしの手をとっていっしょに階段《かいだん》をおりてくれる母さんを。外につれていってくれて、通りにいる人たちに、「この子はエイダ。あたしの娘《むすめ》だよ。ほら、思ったより役に立つ子だろう」なんて言ったりする母さんを。

だって、わたしの母さんなんだから。

買いものを手伝うわたしを想像する。学校に行くわたしを想像する。

夜おそく、開いた窓のそばでジェイミーをひざにのせて言った。

「今日は何を見たの？　何をおぼえたの？　全部話してちょうだい」

「お店に行ったよ」ジェイミーがこたえる。「くだもの屋さん。くだものだらけなんだ。台の上にいーっぱいあるの」

「どんなくだもの？」

「ええと、リンゴ。あと、リンゴみたいだけどちょっとちがうやつもあった。オレンジ色でつやつやの丸いやつとか、緑色のやつとか――」

「名前をおぼえてこなくちゃ」と、わたし。

「むりだよ。お店のおじさんがこわいもん。くだものをぬすむ、きたない貧乏人《びんぼうにん》に用はないって、ほうきで追いはらわれちゃった」

「ジェイミーったら。あんたはきたない貧乏人なんかじゃないよ」

ジェイミーもわたしも、ときどきおふろに入っている。母さんが、くさくてがまんできないと思ったときだ。

「それに、ものをぬすんだりしないでしょ」

「ぼく、ぬすむよ」

ジェイミーはそうこたえ、シャツの中に手を入れると、「リンゴみたいだけどちょっとちがうやつ」をひとつとりだした。ぼてっとしていて、黄色くてやわらかい。そのときはまだ名前を知らなかったけど、ナシだった。かじると、汁《しる》があごをつたった。

あんなにおいしいものは、はじめてだった。

次の日ジェイミーは、トマトを一つとってきた。そのまた次の日、肉屋でぶつ切り肉を一つとろうとして、つかまった。肉屋の主人は、路上でジェイミーをなぐりつけ、家までやってきて、母さんに文句《もんく》を言った。母さんも、ジェイミーの首ねっこをつかんでなぐりつけた。

「ろくでなし！　お菓子《かし》をぬすむならまだわかる！　肉をぬすんでどうするんだよ」

「エイダが腹《はら》ぺこだから」ジェイミーは泣きながらこたえた。

たしかに腹ぺこだった。歩く練習をすると体力を使うから、いつでも腹ぺこだった。でも、母さんにそれを言っちゃいけない。ジェイミーも気づいたようだ。ぎょっとしたように目を丸くした。

「エイダ！　今まで気づかなかったよ！」

母さんはくるりと向きを変えてわたしを見た。

「弟にぬすみをさせたのかい？　救いようのない子だね！」わたしを逆手《さかて》ではたこうとする。いすにすわっていたわたしは、よけるために思わず立ちあがった。

やってしまった。一歩でも動いたら、秘密《ひみつ》を知られてしまう。母さんは、ぎらついた目でにらみつけている。

「ずいぶんと、えらくなったもんだね、え？　ひざまずいて、戸棚《とだな》に入るんだよ」

「それはやめて、母さん」わたしは床《ゆか》にしずみこみながら言った。「お願いだから」

流し台の下のせまい戸棚のことだ。ときどき水道管から水がもれるので、いつもじめじめしていて、いやなにおいがする。それに、ゴキブリがいる。広いところでなら、ゴキブリもあまり気にならない。紙でたたいて、窓《まど》から捨《す》てればいいから。でも、戸棚《とだな》の暗闇《くらやみ》の中で、たたくのはむりだ。ゴキブリたちはそこらじゅうをはいまわる。一度なんて耳の中に迷《まよ》いこんできた。

「さあ、お入りよ」母さんは、にやりと笑った。

「ぼくが入るよ。肉をぬすんだのはぼくだから」ジェイミーが言う。

「エイダが入るんだよ」母さんは、ジェイミーに笑顔を向けた。「おまえがぬすみをするたびに、エイダは戸棚の中で寝《ね》るのさ」

「ひと晩《ばん》じゅうじゃないよね」と、つぶやいてみたけれど、もちろんひと晩じゅうだった。


わたしは、どうしようもなくひどい目にあうと、頭の中に逃《に》げこむ。小さいころから身につけていたわざだ。頭の中に逃げこめば、いすの上、戸棚の中、どこにいようと関係なく、何も見えなくなりきこえなくなり、感じることさえなくなる。姿《すがた》を消すのと同じことになるのだ。

便利なわざだけど、このときは、すぐにはうまくいかなかった。戸棚の中での最初の何分かは、最悪だった。そのあと、せまいところに入ったせいで、からだが痛《いた》みはじめた。わたしは以前より大きくなっていたから。

朝になって母さんに出してもらったときは、ぼうっとして、気持ちが悪かった。からだをのばすと、ものすごい痛みが走った。手足がしびれて、ピンや針《はり》をさされたように痛い。床《ゆか》にたおれこむ。母さんはわたしを見おろして言った。

「いい勉強になっただろうよ。思いあがるのはやめるこったね」

母さんは、全部ではないにしろ、わたしの秘密《ひみつ》に気づいているだろう。わたしはだんだん強くなっていく。母さんはそれが気に入らないんだ。母さんが出かけたとたんに、わたしは立ちあがって、部屋の反対側まで一生けんめい歩いた。

八月も終わりに近づいていた。ジェイミーが学校に行きはじめる日も近い。ジェイミーと離《はな》れることは前ほど不安じゃなくなったけど、母さんと二人だけになる時間がふえると思うと恐《おそ》ろしかった。ところがその日、ジェイミーが、あわてた様子で早めに帰ってきた。

「ビリー・ホワイトが言ってたけど、子どもはみんな、どこかへ行くんだって」

ビリー・ホワイトはスティーヴン・ホワイトの弟で、ジェイミーのいちばんの友だちだ。

母さんは仕事に出かけるしたくをしていた。靴《くつ》ひもをむすんで、からだを起こしながらつぶやく。

「そうらしいね」

「どこかへ行くってどういうこと?」わたしはたずねた。

「ロンドンを離《はな》れるのさ。ヒトラーと、その爆弾《ばくだん》のせいらしいよ」母さんはそう言うと、わたしではなくジェイミーを見た。「ロンドンは爆撃《ばくげき》されるから、子どもはみんな、安全な田舎《いなか》へやったほうがいいんだとさ。おまえをやるかどうか、まだ決めてないんだよ。そうしたほうがいいかねえ。食べる口が一つへれば、安あがりだから」

「爆撃《ばくげき》って、なに？　田舎《いなか》って、どこ？」

わたしの質問《しつもん》を、母さんは無視《むし》した。

ジェイミーはいすによじのぼって、横木に足をかけた。なんだかとても小さく見える。

「金曜日に出発だってビリーが言ってたよ」金曜日は二日後だ。「お母さんが新しい服を買ってくれるんだって」

「うちには新しい服を買うお金はないね」と、母さん。

「わたしはどうなるの？」と、きく。変に小さな声になってしまった。「わたしも行くの？　どうなるの？」

母さんはまだこちらを見ない。

「行くわけないだろう。子どもたちは、いい人たちのところへ送られるんだ。だれがおまえをあずかりたがるんだい？　だれもいないさ。いい人たちは、そんな足を見たくないんだよ」

「悪い人たちと暮《く》らしたっていいよ。ここで暮らすのと変わらないもん」

平手《ひらて》が飛んでくるのが見えたけど、よけるひまがなかった。

「なまいきなこと言うから、こうなるんだ」

母さんが口をゆがめてにやりと笑う。わたしはおなかがきゅっと痛《いた》くなった。

「おまえは行けないよ。いつまでもね。この部屋から動かずにいるのさ。爆撃があろうと、なかろうと」

ジェイミーが青ざめた。何か言おうと口を開きかけたので、わたしは首をふった。はげしくふって合図すると、ジェイミーは口をとじた。母さんが出かけると、ジェイミーはわたしの腕《うで》にとびこんできた。

「心配ないよ」

そう言って、ジェイミーをゆらしてやる。こわくなんかない。この夏に自分がしてきたことが、これから役に立つんだ。

「何時にどこへ行けばいいのか、だれかにきいてきてちょうだい」ジェイミーにそう言った。

「わたしもいっしょに行くからね」

3

金曜日の夜明け前に、母さんの靴《くつ》をぬすんだ。

そうするしかなかったのだ。うちにある靴といったら、あとはジェイミーの布《ぬの》の靴だけだったし、それだと小さすぎて、わたしの不自由な小さいほうの足も入らなかった。母さんの靴は大きすぎたので、つま先に紙をつめた。悪いほうの足には、ぼろきれも巻《ま》いた。靴ひもをしっかりむすぶ。変な感じだけど、これならぬげることはないだろう。

ジェイミーがわたしを見てびっくりしている。

「この靴をはくしかないでしょ」わたしはささやいた。「じゃないと、みんなに悪い足を見られちゃう」

「エイダが立ってる。歩いてる」と、ジェイミー。

ほこらしく思っていいんだろうけど、そんな場合じゃなかった。この先、いろんなことが待ちうけてるんだ。「そうだよ」とだけ言って、ベッドで横になっている母さんに目をやった。こっちに背中《せなか》を向けて、いびきをかいている。母さん、わたしをほこりに思う？　まさかね。

階段《かいだん》はお尻《しり》ですべっておりた。ジェイミーの手を借りて立ちあがり、静かな早朝の通りへと二人で歩きだす。一歩ずついこう。一歩一歩、しっかりと。

地面の上にいるって、新鮮《しんせん》だ。空がピンク色にそまってきて、建物からうっすらとした青いもやがあがっていくように見える。何もかもが、日がのぼってからよりもきれいに見える気がした。一匹《ぴき》のネコが、何かを追いかけてすごいいきおいで角《かど》を曲がっていく。きっとネズミだ。それ以外は人っ子ひとり見えない。

わたしは右手でジェイミーの手をにぎって、ささえてもらった。左手には、朝ごはんを入れた紙袋《かみぶくろ》を持っている。ジェイミーによれば、午前九時に学校に着けばいいそうだ。まだ何時間も先だけど、早ければ早いほどいいだろう。学校まで、わたしの足でどれぐらいかかるのかわからない。人にじろじろ見られるのもいやだ。

窓《まど》から見ていたときには気づかなかったけど、道路にはでこぼこがある。部屋の中よりずっと歩きづらい。靴があって助かったけど、家の前の道の突《つ》きあたりまで歩いただけで、足がものすごく痛《いた》くなって、これ以上は一歩も進めないんじゃないかと思った。でも、進むしかない。

「ここで曲がるんだ。学校は遠くないよ」ジェイミーがささやいた。

もう一歩ふみだしたとき、悪いほうの足をねじってしまった。たおれて痛みにもだえる。ジェイミーがとなりにひざまずいた。

「はっていけばいいよ。だれも見てないから」

「あとどのくらい?」

「三ブロック」ジェイミーが教えてくれた。「ブロックっていうのは、道路と道路のあいだの建物の部分のことだよ。だから道路をあと三つわたるってこと」

わたしは目で距離《きょり》を測《はか》った。三ブロックか。三キロにも見える。三百キロにも。

「少し、はっていくね」

でも、通りをはうのは、部屋の中をはうよりずっとたいへんだった。わたしのひざは人よりかたいけど、それでも石でこすれて傷《きず》だらけになるし、ゴミやどろがきたなくて気持ち悪い。

一ブロック進んだところで、ジェイミーの手を借りて立ちあがった。

「ほんとは歩けるのに、どうして歩かないでいたの?」と、ジェイミー。

「歩けるようになったばっかりなんだよ。今年の夏、練習したの。あんたが出かけてるあいだにね」

ジェイミーはうなずいて、「ないしょにするよ」と言った。

「かまわないよ」

ここまで来ただけで、この世界はとてつもなく広いと感じはじめていた。建物のてっぺんを見あげるとめまいがする。

「これから田舎《いなか》に行くんだもんね。わたしが歩いてたって、きっとだれも気にしないよね」

とは言ったけど、口からでまかせだ。これからどんなところに行くかなんて、ぜんぜんわからなかった。田舎ってどういう意味なのかさえ、ほんとはわかっていなかった。でもジェイミーは、わたしの手をぎゅっとにぎって、にっこり笑ってくれた。


学校はれんがづくりで、がらんとした庭があり、金属《きんぞく》の柵《さく》に囲まれていた。中に入ったとたんに、わたしはへたりこんだ。ジェイミーと二人で、パンに砂糖《さとう》をまぶして食べる。おいしい。

「母さんの砂糖をぬすんだの？」ジェイミーが目を丸くして言った。

「うん。全部ね」と、わたし。ふたりで声をあげて笑う。

じっとしていると、風が冷たい。地面は湿《しめ》っている。足首の猛烈《もうれつ》な痛《いた》みは、ずきずきしたにぶい痛みに変わっていた。なじみのない建物を見まわす。きれいに積まれたれんがの壁《かべ》と渦巻《うずまき》みたいなかざり、屋根、窓《まど》、それに鳥たち。ジェイミーにつつかれてはじめて、女の人がこっちへ歩いてくるのに気づいた。

女の人は笑顔で言った。

「早いのね」

きっと先生だろう。わたしはうなずいて、にっこり笑いかえした。

「父さんが仕事に行く前に送ってくれました。先生がちゃんとめんどう見てくれるからって」

女の人はうなずいた。

「そうするわ。お茶はいかが？」

立ちあがると、当然ながら、わたしが足を引きずっていることに気づかれてしまった。足を引きずるぐらい、どうってことないのに。よろめいたけど、ジェイミーがささえてくれたので助かった。

「かわいそうに。どうしたの？」先生が言った。

「くじいたんです。今日の朝」うそではない。

「ちょっと見せてもらえる？」

「いいえ」わたしはむりして歩きつづけた。「よくなってきましたから」


そのあと、ことはかんたんに進んだ。それまでの人生でいちばんむりそうに思えたのに、かんたんだったのだ。わたしはジェイミーにつかまって歩いていった。校庭は、子どもたちと先生たちでいっぱいだった。先生がわたしたちを列にならべた。わたしはもうへとへとで、鉄道の駅までの一キロ近い道のりを歩き通せるわけがなかった。そのとき、目の前に知ってる顔が見えた。

「エイダじゃないか？」

スティーヴン・ホワイトだ。

スティーヴンはホワイトさん一家の長男だ。末っ子のビリーとのあいだに、妹が三人いる。全員そろってよってきて、わたしをじろじろながめた。それまでは、部屋の中にいるわたしを外からしか見てなかったのだ。

「うん、わたしだよ」

　スティーヴンはびっくりしていた。

「きみが来るとは思わなかったよ。あ、もちろん、きみもロンドンを離《はな》れるんだろうけど、うちの母さんは、きみみたいな人たちは特別な場所に行くって言ってたから」

　特別な場所のことなんて、わたしの母さんは何も言ってなかった。

「わたしみたいな人って、どういう意味？」

　スティーヴンは地面に目をやった。わたしより背《せ》が高いから、たぶん年上だ。でも、たいして変わらないだろう。

「ええと」と、スティーヴン。

「奇形《きけい》ってことでしょ」と、わたし。

　スティーヴンは、ぎょっとしたようにわたしを見た。

「ちがうよ。ちょっと足りない人ってことさ。頭が変っていうか。みんながそう言ってるんだ。きみがしゃべれるってことさえ、今まで知らなかったよ」

　窓《まど》から外を見ていたときのことを思いかえしながら、わたしは言った。

「しょっちゅう、あんたに話しかけてたのに」

「手をふったり、何かペチャクチャ言ってたのは知ってるけど……」

スティーヴンは気まずそうだ。

「下までちゃんときこえたことはないんだ。なんて言ってるのか、わからなかった。ふつうにしゃべれるなんて、知らなかったよ。きみの母さんは、きみのためを思って部屋にとじこめてるって言ってたし」

スティーヴンは、ここではじめてわたしの足を見た。

「きみ、足が悪いの?」

だまってうなずく。

「ここまで、どうやってきたの?」

「歩いて。ジェイミーを一人で行かせることはできないから」

「たいへんだった?」

「うん」

スティーヴンの顔に妙《みょう》な表情《ひょうじょう》が浮《う》かんだ。いったいどういう気持ちなのか、わたしにはぜんぜんわからなかった。

「きみのお母さんはかわいそうだって、みんな思ってるよ」

こたえようがない。

「きみが行くこと、お母さんは知ってるのかい?」

ごまかそうと思ったけど、ジェイミーがわってはいった。

「知らないよ。母さんはね、エイダは爆撃《ばくげき》にあうって言ってた」

スティーヴンはうなずいた。

「駅まで歩くことなら心配ないよ。ぼくが乗せてやるから」

どういう意味かわからなかったけど、スティーヴンの妹の一人が笑顔でこう言った。

「わたしもよく乗せてもらうのよ」

わたしはその子に笑いかえした。ジェイミーみたいな子だな。

「わかった。じゃあ、お願いする」

スティーヴンは、駅までわたしをおんぶしていってくれた。さっきお茶をくれた先生が、助けてくれてありがとうと、スティーヴンに声をかけた。長い列をつくって進む生徒たちに、先生は「いつもイングランドとともに」という歌をうたわせた。やっと駅に着くと、世界にはこんなに人がいたのかと思うほど、子どもたちであふれかえっていた。

スティーヴンが背中《せなか》からわたしをおろした。

「汽車に乗るときはだいじょうぶかい?」

わたしはジェイミーの肩《かた》につかまりながらこたえた。

「もちろん、だいじょうぶ」

スティーヴンはうなずいた。そしてビリーと妹たちを引きよせながら、ふりかえってわたしにたずねた。

「きみは頭が変なわけじゃないのに、どうしてお母さんはきみをとじこめてたの？」

「足のせい」

スティーヴンは首をふって言った。

「そんなの、おかしい」

「足がこうなっちゃったのは、わたしが何かしたせいで……」

スティーヴンはまた首をふった。

「おかしいよ」

わたしはだまってスティーヴンを見つめた。おかしい？

先生たちが大声を出しはじめ、わたしたちは全員、汽車に乗りこんだ。お昼の鐘《かね》が鳴る前に、汽車は動きだした。

逃《に》げだしたのだ。母さん、ヒトラーの爆弾《ばくだん》、アパートの部屋という牢屋《ろうや》。ありとあらゆるものから。おかしいかどうかは知らないけど、わたしはとにかく自由になった。

4

汽車の旅はひどいものだった。あたりまえといえばあたりまえだ。わたしのように喜んでいる子はまずいなかった。泣いている子や、気分が悪くなって車両のすみでもどす子がいた。わたしたちの車両を受けもった先生は、大いそがしで走りまわっていた。よごれたところをそうじしたり、男の子どうしのけんかをやめさせたり、この車両にトイレはないからがまんするしかありませんと、三回、十回、いや百回も説明したり。あとどれぐらいかかるかは先生にもわからないという。汽車の行き先さえだれも知らなかったんだから、どれぐらいかかるかなんて、わかるわけがない。

トイレはない。飲むものはない。持ってきたパンは食べてしまった。手のひらに砂糖《さとう》をのせてやると、ジェイミーはネコみたいにぺろぺろなめた。窓《まど》の外の景色《けしき》は、どんどんうつり変わる。全体をぼんやり見ていると、景色はかすんだまま飛ぶように過《す》ぎてしまう。一つのものをじっと見つめれば、顔を動かして目で追えるあいだだけは止まって見える。動いているのは景色じゃなくて汽車のほうだってことも、よくわかった。

建物がとぎれて、とつぜん緑色が広がった。どこもかしこも緑色だ。明るくて生き生きとしたものすごい緑色が、青い青い空のほうを向いてゆらゆらしている。わたしはうっとり見つめた。

「あれは、なんだろうね？」

「草だよ」ジェイミーがこたえる。

「草？」

ジェイミーはこの緑色を知ってるの？　アパートの前の通りには、草なんてなかったし、それに似《に》たものだって見たおぼえがない。わたしが知ってる緑色は、服とキャベツぐらいで、外の景色《けしき》じゃなかった。

ジェイミーはうなずいた。

「地面にはえてるんだよ。とがってるけど、やわらかくて、痛《いた》くないよ。教会の墓地《ぼち》にあったんだ。お墓《はか》の石のまわりにね。ほら、あそこに見えるような木もあったよ」

そう言って窓《まど》の外を指さす。

木っていうのは、セロリの茎《くき》みたいに細長いもの。ただし、すごく大きい。てっぺんには緑が広がっている。

「教会の墓地には、いつ行ったの？」

教会の墓地が何かは、次にきこう。知らないものが山のようにある。

ジェイミーは肩《かた》をすくめた。

「ほら、セント・メアリー教会だよ。お墓の石を馬とびして遊んだんだ。牧師《ぼくし》さんに追いださ
れちゃったけど」
じっと見つめていると、緑はだんだんかすんできた。寝《ね》ぼうしないようにと思って、ゆうべ
あまり寝ていなかったせいか、今になってまぶたがどんどん重くなってきた。そのときジェイ
ミーがささやいた。
「エイダ、エイダ、見て！」
ポニーと女の子が、汽車と競走している。なんとその子は、ポニーの背中《せなか》に乗っているのだ。
足はそれぞれわきにたらし、両手でひもみたいなものをつかんでいる。ひもはポニーの頭につ
ながっている。女の子はうれしそうに口を大きくあけて笑っている。ただ乗っかっているわけ
じゃないってことは、わたしにでもわかった。その子は、こうしなさいとポニーに指示《しじ》してい
るのだ。ポニーを乗りこなしてるってこと。そしてポニーは一生けんめい走っている。
ポニーという動物は知っていたけど、通りで荷車を引いてる姿《すがた》しか見たことがなかった。人
が乗れるなんてはじめて知った。あんなに速く走れることもはじめて知った。
女の子が、風になびくポニーのたてがみに顔を近づけた。口の動きを見ると、何かさけんで
いるようだ。女の子の足がポニーのわき腹《ばら》を蹴《け》り、ポニーは前へ前へと、ますます速く走りだ
した。目はかがやいていて、茶色い足はまるで飛んでいるようだ。草原をカーブする線路に沿《そ》
って、汽車の横を走る。

ポニーと女の子の行く手に、石垣《いしがき》が見える。わたしは息を飲んだ。ぶつかっちゃうよ。けがをしてしまう。あの子はどうしてポニーを止めないの？

ジャンプだ。ポニーと女の子は、石垣を飛びこえて走りつづけている。線路は草原からそれていく。

わたしはとつぜん、走ったりジャンプしたりするときの感覚がわかったような気がした。飛ぶことの自由さを、まるで百回も経験《けいけん》しているかのように、からだじゅうで感じた。これこそわたしのやりたいことだ。窓《まど》をたたきながら口に出した。

「わたし、ああいうのをやる」

ジェイミーは笑った。

「おかしい？」わたしは言った。

「じょうずに歩けるのに」と、ジェイミー。

足が痛《いた》くてたまらなくて、もう歩けないかもしれない気がしていたけど、ジェイミーにそうは言えない。

「そうだね、歩くよ」とこたえた。

5

そのあと、どんどんひどいことになっていった。自分たちではどうしようもなかった。汽車は、止まったり発車したり、また止まったりした。窓からさしこむ日ざしが強くて、空気がよどんでいる。小さい子たちは泣いた。大きい子たちは、必死でこらえた。

汽車がやっと停車場に着いたと思ったら、そこにはえらそうな女の人が立っていて、わたしたちを外に出してくれなかった。その人はまず校長先生に、それからほかの先生たち全員に、そして汽車の運転士にまでごちゃごちゃ文句《もんく》を言った。先生たちは、子どもたちを早く出してやりたいと思っているのに、鉄のように冷たそうな顔をして兵隊さんみたいな服（下はスカートだったけど）を着たその女の人は、クリップボードをコツンとたたいて、だめだと言った。

「わたくしが待っていたのは、七十人の母親と乳幼児《にゅうようじ》です。二百人の学童ではありません。ここにそう書いてあります」

「お持ちの書類になんと書いてあろうと、関係ありません」

校長先生が強い調子で言いかえした。

わたしたちの車両の先生は、やれやれと首をふりながら汽車のドアをあけた。

「みなさん、おりなさい。駅にトイレがありますよ。食べものや飲みものも、なんとかしますからね。さあ、おりなさい」

とどろくような音を立てて、子どもたちがぞろぞろと汽車をおりる。ほかの車両の先生たちも、わたしたちの先生にならって、ドアをあけた。鉄のような顔の女の人は、怒《おこ》って何か命令したけど、みんな知らん顔だった。

こんなにすごい音や人混《ひとご》みははじめてだ。花火大会は別として。

汽車からおりるとき、ジェイミーが手を貸《か》してくれた。からだじゅう、がちがちだった上に、すぐに行かなければいけないところがあった。

「ジェイミー、トイレの使い方、教えてね」

変な話だけど、わたしはほんもののトイレを使ったことがなかった。アパートには廊下《ろうか》に共同のトイレがあったけど、わたしはいつもバケツですませていた。中身を捨《す》てるのは母さんかジェイミーの役目だった。

「ぼくは男子用に行かなきゃいけないんだと思う」と、ジェイミー。

「男子用って、どういうこと?」

「見える?」

ジェイミーは二つのドアを指さした。なるほど、男の子たちはみんな片方《かたほう》のドアに、女の子たちはもう片方のドアへと進んでいく。あっというまに、くねくねと列ができる。

「じゃあ、言葉で教えて」

「あそこでおしっこして、それから流すんだよ」ジェイミーが言った。

「流すって、なに？　どうやって流すの？」

「とってみたいなのがあるから、それを下にさげればいいの」

順番を待ってトイレに入ると、使い方はすぐにわかったし、流すこともできた。洗面所《せんめんじょ》があったので、ほてった顔に水をかけた。すると、こんな子見たことないと思うほどみすぼらしくて感じの悪い子が、向かいの洗面台にいた。なんだか変。わたしが眉《まゆ》をよせると、その子も眉をよせた。

そのとたんに、自分が鏡を見ているんだと気づいた。

母さんも鏡を持っている。壁《かべ》の高いところにかけてあって、わたしは気にしたこともなかった。今、目の前にある鏡をのぞきこんで、ぎょっとした。自分はほかの女の子たちと変わらないと思っていた。でも、こんなにもじゃもじゃの髪《かみ》をしてたんだ。顔色はだれより悪くて牛《ぎゅう》乳《にゅう》みたいに白いのに、それでいて灰色《はいいろ》っぽくもある。首のまわりが特にそうだ。色あせたスカートの下に突《つ》きでたひざは、がちがちにかたまってるし、きたない。スカートもよごれているし、小さすぎるような気がしてきた。

いったいどうなっちゃうんだろう。深呼吸《しんこきゅう》をして、よろめきながら外に出る。ジェイミーが待っている。わたしは今までとちがう目で、ジェイミーを見た。男の子たちの中で、いちばんきたない。シャツは色あせて、何色だかわからないぐらいだし、爪《つめ》の先は黒ずんでいる。

「おふろに入ってくれればよかったね」

わたしがそう言うと、ジェイミーは肩《かた》をすくめた。

「どうでもいいよ」

でも、どうでもよくはなかった。


ロンドンのアパートでは、窓《まど》から外をながめて左を向くと、同じ通りの向かい側に三つの建物がならんでいて、角《かど》の店は魚屋だった。お店の人は、毎朝とどけられる魚を冷たい石の板の上にならべて売っていた。暑い夏の日には、魚はすぐに悪くなってしまうので、お客の女の人たちは、よくよく見定めて、いちばん新鮮《しんせん》で質《しつ》のいいものを選んで買っていた。

わたしたちは、まさにそれ。店にならんだ魚だ。先生たちにつれられてぞろぞろ歩き、大きな建物の中に入って壁《かべ》ぎわにならべられた。そこへ村の大人たちがやってきて、できるだけ健康でかわいい子どもを家につれていこうと、列をなして見てまわる。

その人たちの表情《ひょうじょう》を見たり、口にする言葉をきいたりすれば、ろくな子どもがいないと思っていることはすぐわかる。

「まったく」女の人が、小さな女の子の髪《かみ》のにおいをかいで、あとずさりした。「きたない子たちね!」

「洗《あら》えばよいのです」

鉄のような顔の女の人が言った。部屋のまんなかで、この行事をとりしきっている。手にはクリップボードを持ったままだ。

「心を広く持たなければなりません。こんなにたくさん来るとは思いませんでしたが、自分たちの役割《やくわり》を果たすしかないのです」

「役割だって？　うすよごれたドブネズミ集団の世話をさせられるとはな」一人の老人が言いかえした。「こいつらを見てると、寝《ね》ているすきに殺されちまいそうな気がするよ」

「子どもだということをお忘《わす》れなく」鉄のような顔の女の人が言った。「どんなふうに見えようと、この子たちが悪いのではありません」

わたしはあたりを見まわした。お茶を配っているこの村の女の子たちは、髪にリボンをつけていて、なんだかきらきらして見える。いいにおいがしそうだ。

「そうかもしれないけど」別の女の人が言った。「この村の子どもたちとはぜんぜんちがうわね。そうじゃない？」

鉄のような顔の女の人は、何か言いたそうに口を開いたけど、何も言わずにとじてしまった。わたしたちが何者であれ、村の子どもたちとまるでちがうってことはたしかだ。

「ねえ、エイダ」ジェイミーがささやいた。「だれもぼくたちをほしがらないよ」

そのとおりだ。だんだん人数がへっていく。残った子どもはほんの少し。先生たちはわたしたちをひとところに集めて、いい子たちですよとすすめた。鉄のような顔の人は、残った村の人たちをおだてて言いくるめた。

青い髪《かみ》のおばあさんが、ジェイミーの腕《うで》に手をかけた。

「その女の子はつれていけないけど、小さな男の子一人なら、なんとかできると思うわ」

「この子はよくないですよ」わたしは言ってやった。「ぬすみをします。それにかみつきます。わたしがめんどうを見なければ、かんしゃくを起こすかもしれません」

おばあさんは、「おお」と言うときのように、ぽっかりと口をあいた。そして小走りに立ち去って、別の男の子をさがしはじめた。

そのあと、ホールに残ったのは、先生たちと鉄のような顔の女の人と、ジェイミーとわたしだけになった。母さんの言ったとおりだ。だれもわたしたちをあずかりたがらない。選ばれなかったのは、わたしたちだけだった。

6

「心配いりませんよ」

鉄のような顔の女の人は言った。わたしには、それまで耳にした中でもいちばんばかげたうそのようにきこえた。でも、女の人はクリップボードをコツンとたたいて言った。

「理想的《りそうてき》なところを知ってますからね」

「いい人たち?」ジェイミーがたずねた。

「一人暮《ひとりぐ》らしの女性《じょせい》なの。とってもいい人よ」

ジェイミーは首をふった。

「いいうちの人はぼくたちをほしがらないって、母さんが言ってたよ」

女の人の口もとがひきつった。

「そういう意味でのいい人とはちがうわ。それに、わりあて係はわたくしですからね。その人が決めるわけではないのよ」

つまり、その人はわたしたちを受けいれなきゃならないってことだ。よかった。わたしは悪いほうの足から体重をうつそうとして、うっと息を飲んだ。じっと立っているあいだは痛《いた》みもがまんできたけど、移動《いどう》するとなると何もかもたいへんになる。

「あなた、歩ける？」鉄のような顔の女の人が言った。「足をどうかしたの？」

「ビール屋さんの荷車にひかれたんです。でも、だいじょうぶです」と、わたし。

「なぜ松葉杖《まつばづえ》を使わないの？」

松葉杖ってなんだかわからなかったので、だまって肩《かた》をすくめた。ホールの中を歩きだすと、恐《おそ》ろしいことに、足がいうことをきかなかった。木の床《ゆか》にたおれこむ。悲鳴をあげまいと唇《くちびる》をかみしめる。

「まあ、なんてことでしょう」

鉄のような顔の女の人はひざまずいた。どなられるだろうか、それともぐいと引っぱりあげてくれるだろうかと思っていたら、なんとその人は、わたしのからだに両腕《りょううで》をまわして床から持ちあげた。ころんだこと以上に最悪な気分だ。だきあげて運ばれるなんて。

「急いで」女の人がジェイミーに言った。

外に出ると、わたしは自動車の後部座席《ざせき》に乗せられた。ほんものの自動車だ。ジェイミーがとなりに乗りこみ、目を丸くしている。女の人は後部座席のドアをバタンとしめると、運転席に乗りこんでエンジンをかけた。ふりむいて言う。

「すぐに着くわよ。近くですからね」

ジェイミーは窓《まど》の下のつやつやした板にさわっている。

「だいじょうぶ」と、にんまり笑顔だ。「ゆっくりでいいよ。ぼくたち急いでないから」

その家は、眠《ねむ》っているように見えた。

静かな通りのいちばん奥《おく》に建つ家。舗装《ほそう》されてない土の道は、両側から木の枝《えだ》が張《は》りだして、影《かげ》になっている。家は木立から離《はな》れた日なたにあり、赤いれんがの煙突《えんとつ》にはつるがからまっていて、窓のまわりは葉っぱにおおわれている。張りだした小さな屋根の下のドアは、煙突の色に似《に》た赤のペンキでぬられているけど、家そのものはのっぺりした灰色《はいいろ》で、葉っぱにはびこられてどんよりして見える。窓にはカーテンが引かれ、ドアはぴっちりしめられている。

鉄のような顔の女の人は、いらいらしたように舌《した》を鳴らした。車を道のわきに止めて、エンジンを切り、「ここで待っていなさい」と命令する。

女の人は赤いドアをこぶしでたたいた。返事がないので、大声で「スミスさん！」と呼《よ》び、それでも返事がなかったので、ドアノブをまわして家の中に入っていった。

わたしはジェイミーをつついて言った。

「話をきいてきて」

ジェイミーは、玄関《げんかん》まで行って開いたドアのそばでしばらく立ちぎきすると、車にもどってきた。

「けんかしてるよ。この家の人は、ぼくたちのこと、ほしくないって。戦争になってることも知らなかったんだって」

　スミスさんという人がわたしたちをほしくないことには驚《おどろ》かなかったけど、戦争のことを知らない人がいるなんて、信じられなかった。うそをついているのか、よほどのおばかさんなのか、どちらかだろう。

　わたしは肩《かた》をすくめて言った。

「どこかほかの家に行けばいいよ」

　ところがそのすぐあとに、何もかもが変わるようなできごとが起こった。眠《ねむ》っている家の右のしげみから、黄金色《こがね》のポニーが顔を出し、わたしをじっと見つめたのだ。

　低い石垣《いしがき》の向こうに立っている。顔のまん中に白い縦《たて》じまが一本あって、目は濃《こ》い茶色だ。耳を前向きにピンと立てて、低い声で小さくいないた。

　わたしはジェイミーをつついて、ポニーを指さした。夢《ゆめ》見たことがほんとうになったかのようだ。女の子がポニーを走らせる様子を汽車の中から見たときの感じがよみがえる。

「ここにすんでるのかな?」ジェイミーが小さな声できく。

　わたしは車からおりようとした。このポニーがスミスさんのものじゃないとしても、近くにすんでることはたしかだろう。そしてわたしも、しばらくここで暮《く》らすんだ。

　前に進もうとしたけれど、足がそうさせてくれない。ジェイミーを呼《よ》ぶ。

「ちょっと手伝って」

「ポニーのところに行くの？」

「ちがう。家に行くの」

石段《いしだん》をよろよろとのぼり、赤いドアから中に入った。家の中は暗くて蒸《む》し暑かった。ツンと鼻にくるにおいがする。部屋の中には、変にどっしりした家具がたくさんあり、どれもこれも濃い紫色《むらさきいろ》の布《ぬの》におおわれていた。壁《かべ》と床《ゆか》はどちらも暗い色で、もようがある。黒い服を着た、やせて青白い女の人が、紫色のいすに背《せ》すじをのばしてじっとこしかけている。鉄のような顔の女の人も、同じようにじっとすわって向かいあっている。スミスさんの肌《はだ》は青白いけど、頰《ほお》はまっ赤になっていた。やせた顔のまわりの金髪《きんぱつ》はもわっとしていて、黄色い雲のように見える。「子どものことなんて、何ひとつ知りませんから」と言っている。

「あら、二人が来たようですよ！」鉄のような顔の女の人が言った。「女の子のほうは足を痛《いた》めているんですって。あなたたち、この方はスーザン・スミスさんですよ。スミスさん、この子たちは……」

こっちを見て首をかしげる。同じ汽車で来たほかの子どもたちには名札《なふだ》があったけど、わたしたちにはないから。

「あなたたち、お名前は？」

わたしは少し考えた。ここでは名前を変えて暮らしてもいいだろう。エリザベスにしようかな。王女さまと同じ名前。そうだ、ヒトラーがいいかな。この人たちには、ばれっこないもん。

「エイダとジェイミーだよ」ジェイミーが先にこたえた。

「エイダとジェイミーのつづきは？」鉄のような顔の女の人が言った。「名字はなんというのですか？」

「ヒトラーです」と、わたし。

ジェイミーはびっくりしたようにわたしの顔を見たけど、何も言わなかった。

「不適切《ふてきせつ》な発言はやめなさい」鉄のような顔の女の人が言った。

「意味がわかりません」

「あなたの名字はヒトラーではないはずだ、という意味よ。スミスさんに、あなたの名字を言いなさい」

「スミスです」わたしはこたえた。「エイダ・スミスとジェイミー・スミスです」

鉄のような顔の女の人は、いらいらしたように小声で言った。

「ああ、そう！　まあ、いいでしょう」スミスさんのほうに向きなおる。「先生が持っている資料《しりょう》を見ればわかります。わたくしから問い合わせましょう。さて、もう行かなくては。ずいぶん長い一日だったわ」

そう言って立ちあがる。わたしは、ドアにいちばん近いいすにしっかりこしをおろした。ジェイミーは別のいすに飛びのった。

「さようなら」わたしは鉄のような顔の女の人に言った。

「おばさんの自動車、かっこいいね」と、ジェイミー。

「ちょっと待ってくださいよ」

スミスさんはそう言って立ちあがり、鉄のような顔の女の人のあとを追って玄関《げんかん》の外に出た。二人はしばらく言い合っていたけど、どちらが勝つか、わたしにはわかっていた。鉄のような顔の女の人は、一日に二度も引きさがるつもりはないだろうから。

思ったとおりだ。自動車がすごい音を立てて去っていき、スミスさんが大またで部屋にもどってきた。猛烈《もうれつ》に怒《おこ》っているようだ。

「子どもの世話のしかたなんて、何も知らないのに」

わたしは肩《かた》をすくめた。だれかに世話をしてもらおうなんて、一度も思ったことがないけど、それは言わないでおいた。

7

スミスさんが、わたしの髪《かみ》にシラミを見つけた。混《こ》んだ汽車に乗る前にはいなかったはずだけど、スミスさんにとっては、いつシラミがついたかなんて、どうでもいいのだ。今すぐおふろに入らなければならないと、スミスさんは大きな声で言った。わたしの足を見て、「階段《かいだん》はのぼれるの？　その足、いったいどうしたの？」ときく。

「ビール屋さんの荷車にひかれたんです」

そうこたえると、スミスさんはびっくりしたようだった。わたしは階段にお尻《しり》をついて、一段一段のぼっていった。つれていかれた先は、大きな浴槽《よくそう》のある白い部屋だった。蛇口《じゃぐち》をひねるだけでお湯が出てきたので、うっとりしてしまった。スミスさんはわたしたちに、プライバシーというものをくれた。どういう意味かはわからなかったけど……。

石けんとタオルがいくつもある。わたしは小さなうすいタオルに石けんをつけて、顔と首をごしごしこすった。布《ぬの》が灰色《はいいろ》に変わる。石けんをジェイミーの髪に、次に自分の髪につけてこすり、すすぐために蛇口をひねった。ここのおふろはすごい。よごれた水は、ロンドンの家ではすくいだしていたけど、ここでは浴槽の底にある穴《あな》から勝手に流れていく。きれいになったジェイミーは、白いタオルの下から笑顔をのぞかせた。わたしもタオルをからだに巻《ま》いた。髪の毛からしずくが落ちて、肩《かた》にあたる。

「このうち、すごいね」ジェイミーが言った。

わたしはうなずいた。ここはすてきだ。スミスさんがいやな人でも気にしない。母さんみたいな人に慣《な》れているもの。

スミスさんがドアをノックして、荷物はどこかとたずねた。意味がわからない。持って出た食べものは食べてしまったし、からになった紙袋《かみぶくろ》は汽車においてきた。

「着がえの服は？　今まで着ていたものを着るわけにはいかないわよ」

汽車に乗っていたほかの子たちは、かばんを持っていたっけ。でも、わたしたちにはない。

「そうするしかないです。ほかに持ってないので」

スミスさんはドアをあけて、わたしを上から下までながめた。わたしは右足を左足の後ろにかくしたけれど、まにあわなかった。

「ビール屋さんの荷車だなんて」

スミスさんは、ドアをさらに開きながら、怒《おこ》ったように言った。

「あなたの足は内反足《ないはんそく》よ。それに、床《ゆか》を血だらけにしてるじゃないの」

わたしのほうに、片手《かたて》をのばしてくる。

わたしは、思わずよけた。

スミスさんは動きを止めた。

「たたくつもりじゃないわよ。助けるつもりなの」

へえ。わたしが床《ゆか》を血だらけにしたことが、うれしいとでもいうのかな。

スミスさんはひざまずいて、わたしの悪いほうの足をつかんだ。引っこめようとしたけど、ぎゅっとおさえられてしまった。

「なるほど」スミスさんは言った。「リチャード三世（十五世紀のイングランド王）も内反足《ないはんそく》だったっていうわね。わたしははじめて見たわ」

　わたしはポニーに思いをはせた。この家のそばにいたポニーと、汽車と競走していたポニー。黄金《こがね》色のポニーに乗るわたし。頭の中に逃《に》げこんで、ポニーといっしょにいるつもりになると、スミスさんに足をさわられてもがまんできた。

「いいわ。明日お医者さんに行って、どうすればいいのかききましょう」

「お医者さんはいやがるよ」と、ジェイミー。「いい人たちは、その見苦しい足が大きらいなんだ」

　スミスさんは、感じの悪い笑い声をあげた。

「それじゃ、あなたたちは運がいいのよ。わたしはちっともいい人じゃありませんからね」

スミスさんはいい人じゃないけど、よごれた床をそうじした。いい人じゃないけど、わたしの足に白い布《ぬの》をまいて、ジェイミーにもわたしにも、自分のきれいなシャツを貸《か》してくれた。シャツは、ひざの下までとどいた。時間をかけてわたしの髪《かみ》をとかし、もつれているところを切った。それから、大きなフライパンでスクランブルエッグを作った。

「今はこれしかないのよ。今週は買いものに行ってないから。あなたたちが来るなんて思わなかったし」

これしかないと言ったけど、少しかたいとはいえパンがあったし、バターまであった。お茶に砂糖《さとう》も入っていた。

卵《たまご》はどろっとして見えたけど、腹《はら》ぺこだったのでなんでも食べられたし、食べてみたらおいしかった。パンでぬぐって食べきると、スミスさんが卵をもうひとすくいくれた。

「あなたたちに何をしてあげればいいのかしら？」と、スミスさん。

なんともおかしな質問《しつもん》だ。

「何もしなくていいです」わたしはこたえた。

「エイダはずっと家にいるよ」ジェイミーが言った。

「弟の世話はわたしがします。あなたはしなくていいです」と、わたし。

スミスさんは眉《まゆ》をよせた。

「年はいくつなの？」

この質問には困《こま》ってしまう。

「ジェイミーは六歳《さい》です。母さんがそう言ってました。学校に行く年です」

「六歳にしてはずいぶん小さいわね」スミスさんが言った。

「母さんが言ってたんです」

「それで、あなたはそれより年上よね？　学校に行かないの？」

ジェイミーがこたえた。

「見苦しい足だから、行かないんだよ」

スミスさんは鼻で笑った。

「足が悪いからって、頭が悪いことにはならないわ」ナイフをお皿のすみにおく。「誕生日《たんじょうび》の話。何年生まれ？　それに、名前。ほんとうの名前よ。スミスだなんてふざけないで」

「エイダとジェイミーです。名字はスミスです。それしかわかりません」

スミスさんはわたしをにらみつけた。わたしもにらみかえした。しばらくするとスミスさんは少しやさしい目になって言った。

「自分の誕生日がわからないの？」

わたしは自分のお皿の卵《たまご》に目をやった。

「一度きいてみたけど、母さんは、どうでもいいって言いました」

スミスさんは大きく息をはいて言った。

「わかったわ。ジェイミーは六歳。あなたはそれより大きい。九歳にしましょうか」

この人がどれぐらい怒《おこ》っているのか、声からはわからなかった。わたしは肩《かた》をすくめた。九歳でいい。数字ならわかる。八、九、十。

「ご両親に手紙を書くわ。ソールトン夫人に住所を問い合わせてもらって、わたしが手紙を書く。そうすればご両親が教えてくれるでしょう」

スミスさんは、またしげしげとわたしたちをながめた。

「お父さんは何をしてるの？」

「何も」わたしがこたえた。「死にました」

何年も前だ。出ていったのかもしれない。どちらなのかわからない。目をとじてじっと考えれば、父さんを思いだせるかもしれないと思ったけど、ぼんやりした影《かげ》みたいなものしか浮《う》かばなかった。背《せ》の高い人だった。おとなしくて、母さんとは大ちがいだった。

「まあ」と、スミスさん。「それじゃ、お母さんに手紙を書くわ」

スミスさんはいい人じゃないと言ったけど、やわらかくて清潔《せいけつ》なベッドにわたしたちを入れてくれた。毛布《もうふ》は、うすくてさらっとしたのと、厚《あつ》くて暖《あたた》かいのと二つあった。明かりが外にもれないように、スミスさんがカーテンをしめる。わたしはとてもとてもくたびれていた。寝《ね》る前にどうしても知りたいことがあったので、きいてみた。

「スミスさん、あのポニーはだれのですか？」

カーテンをしめるスミスさんの手が止まった。窓《まど》の外を見ながら言う。

「名前はバターよ。ベッキーがわたしにくれたの」

「ベッキーって、だれ？」

ジェイミーがきいたけど、スミスさんはこたえなかった。

8

次の日は、太陽が空を半分ぐらいのぼるまで寝《ね》ていた。スミスさんもおそくまで寝ていた。廊下《ろうか》の向かいにある部屋から、いびきがきこえた。

わたしはジェイミーをつれて一階におり、パンを食べさせた。家でやっていたように、はって床《ゆか》を移動《いどう》した。歩かなくちゃとは思ったけど、はうほうがずっと楽だったのだ。

いちばん大きな部屋には、裏口《うらぐち》があった。外に出ると、石垣《いしがき》に囲まれた小さな場所があり、そのとなりに、やっぱり石垣に囲まれたずっと広々した場所があった。バターという名前のポニーが広いほうにいる。家のほうを向いて目をこらし、耳を立てている。

思わず笑顔になった。このポニーは、まるでわたしを待っていたみたいだ。

ジェイミーがわたしの腕《うで》をつかんだ。

「エイダは外に出ちゃいけないんだよ」

ジェイミーの手をふりはらう。

「それはもうおしまい。ここでは好きなところに行っていいんだよ」

ジェイミーは声をふるわせた。

「どうしてそんなこと言えるの？」

ごほうびだ。勇気を出した自分に。たくさん歩いて遠くまで来た自分に。これからはずっと、歩きつづけるんだ。わたしは足に力を入れて立ちあがった。ポニーのそばまで歩いていこう。

よろよろ進んでは、つまずく。どこもかしこも痛《いた》い。ポニーが見ている。石垣《いしがき》にたどりつくと、いったんこしかけて、両足を向こう側へおろした。ポニーが近づいてきて頭をさげ、わたしの手のにおいをかいで、頭をすりよせてきた。わたしは両腕《りょううで》をポニーにまわした。どうしてこの名前がついたのかわかった。日だまりの中にいるこのポニーは、バターのようなにおいがするのだ。

乗ってみたいけど、乗り方がわからない。ポニーの背中《せなか》は、地面からずいぶん高いところにある。汽車の中から見た女の子は、ひもみたいなものにつかまっていたっけ。わたしはポニーの首につかまって立ちあがり、用心しながらわき腹《ばら》のほうに少し近づいた。

むきだしの左足に草があたってちくちくする。湿《しめ》っていて冷たくて、右足に巻《ま》かれた布《ぬの》にしみてくる。地面はやわらかくて、足をふみだすたびにぐしゃっとなった。まるで新しいパンのようにしっとりしている。土地の境目にならぶ木々のてっぺんは、日ざしをあびてゆれている。鳥たちが鳴く。鳥はロンドンにもいたから知ってるけど、こんな大合唱をきくのははじめてだ。

花も咲《さ》いている。

ジェイミーは鼻歌をうたい、ひろった棒《ぼう》をふりまわしながら広い草地を走りまわった。バターはまた頭をさげて、わたしの手のにおいをかいだ。何かもらえると思ってるのかな。何か持ってきてあげればよかったのかな。ポニーって何が好きなんだろう。

バターの鼻先はやわらかくてあったかい。両手で頭のてっぺんから耳へとたどり、耳のあいだにあるもしゃもしゃした長い毛をさわる。首をなでてやると、バターはフーッと息をはいて、またわたしに頭をよせた。そのあと一歩さがり、草を食べにもどっていった。

わたしは草地にすわりこんでバターを見た。バターは、食べることこそ自分の仕事とばかりに食べつづける。「ぼくはひたすら食べるのさ。腹《はら》ぺこじゃなくてもね」なんて声がきこえてきそうだ。しっぽをふって一歩ふみだし、新鮮《しんせん》な草のはえているほうへ歩いていく。

しばらくはすわってバターを見ていたけど、そのあと草に寝《ね》そべった。からだはがちがちにこわばっている。日ざしがあったかくて気持ちいい。バターを見つめながら、わたしは眠《ねむ》ってしまった。目がさめると、スミスさんが見おろしていた。

「日焼けしてるわ。外に長くいすぎたようね」

わたしはのびをして、起きあがった。からだじゅうが痛い。むきだしの両足がピンク色になっている。痛いけど、痛いのには慣《な》れている。

「おなかすいてない？」

スミスさんは怒《おこ》っているようだ。

まばたきする。おなかはすいている。すきすぎて痛いほどだ。でもそれにも慣れている。なんてこたえればいいんだろう？　スミスさんは、わたしにおなかがすいててほしいのかな、ちがうのかな？

「朝、どうして起こしてくれなかったの？」と、スミスさん。

起こすわけがない。わたしはそんなにばかじゃないもの。

「いらっしゃい」スミスさんは片腕《かたうで》をこっちにのばした。「おそくなっちゃったわ。あなたをお医者さんにつれていかなくちゃ。買いものもしないとね」

「助けてくれなくていいです」と、わたし。

「ばかなこと言わないで」スミスさんはわたしを引っぱりあげた。

ふりはらおうとしたけれど、足がものすごく痛《いた》くて、結局家までもどるのに手を貸《か》してもらった。ジェイミーは先に家に入っていて、テーブルでかんづめの豆とトーストを食べていた。

わたしは台所のいすにこしかけた。スミスさんはお皿に豆を追加した。

「包帯《ほうたい》がもうよごれちゃってるわ」

わたしは口を開こうと息を吸《す》った。でもジェイミーに先をこされた。

「エイダは外に出ちゃだめだって、ぼく、言ったのに」

「ばかばかしい」スミスさんはぴしゃりと言った。「もちろん、外に出ていいのよ。ただ、もう少し工夫《くふう》したほうがいいわね。きのう、あなたがはいてた靴《くつ》だけど――」

「母さんの靴です」わたしは言った。

「あなたのじゃないってことはすぐわかったわ」と、スミスさん。「でも、ふつうの靴ははけないでしょうね」

わたしは肩《かた》をすくめた。

「とにかく、お医者さんに話をききましょう。タクシーを呼《よ》んであるの。お医者さんに行けば、何か策《さく》があるでしょう。そうそう、クルマに乗るのがあたりまえと思わないでね。高いからめったに使えないのよ」

わたしはだまってうなずいた。そうしておくのがいちばんだと思ったから。

タクシーとクルマは、どちらも自動車のことだった。二日間で二回も自動車に乗ったのだ。すごすぎる。

医者という仕事は知っていたけど、みてもらうのははじめてだった。このお医者さんは、丸い窓《まど》わくみたいな変なものを日にくっつけている。そして、ロンドンの肉屋が着ていたような、白くて長いうわっぱりを着ている。

「ここにのってごらん」

お医者さんは、大きな木の台をぽんとたたいて言った。ジェイミーはひょいとのったけど、わたしはのれなかった。

「おや」

お医者さんはわたしの足に気づくと、わたしをだきあげて台にのせた。母さんは、ぶつとき以外はわたしのからだにさわらなかった。ジェイミーはときどきだきついてくるけど、わたしをだきあげたことはもちろんなかった。ここの人たちは、しょっちゅうわたしのからだにさわる。いやだ。すごくいやだ。

お医者さんは、ジェイミーとわたしをつついたり測《はか》ったり調べたりした。まずはシャツをぬがせ、胸《むね》に冷たい金属《きんぞく》をあてる。長い管《くだ》がついていて、お医者さんの耳につながっているのだ。それから、わたしたちの髪《かみ》の毛《け》をかきわけたり、からだじゅうを見て、かさかさになったところを調べたりした。

「膿痂疹《のうかしん》だ」

なんのことだかわからないけど、スミスさんは小さなノートをバッグから引っぱりだして、何か書きこんでいた。

「二人とも、かなりひどい栄養《えいよう》失調だな。女の子のほうは、くる病になりかけているようだ。日光浴をたっぷりすること、栄養のある食事、それに牛乳《ぎゅうにゅう》が必要だ」

「でも、わたし、どうしたらいいんでしょう?」スミスさんが言った。「子どもとかかわるなんて、はじめてですから」

「食べさせて、ふろに入れて、たっぷり眠《ねむ》らせる。子犬を育てるのと変わらんよ。ほんとうさ。馬よりかんたんだな」

お医者さんはそう言って、にやりと笑った。

「うちの馬はベッキーのものです。犬を飼《か》ったことはないですし」スミスさんが言った。

「ベッキーって、だれ?」ジェイミーがたずねた。

わたしは「シー」と言ってだまらせた。

「それに、エイダの足はどうなんでしょう? わたしはどうすればいいんですか?」

わたしはからだの下に右足をかくした。スミスさんがわたしのひざをたたいて、「先生に見せなさい」と言った。

いやだった。これ以上さわられたくなかった。わたしの足は、包帯《ほうたい》を巻《ま》かれているから見えない。わたしは少しなら歩ける。それでじゅうぶんだと思う。

スミスさんはわたしの足をぐいと引っぱった。

「言われたとおりにしてちょうだい」

お医者さんが包帯をはずした。

「これは」わたしの足を手でゆすっている。「内反足《ないはんそく》じゃないか。治療《ちりょう》されていないのははじめて見たぞ」

「内反足は、めずらしいものじゃないと思いますけど」スミスさんが言った。

「そうだ。そのとおり。しかし、ほとんどの場合、幼児期《ようじき》の治療で矯正《きょうせい》に成功《せいこう》している」

スミスさんは、なぜかそこで息を飲んだ。「でも、どうして――」と言いかけ、わたしを見てだまりこむ。

「矯正《きょうせい》に成功《せいこう》している」だって。じゃあ、わたしの足は、矯正に成功していないのだ。何かいけないことをしてしまったようにきこえる。母さんは、わたしの足が悪いのはわたしのせいだといつも言っていた。ほんとうなのかなと、ずっと思ってきた。

それに、内反足《ないはんそく》だって……それがわたしの足なんだ。内反足という足。

お医者さんは、わたしの内反足を手でつついたりねじったりして、わたしがどこまで耐《た》えられるかじっと見ている。わたしはバターに思いをはせた。あったかくていいにおいだったこと、わたしの手に息がかかったときの感じ。今のわたしは、頭の中のからっぽの部分に逃《に》げこむんじゃなくて、バターのいるところに逃げこむことができる。かんたんにできる。

「エイダ」スミスさんが大声で呼《よ》んだ。「エイダ、ぼんやりしないで。グレアム先生が質問《しつもん》なさってるわよ」

スミスさんはわたしの顔をつついている。お医者さんは、わたしの足に新しい包帯《ほうたい》を巻《ま》き終えていた。もうさわられなくてすむんだ。

「痛《いた》みはひどいのかね?」お医者さんが質問をくりかえした。

ひどいって、どれぐらいを言うんだろう?　なんとこたえてほしいんだろう?　だまって肩《かた》をすくめる。

「専門医《せんもんい》にみてもらうって先生がおっしゃったの、わかった?」スミスさんが言った。

わたしはスミスさんを見た。スミスさんもわたしを見た。

「わかったの、わからないの？」

わたしは首をふった。

スミスさんとお医者さんが目を合わせた。わたしは何かいけないことを言ってしまったのだろうか。

「グレアム先生はね、専門医ならあなたの足を手術《しゅじゅつ》できるかもしれないとお考えなのよ」

専門医ってなんだかわからない。手術って言葉の意味もわからない。でも、それは言わないほうがいいってことはわかる。「はい」とこたえる。

スミスさんは笑顔になった。

「こわいと思うのはわかるわ。でもね、すばらしいことよ。すぐにお母さんに手紙を書いて、許可《きょか》を求めるわ。反対するとは思えないけど。今、グレアム先生が松葉杖《まつばづえ》を持ってきてくれるわよ」

松葉杖というのは、木でできた長いもので、わきの下にあてて使う。松葉杖があれば、片足《かたあし》が悪くても歩ける。悪いほうの足（そういう足を持ってる人にかぎった話だけど）を地面につける必要はまったくない。

松葉杖があれば、痛くない。

「見たかね？　この子は笑うこともできるんだ。そうだと思っていたよ」

お医者さんがそう言うと、スミスさんは首をふりながらこたえた。

「うそみたいだわ」

そのお医者さんの家は村の中心にあって、鉄道の駅も近くだった。松葉杖《まつばづえ》があればタクシーはいらないので、わたしたちは大通りを歩いていった。こんな足のわたしが歩いていても、だれも呼《よ》びとめたりしない。お店に入って、肉や野菜やいろんな種類の食べものを買う。わたしを追いだす人などいない。

「エイダ、そこのリンゴを三つとってくれる？」と、スミスさんに言われた。

それまでは、何にもさわらないように気をつけていたけど、たのまれたんだから、さわってもいいのだろう。言われたとおりにリンゴをとったら、だいじょうぶだった。お店の人は、こっちを見てもいなかった。

お店にはほんとうにたくさんのものがならんでいて、わたしは落ち着かなかった。目に入るものが多すぎる。スミスさんのように、いちどきにこれだけたくさんの食べものを買う人がいるとは知らなかった。しかも、その場でお金を出して全部支《し》はらうのだ。何ひとつつけにしない。ジェイミーをつついて、うなずきあった。スミスさんはお金持ちだ。

歩道に出ると、スミスさんは残ったお金を数えてため息をついた。わたしたちをつれて、れんがでできたりっぱな店に入っていく。中にはカウンターがあって、その後ろに人が立っている。何を売ってる店なのか、ぜんぜんわからない。

「ここは、なあに?」ジェイミーがたずねた。

「銀行よ。行ったことあるでしょう?」スミスさんはこたえた。

行ったことなんかない。銀行なんていう場所、きいたこともない。スミスさんは紙に何か書きこむと、カウンターの後ろの男の人にわたした。男の人は、お金を数えて、スミスさんにあげた。

「お金屋さんだよ」ジェイミーが目を丸くしてささやいた。

わたしはうなずいた。ロンドンの家の前の通りには、こんな店はぜったいなかった。

わたしたちは、前の日と同じ服を着ていたけど、スミスさんがあらったので、きれいだし、においも変じゃない(スミスさんのシャツだけでは、村の中心に出てくることはできなかっただろう)。それなのに、スミスさんは服を売ってる店にも行って、ジェイミーとわたしに、新しいものを上下ひとそろいずつ買った。それに、これからはこれを着なければならないと言って、下着というものを三組も。それから靴下《くつした》、そして靴も買った。ジェイミーとわたしに一足ずつ。

「靴なら、ぼく持ってるよ」スミスさんが選んだりっぱな靴を見て、ジェイミーが言った。

「それに、エイダは靴なんていらないよ」

スミスさんはジェイミーの言葉を無視《むし》した。店の主人は、眉毛《まゆげ》がもじゃもじゃで感じの悪い人だ。

「疎開《そかい》児童はやっかいなだけじゃないかね？　うちの女房《にょうぼう》は早くもげんなりして、親もとへ送りかえしたがっておる。うすぎたない小ネズミどもさ。ベッドを濡《ぬ》らしやがって」

スミスさんが目配せしたので、店の主人は「失礼」と言って口をとじた。店を出たときのわたしは、不自由でない左足に、茶色い革靴《かわぐつ》をはいていた。

ほんものの靴。わたしの靴だ。

片方《かたほう》だけを買うことはできなかった。靴屋の主人が、それでは売れないと言ったのだ。右足用は、袋《ふくろ》に入れて持ち帰る。袋をかかえたスミスさんが言った。

「とっておきましょうね。いつかきっと……」

何が言いたいのかわからなかったけど、きかなかった。松葉杖《まつばづえ》があっても疲《つか》れてきたので、とにかく家まで歩きとおそうと必死だった。ジェイミーはにこにこして、おどりながら前を歩いていく。

「エイダの足がよくなった。エイダの足がよくなった！」

わたしもジェイミーに笑いかけた。ジェイミーったら、どうしようもないおばかさんなんだから。

9

同じ日に、スミスさんは、ラジオの電池を新しいものにとりかえた。ロンドンでも持ってる人が近所にいたので、わたしもラジオを知っていたけど、近くで見るのはもちろんはじめてだ。スミスさんのラジオは、大きい部屋にあるつやつやした木のかざり棚《だな》の上にのっていた。土曜日の夕方、家に帰るとすぐに、スミスさんは新しい電池を入れて、ラジオをつけた。音が鳴りだす。話し声だ。

スミスさんはため息をついた。

「音楽がききたかったのに」背《せ》のびしてスイッチを切る。「そのうち、きこえてくるのは戦争の話ばかりになってしまうんじゃないかしら」

そう言ってあくびをすると、すわったままじっとしている。

わたしは、買ってきた食べものを思《おも》い浮《う》かべた。リンゴを買った。肉も買った。立ちあがり、「お茶をいれましょうか?」と、それとなくきいてみた。

「パンと肉の脂《あぶら》はどうですか?」

スミスさんは眉《まゆ》をよせて、「いいえ、けっこうよ」と言った。

わたしはがっかりしてすわった。またおなかがすいてきた。でも、勝手に食べた朝のパンをふくめれば、今日はもう食事を二回している。

「そろそろ晩《ばん》ごはんの時間ね」

スミスさんはそう言ってちょっと笑ったけど、うれしそうには見えなかった。母さんの笑顔みたいだ。

「晩ごはんはわたしが作るわ。あなたたちの世話をするのはわたしの仕事だから」

そうなんだ……。

でも、そのあとスミスさんは立ちあがって、ほんとうに晩ごはんを作ってくれた。どっさりある。ハム、ゆでたジャガイモ。かんづめから出した緑色の小さな丸いものは、グリーンピースという。前にジェイミーがぬすんだようなトマトも、ぶあつく切って出された。そして、パンにバター。色も形もにおいもちがうものが、たくさんならんだ。グリーンピースは口の中をころがり、かむと、くちゃっとつぶれた。

たくさんの食べものが一度に出され、ほんとうに夢《ゆめ》のような晩ごはんだ。なのにジェイミーは疲《つか》れてきげんが悪く、ハム以外は何も食べようとしなかった。なぐってやりたい気持ちだ。あつあつのごちそうなのに。

スミスさんはわたしたちをあずかりたくなかったけど、ちゃんと食べさせてくれる。そればかりか、靴《くつ》もくれた。わたしは外に出てもかまわないってことだ。

「放っておきなさい」

わたしがジェイミーをしかろうとすると、スミスさんがけだるそうに言った。ジェイミーにはこう言った。

「お皿にあるもの全部に手をつけてからじゃないと、おかわりはできないわよ」

テーブルにセットされたフォークの下には、折った布《ぬの》がおいてあった。食べはじめる前に、スミスさんがそれをひざにのせたので、わたしたちもそうした。今、ジェイミーは、その布で顔をおおって、「ハムがほしいよ」と言っている。

「ほかのものをひと口ずつ食べれば、ハムのおかわりをしていいわよ」と、スミスさん。「好ききらいはあってもいいけど、食べもしないできらうのはだめよ。それに、ナプキンを頭からはずしなさい」

ジェイミーはお皿を壁《かべ》に投げつけた。お皿はこなごなになった。スミスさんは悲鳴をあげた。わたしはジェイミーにとびかかった。床《ゆか》に落ちたトマトをひと切れひろいあげ、ジェイミーの口におしこむ。ジェイミーはこっちに向かってはきだした。

「食べなよ！」

どなり声をあげるわたし。グリーンピースをつかんで、口の奥《おく》へおしこむ。ジェイミーは息ができなくなって、おえっとなっている。スミスさんがわたしを引っぱる。

「エイダ！　やめなさい、エイダ！　ジェイミーに乱暴《らんぼう》しないで！」

言うことをきかないときは、乱暴《らんぼう》するよ。

「もう寝《ね》なさい、ジェイミー！」スミスさんは、ふりまわされているジェイミーの腕《うで》をつかんで言った。「おふろに入って、寝るの！」

そう言って床《ゆか》から引っぱりあげ、蹴《け》ったりわめいたりのジェイミーを二階へつれていった。

ジェイミーったら、殺してやりたい。あんなふうにふるまうなら、ぶっ殺してやりたいよ。

松葉杖《まつばづえ》を見つけて、立ちあがる。お皿のかけらと、そこらじゅうに散らばった食べものをひろう。グラスがたおれたときにこぼれた水をふきとる。二階からジェイミーのわめき声がきこえてくる。スミスさんはジェイミーをおふろに入れているのか、それとも殺しているのか……どっちでもいいや。

台所のそうじが終わると、階段《かいだん》をのぼった。松葉杖を使えばあっというまだ。わめき声はおさまっていた。

「お湯をはりなおしてあるから、あなたも入ってね。ごはんは食べ終わったの？」と、スミスさん。

わたしはうなずいた。満腹《まんぷく》じゃなかったけど、おなかがぐるぐるしていて、もう食べられない。

あったかいお湯、石けん、タオルが用意されていた。からだがよごれている気はしなかったけど、お湯につかると気持ちがよかった。パジャマという新しい服を着る。寝るときだけに着るものだ。上と下にわかれていて、色はどちらも青。とてもやわらかいので、少しのあいだ、顔におしあてていた。ここにあるのは、やわらかいものばかりだ。やわらかくてすばらしくて、なんだかこわい。自分がだれだかわからなくなる。

寝室《しんしつ》に入ると、ジェイミーは小さなボールのように丸くなって、いびきをかいていた。スミスさんは、ベッドわきのいすにすわって、うとうとしている。この人はいい人じゃないんだ。自分にそう言いきかせて、わたしはベッドに入った。


夜中にとつぜん目がさめた。母さんが家にお客さんをつれてきたときに、こうなったことがある。起きあがって毛布《もうふ》をぎゅっとつかむ。苦しくて息があらくなる。

スミスさんの声がした。

「だいじょうぶよ、エイダ。だいじょうぶよ」

横を向く。スミスさんはまだジェイミーのわきのいすにすわっている。窓《まど》から月の光がさしている。スミスさんの顔は影《かげ》になっていて見えない。

心臓《しんぞう》がはげしく打っている。頭の中がぐるぐるまわる。

「だいじょうぶよ、エイダ」スミスさんがくりかえした。「悪い夢《ゆめ》を見たの？」

悪い夢？　わからない。ジェイミーがとなりで眠《ねむ》っている。口を少しだけあけて、落ち着いてふつうに息をしている。

「爆弾《ばくだん》が落ちたんですか？」と、わたし。

スミスさんは首をふった。

「いいえ、何もきこえなかったわ。でも、わたしも今、目がさめたの」手首を月明かりにかざして時計を見る。「三時過《す》ぎよ。ここで寝《ね》るつもりじゃなかった。でも、このいすでほとんどひと晩眠《ばんねむ》っちゃったのね」

スミスさんは、なぜか笑っているようだった。

「もうずいぶん長いあいだ、よく眠れなかったの。ベッキーが亡《な》くなってから眠れなくなってね」

「いつ亡くなったんですか？」

スミスさんはせきばらいした。

「三年前。来週の火曜日で丸三年になるわ」

三年ものあいだ、よく眠ってないの？

「あなたたちをあずかりたくなかった理由のひとつは、それなの。あなたたちは、何も悪くないのよ。わたし、秋は特に具合がよくないの。それから日がどんどん短くなっていくと……冬もね、調子がいいときなんてないわ。それは子どものころから、ずっとだわね。暗いのと寒いのは大きらいなの」

うなずく。わたしもそうだ。冬になると手も足もしもやけになって、かゆくてひりひりしてたまらない。

「ベッキーって、あなたの子どもですか?」

「わたしの子どもですって?」スミスさんはかすれた声でいきなり笑った。「ちがうわ。友だち。親友よ。大学でいっしょだったの。この家はベッキーのものだったの。わたしに残してくれたのよ」

「バターもですね」わたしはポニーを思いだして言った。

「バターは、亡くなるずっと前にくれたの。ベッキーは馬が好きだったから、わたしにも馬を好きになってもらいたかったのね。そうはならなかったけど」

「どうして亡くなったんですか?」

「肺炎《はいえん》。肺の病気よ」

うなずく。話しているうちに、気持ちが落ち着いてきた。毛布《もうふ》をつかんでいた手をゆるめ、横になる。

「ここで寝てもいいですよ」

ジェイミーはベッドのまん中で寝てるから、その向こうにもう一人寝るだけのスペースがある。

スミスさんは首をふった。

「いいのよ、わたしは……。でも、それもいいかも。今夜だけね」

そう言ってジェイミーのとなりにもぐりこみ、毛布《もうふ》を引きあげた。わたしも反対のはしを引きあげる。ああ、これもやわらかい。そしてあったかい。

次に気がついたとき、部屋の中は光にあふれていて、開いた窓《まど》から教会の鐘《かね》の音がひびいてきた。そこへスミスさんの声がした。

「まあ、ジェイミーったら、おねしょしたわね」

ロンドンではおねしょなんてしたことなかったのに。疎開《そかい》児童のおねしょのことで、感じの悪い靴屋《くつや》さんが文句《もんく》を言っていたのを思いだし、わたしはジェイミーをにらみつけた。ジェイミーは、ワッと泣きだした。

「気にしないで」

スミスさんはそう言ったけれど、いらいらしているようだった。

「全部洗《あら》うわ。月曜日に、ゴムのシートを買いましょう。おねしょはもうしないと思うけれど、念《ねん》のためにね」

この人は、しょっちゅうものを買っている。心配だったのできいてみた。

「あなたはお金持ちなんですよね?」

そうでないわけがない。すてきな家に食べものがどっさりあって、銀行がお金を手わたしてくれるんだから。

「とんでもないわ。わたしは、ベッキーのハンターを売ったお金で暮《く》らしてるのよ」

スミスさんは立ちあがって、のびをした。

「このやかましい鐘の音はなんなの？　こんなに寝《ね》ぼうしちゃったの？　あなたたちを教会につれていくべきかしら。ちゃんとした保護者《ほごしゃ》ならそうするわよね。でも、もうまにあわないわ」

そう言って肩《かた》をすくめた。

スミスさんは一階におりてお茶をいれた。ジェイミーにラジオをつけさせる。低くて仰々《ぎょうぎょう》しい声がきこえてくる。おごそかでゆっくりした調子だ。ジェイミーもわたしも、ちゃんときくべきだという気がして、すわって耳をかたむけた。スミスさんも台所からやってきて、いすのはしに、こしをおろした。

ラジオの声はこう言った。

「先ほど首相から発表されましたように、イギリスとドイツは、戦争状態《じょうたい》に入りました」

教会の鐘の音はやんでいた。ジェイミーが言った。

「爆撃《ばくげき》されるの？」

スミスさんはうなずいた。

「そうよ」

10

その言葉をきくまで、わたしはドイツ軍の爆撃《ばくげき》のことを忘《わす》れていた。爆撃されるのはロンドンだから、スミスさんの家は関係ないとは思うけど、それにしてもすっかり忘れていた。爆撃のことを忘れるなんて、とんでもないことかもしれないけど。

またおなかがぐるぐるしはじめた。

「戦争状態《じょうたい》に入ったって、どういう意味ですか?」とたずねる。「戦争はもうはじまってたんじゃないんですか? だからわたしたち、ここに来たんでしょう?」

「政府は、早めに子どもたちを疎開《そかい》させたのよ」スミスさんが説明した。「戦争になるのはわかっていたけど、具体的にいつからかは、わからなかったの」

「戦争になるってわかるのなら、止めればよかったのに」と、わたし。

スミスさんは首をふった。

「戦わずにヒトラーを止めるなんて、できっこないわ。でも心配しないで、エイダ。あなたは安全だし、お母さんも安全よ。じきに家に帰れるわ。ぜったいよ」

作り笑いでそう言うスミスさんは、うそをついている。どうしてうそなんかつくんだろう。

「帰りたくないです」

考える前に口が開いてしまった。もうひとこと言いそうになったけど、ぐっとこらえる。

――ここにいたほうがいいです――

スミスさんはびっくりしたようだった。何か言いたそうだったけど、そのときジェイミーが泣きだした。

「ぼくは帰りたいよ。戦争なんかいやだ。爆撃もやだ。こわいよ。うちに帰りたいよ」

うちに帰ることを考えると、わたしは息ができなくなる。うちに帰るだなんて、爆撃よりも恐《おそ》ろしい。ジェイミーは何を考えてるんだろう。

スミスさんはため息をついた。ハンカチを出して、ジェイミーの涙《なみだ》と鼻水をふいてやっている。

「わたしたちがどうしたいかなんて、だれもきいてくれないのよ。いらっしゃい。何か食べましょう」


食事のあと、スミスさんはラジオの横にすわり、ぼんやりとゆううつそうにしていた。

「スミスさん」わたしは声をかけた。「爆撃はもうはじまってるんですか？」

スミスさんは首をふった。

「まだよ。ロンドンではサイレンが鳴ったけど、それは訓練のためなの」

わたしはスミスさんのとなりにあさくこしかけた。ラジオからは低い声が流れつづけている。

「スミスさん、ハンターってなんですか？」

スミスさんは半分寝《ね》ているような顔でわたしを見た。

「なんですって？」

わたしは質問《しつもん》しなおした。

「ベッキーのハンターを売ったお金で暮《く》らしてるって言いましたよね？」

ものを売ることはわかる。ロンドンのアパートの近くには質屋《しちや》があって、港の仕事が少ないときは、女の人たちがそこにものを売りに行っていた。

「ハンターは、馬の種類よ。高級な馬なの。ベッキーは二頭持っていたわ」

「わたしたち、食べものはもっと少なくていいです。ジェイミーもわたしも、いつもそうでしたから」

スミスさんの目つきがするどくなった。

「じょうだんじゃないわ」

きつい調子でそう言われたので、わたしは息を飲んだ。

「心配しなくていいの。どうにかするわ。わたしか、ソールトン夫人がね。あなたたちの世話のことは、だいじょうぶよ」

「わたしは、ただ――」

「心配ないから」スミスさんは言った。「いい天気ね。外で遊んだらどう？」

ジェイミーは早くも外に出ている。わたしはうなずくと、松葉杖《まつばづえ》をついて外に出た。バターは遠くで草を食べている。

「バター！」

石垣《いしがき》をこえながら呼《よ》んだ。バターは顔をあげたけど、近づいてはこなかった。

わたしは地面に寝そべった。この草原はすてきだ。草、土、花、ブンブン飛ぶ小さな虫。腹《はら》ばいになって草をなで、においをかいで、土から引っこぬく。前に進んで、白い花をしげしげとながめる。

しばらくすると、首すじにフーッと息がかかるのを感じた。ジェイミーだと思って笑いながらあおむけになると、バターだった。わたしの頭のにおいをかぐと、一歩横にふみだし、草を食べた。わたしは、バターの足とその動きと、長くて黄色いしっぽがシュッシュッとハエを追いはらう様子をじっと見つめた。

日は高くなり、やがて低くなった。空気が冷たくなってくる。

「晩《ばん》ごはんよ！」スミスさんが家の中からさけんでいる。

ジェイミーとわたしが中に入ると、スミスさんはわたしを見て言った。

「どろの中でころがってたの？」

何が言いたいんだろう？

「まあいいわ。そんなにびっくりしなくていいのよ。洗《あら》えばいいんだから」

「また、おふろ？」ジェイミーが大声で言った。

「すわって、食べましょう」と、スミスさん。「そう、おふろよ。ここで暮《く》らすあいだは、毎《まい》晩《ばん》おふろに入るつもりでいていいのよ」

「毎晩ですか？」

どろがついているかどうかはともかく、これまでになくきれいになった気がしていたのに。

「あなたたちがよごれるのはかまわないのよ。でも、シーツにどろがつくのはいやだわ」

ジェイミーとわたしは、まわりを見まわした。名前を知らないものだらけだ。スミスさんは、わたしたちがよごれるのも、ほんとうは気に入らないんだろう。少しだけ気に入らないってことだろうか？　わたしは思いきってたずねた。

「スミスさん、シーツってなんですか？」


シーツとは、ベッドの上の白くてうすい毛布《もうふ》のことだった。晩ごはんには、スープというものがボウルで出された。でもボウルから直接《ちょくせつ》飲むんじゃなくて、スプーンで飲むのだ。すごくめんどくさいと思う。でもわたしは腹《はら》ぺこだったし、スープはしょっぱかったけど、少し肉も入っていたので、言われたとおりのやり方で飲んだ。

ジェイミーは手をつけようとしなかった。

「おなかがすいたままベッドに入りたいなら、それでいいのよ」スミスさんが言った。「わたしが作ったのはスープだけ。今、食べられるものはスープだけなの」

それがうそだってことは、わかっていた。戸棚《とだな》の中にはありとあらゆる食べものが入っている。でもジェイミーは腹ぺこのまま寝《ね》たこともある。それで死ぬわけじゃない。

ジェイミーは、夜は泣いて枕《まくら》を濡《ぬ》らし、朝にはまたおねしょをしていた。

「うちに帰りたいよ。ビリー・ホワイトに会いたいよ。いつもにもどりたいよ。帰りたいよ」

わたしは帰りたくない。二度とごめんだ。帰ったとしても、また逃《に》げる。

11

次の週には、三つのことがあった。

まず、スミスさんが、一日のほとんどを寝《ね》ているかぼんやりと空間を見つめるかして過《す》ごしたこと。

月曜日は、食事は作ってくれたけど、それ以外は何もしなかった。火曜日はベッドから出もしなかった。スミスさんが料理する様子を見ていたので、この家のこんろの使い方はだいたいわかっていた。だからわたしが食事を作って、ジェイミーと二人で食べた。午後にはスミスさんにお茶をいれてあげた。ジェイミーがカップを持って階段《かいだん》をあがってくれたので、寝室《しんしつ》まで持っていけた。

スミスさんは横向きに寝ていて、目をさましてはいるけど、何も見てなかった。目は赤くはれていた。わたしたちが入っていくと、驚《おどろ》いたようだった。

「わたし、あなたたちを放りっぱなしにしてるわね」と、身動きひとつしないで言った。「ソールトン夫人に言ったの。わたしは子どもの世話には向いていませんって。そう言ったの」

わたしは、ベッドわきのテーブルにカップをおいた。

「どうぞ」

スミスさんはからだを起こした。

「あなたたち、わたしの世話なんかしなくていいのよ。わたしがあなたたちの世話をする役目なんだから」お茶をすすり、目に涙《なみだ》を浮《う》かべる。「お砂糖《さとう》を入れたのね」

スミスさんのお茶はいつもそうだ。砂糖一杯《ぱい》、ミルクなし。見ていたからわかる。

「はい、スミスさん」もしかしてぶたれるかもと思い、わたしはちょっと身がまえた。「でも、たくさんじゃありません。砂糖はまだどっさりあります。わたしは砂糖はいりません」

ジェイミーのお茶には少し入れたけど。

「たたくつもりはないわ。それをわかってもらえたらうれしいわ。ほったらかしにしたのはたしかだけど、たたいたりしないわよ。それに、あなたたちはなんでも食べていいのよ。わたしのお茶に砂糖を入れるなんて、思いやりがあるわね。というより、お茶をいれてくれるなんて、思いやりがあるわね」

「はい、スミスさん」

思いやりがあるって、いいこと、悪いこと？

スミスさんはため息をついた。

「お母さんからはまだ返事がないけど、あなたたちの名字はほんとうにスミスだったのね。ソールトン夫人が教えてくれたわ。わたし、うそだと思ってたの」

「そうですか、スミスさん」

「ヒトラーなんて言うから」

わたしは部屋を出ようと背中《せなか》を向けた。朝からいそがしかったし、わたし自身おなかがすいていて、お茶が飲みたかった。

「スミスという名字の人はたくさんいるわよね。なのに、あなたがうそをついてると思ったの」


スミスさんは、お茶を飲んだあともベッドから出なかった。ジェイミーは戸棚《とだな》じゅうをひっかきまわして、気に入ったものだけ食べた。わたしはそれをゆるしたどころか、あとでめんどうが起きるだろうと思いながらも、自分もそうした。その日、ジェイミーはおふろに入らなくていいことにした。わたしは、両足が浮《う》くぐらいたっぷりとお湯をはって、時間をかけてゆっくりおふろに入った。それから、ベッドのシーツをはずした。前の晩《ばん》、ジェイミーはおねしょをしたけど、こうすれば問題ない。実際《じっさい》、なんの問題もなく眠《ねむ》った。

翌朝《よくあさ》、スミスさんは起きてきた。髪《かみ》の毛《け》はもわっとしていて、頭のまわりに浮かんだ黄色い雲のように見える。

「もっとがんばるわわね」と、わたしたちに言う。「きのうはベッキーを思いだして……。今日はもっとましになるから」

わたしは肩《かた》をすくめた。

「ジェイミーの世話は、わたしができます」

「そうでしょうね」と、スミスさん。「でも、だれかがあなたの世話をしなくちゃね」


これが一つ目の話。

二つ目は、イギリス空軍がバターの牧草地《ぼくそうち》の向かいに飛行場を建てたこと。滑走路《かっそうろ》も建物も、何もかもが三日でできあがった。ジェイミーはもう夢中《むちゅう》で、何度ものぞきに行き、しまいには空軍の人に首ねっこをつかまれて、スミスさんのもとにつっかえされた。

「奥《おく》さん、この子を外に出さないでいただきたい。飛行場に一般人《いっぱんじん》は立入禁止《きんし》ですぞ」


三つ目。

ビリー・ホワイトがロンドンに帰った。

ジェイミーは、ビリーやほかの友だちに会いたいとさわいでいたけど、わたしはどうさがせばいいかわからなかったし、手がかりもないのにむやみに田舎《いなか》を歩きまわるつもりもなかった。松葉杖《まつばづえ》を使うこつはあっというまにつかんだので、歩くのはつらくない。でも、ジェイミーをひとりじめしていたかった。

ジェイミーとわたしは、毎日外で過《す》ごしていた。庭には、以前ベッキーの馬がいた厩舎《きゅうしゃ》と呼《よ》ばれる建物があって、ときどきそこで遊んだけど、たいていはバターのいる牧草地《ぼくそうち》で過ごした。わたしのお気に入りの場所だ。

木曜日、スミスさんとジェイミーと三人で村の中心まで歩いていった。食べものがほとんどなくなってしまったからだ。まっさきに目についたのがビリー・ホワイトだった。お母さんとお姉さんたちもいて、駅で汽車を待っている。

「ビリー！」

ジェイミーがさけんだ。ビリーたちのところに走っていって、にっこり笑いかける。

「どこに住んでるの？　ぼくんち、ここから遠くないよ、ほんの――」

ビリーが言った。

「母さんがむかえに来たんだ。ぼくたち、うちに帰るんだよ」

ジェイミーは目を丸くした。

「でも、ヒトラーはどうなるの？　爆撃《ばくげき》は？」

「爆撃は一度もないよ」

ビリーのお母さんが言った。いちばん小さい女の子の肩《かた》をだいている。わたしがその子に笑いかけると、お母さんはその子を少し引きよせた。まるで悪い足がうつるとでもいうように。

「それに、子どもたちと離《はな》れて暮《く》らすなんて、もう耐《た》えられない。まちがってる気がするんだよ。戦争はみんなでいっしょに乗りきるものだと思うのさ」

ビリーのお母さんは、横目でわたしを見た。

「あんた、エイダだね？　疎開《そかい》したってお母さんからきいたけど、信じられなかったよ。窓《まど》のそばにいないないなあとは思っていたがね」

そう言って、わたしを上から下までながめた。特に下だ。ていねいに包帯《ほうたい》が巻《ま》かれた足を見ている。スミスさんは、包帯を毎日洗《あら》ってとりかえてくれる。

「わたし、頭が足りないんじゃないんです。足が悪いだけです」と、わたしは言った。

「そんなこと、知らないね」ビリーのお母さんは、まだ娘《むすめ》をかばっている「あんたのお母さんが――」

「わたし、この子のお母さんに手紙を書いたんです」後ろからスミスさんの声がした。「でも、あなたからも伝えていただけないかしら。お医者さんの見解《けんかい》は――」

急にビリーが口を開いた。

「ぼく、ここがきらいだ。ぼくたちをあずかった人たち、腹《はら》ぺこのネコみたいに意地悪なんだもん」

「ぼくも、ここがきらいだよ」ジェイミーはそう言って、スミスさんのほうを向いた。「ぼく、うちに帰ってもいい？　ぼくたちをうちにつれてってくれる？」

スミスさんは、じょうだんでしょうとばかりに笑いながら首をふった。

「ロンドンなんて行ったことがないもの。どっちに向かえばいいのかもわからないでしょうよ」

「ぼくんちに向かうんだよ」ジェイミーは納得《なっとく》しない。

「スティーヴンはどこですか?」わたしがきいた。

ビリーのお母さんは顔をしかめた。

「あの子は帰らないよ。自分が必要とされてると思っちまって。あの子ったら」そう言って、また、変な目つきでわたしを見た。「あんたがふつうの人といっしょに出歩いているなんて、びっくりだよ。施設《しせつ》に入ったんだと思ってた」

声の調子から言って、わたしみたいな子はとじこめられるべきだと思っているのはまちがいなかった。悪意が感じられて、ショックだった。何年ものあいだ、わたしは窓《まど》からビリーのお母さんに手をふっていたし、ビリーのお母さんはいつも手をふりかえしてくれた。いい人だと思ってた。わたしを好きなんだと思ってた。でも、そうじゃないんだ。返す言葉がない。どこを見ればいいのかさえわからない。スミスさんがわたしの肩《かた》に手をおいた。少し横を向くと、スミスさんのスカートのすそが見えた。これ以上ビリーのお母さんを見ていられない。

汽車が来たのでビリーのお母さんは子どもたちを集めてそちらへ向かった。ジェイミーが大声で泣きだした。

「ぼくもつれてって!」

スミスさんがジェイミーをおさえた。

「あなたのお母さんは、もどってほしくないのよ。安全なところにいてほしいのよ」

「母さんは、ぼくがいなくてさびしがってるよ」ジェイミーは言った。「それに、エイダがぼくの世話をするんだ。ふたりとも帰ってきてほしいんだよ。そうだよね、エイダ？　そうだよね？　母さんは、ぼくたちに帰ってきてほしいんだよね！」

ゴクンとつばを飲む。そうかもしれない。わたしがいないと、母さんにはお茶をいれてくれる人もいない。わたしが帰れば、母さんはうれしいかもしれない。松葉杖《まつばづえ》を使ってじょうずに歩けるようになったわたしなら。母さんは、もっと早く松葉杖に気づけばよかったって思うかもしれない。

頭が足りないわけじゃないって、母さんにもわかるかもしれない。

ううん、それともやっぱり、わたしは頭が足りないのかな。一つの部屋にとじこめたほうがいいと思われるのは、理由があるからなんだろうな。

めまいにおそわれた。バターのことを考えよう。必死で自分に言いきかせる。バターに乗ることを考えるんだ。

ジェイミーのほうは、ますますわめいている。スミスさんを思いきり蹴《け》とばして、のがれようともがく。

「ビリー！」とさけぶ。「ぼくもつれてって！　帰りたいよ！　ぼくもうちに帰りたいよ！」

スミスさんは、汽車が行ってしまうまで、ジェイミーをおさえつけていた。

「おまえなんか大きらいだ！」ジェイミーは手足をばたつかせて泣いている。「大きらいだ、大きらいだ！　うちに帰りたいよ！」

スミスさんはジェイミーの手首をにぎって引っぱり、石のように顔をこわばらせ、だまって通りを進んだ。

「エイダ、来なさい」ふりかえりもしないで言う。

ジェイミーは泣きやまない。鼻水があごまで流れていく。

「おまえなんか大きらいだ！　大きらいだ！」ほえるようにくりかえす。

「お困《こま》りのようね」

おだやかな声がした。顔をあげると、鉄のような顔の女の人だった。自動車に乗せてくれた、あの人。となりには、からだは小さいけど、やっぱり鉄のような顔をした女の子が立っている。あの日お茶を配っていた、髪《かみ》にリボンをつけたきらきらした女の子たちの一人だ。

驚《おどろ》いたことに、スミスさんは目をぐるりとさせて、ジェイミーがわめいていることぐらいなんでもありませんよとでも言うように首をふった。

「ただのかんしゃくです。友だちが行ってしまったので」

鉄の女の人はジェイミーを見て、ぴしゃりと言った。

「さけぶのをやめなさい。今すぐやめるのよ。馬たちがびっくりしてしまうわ」

ジェイミーは泣きやんだ。まわりを見まわす。

「馬って？」

鉄の女の人は、「単なる言いまわしですよ」とこたえ、それからスミスさんに向かって言った。

「もう十人以上の子どもが親もとに帰ったわ。親御《おやご》さんたちに何度も何度も言ったのに。ロンドンは安全ではない、爆撃《ばくげき》されますよって。でもむだでした。思慮《しりょ》の足りない母親たちは、長い目で安全を考えるよりも、目先のなぐさめのほうが大事なのね」

思慮の足りない母親たち。わたしみたいに足りないんだ。ロンドンで近所に住んでた人たちは、みんな足りないのかもしれない。

鉄の女の人は、ジェイミーとわたしに目をやって、スミスさんに言った。

「この子たち、見ちがえるようね。あなたのおかげだわ」

「とんでもない」スミスさんが言った。「清潔《せいけつ》な服を着せて、食事をさせただけです」

膿痂疹《のうかしん》に、くさい薬もぬってくれたけど、それは言わないようだ。スミスさんは、ためらいがちに別のことを言った。

「着古しの服をお持ちじゃありませんか？　または、持っている人をご存《ぞん》じとか。冬用の服が必要なんですけど、わたしには余裕《よゆう》がないので」

鉄の女の人は、大きなハンドバッグからクリップボードをとりだした。寝《ね》るときにもクリップボードをだいてるんだろうな。

「もちろんですとも」そう言って、何か書きつけている。「町の古着回収《かいしゅう》も、わたくしが担当《たんとう》しているのよ。あなたがお手あてだけで服代をまかなえるとは思っていませんよ。本来は着がえぐらいは持参するものだけど……まあいいわ。でも、もう少し持ってきてほしかったところですよ。まったくね」

鉄の女の人の娘《むすめ》が、包帯《ほうたい》の巻《ま》かれたわたしの足をじろじろ見ている。わたしはその子に近づいてささやいた。

「ついきのう、こうなったの。うちのポニーにふまれちゃって」

その子は疑《うたぐ》り深《ぶか》そうに目を細めた。

「それって、大うそでしょ」と、ささやきかえしてくる。

「わたしたち、ほんとにポニーを持ってるんだよ」と、わたし。

「ポニーにふまれたぐらいで、そんなひどいけがをするもんですか。わたしなんて、何十回もふまれてるもの」

この子のほうが上手《うわて》だ。言いかえせなかったので、舌《した》を突《つ》きだしてやった。その子はお返しに、トラのように歯をむきだした。

一方、スミスさんはこんな質問《しつもん》をしていた。

「お手あてって、なんですか?」

スミスさんは、わたしたちをあずかるとお金がもらえることがわかった。週に十九シリング！　つまり、あと一シリングで一ポンド！　スミスさんはお金持ちじゃないらしいけど、これからはお金持ちになる。わたしは大きく息をはいた。高い靴《くつ》を買ってもらったことや、食べものにかかるお金のこと、心配しなくていいんだ。母さんは週に十九シリングなんて、とてもじゃないけど、かせげなかった。週に十九シリングもあるなら、ジェイミーもわたしも、好きなものを好きなだけ食べられる。

「知らなかったなんて、信じられませんわ」鉄の女の人が言った。「まちがいなく説明したのに——」

「あら」スミスさんはくすっと笑った。「あなたのおっしゃること、なんにもきいてなかったんです」

また歩きだす。ジェイミーはだいぶおとなしくなったものの、まだめそめそしていた。

わたしはスミスさんに言った。

「一か月で三ポンド十六シリングですよ。もっと子どもをあずかれば、お金持ちになれますね」

スミスさんは顔をしかめた。

「そんなことでもうけるほど、落ちぶれてないわよ。おあいにくさま」

12

こういうできごとのあいまに、わたしはこっそりバターをかまっていた。スミスさんは何も知らないから、だめだとも言わなかった。

スミスさんが一日じゅうベッドから出なかった火曜日、わたしははじめてバターに乗った。まず、バターをなだめすかして石垣《いしがき》のわきに立たせた。わたしは松葉杖《まつばづえ》なしでよろよろと石垣にのぼり、悪いほうの足をバターの背中《せなか》にえいっと投げだした。たてがみをつかんで、じたばたもがいて、ついにまたがることができた。バターのにおいがただよってくる。毛皮はあったかくて、足がふれると少しちくちくした。

歩きだす。バターはゆれながら進むので、わたしのお尻《しり》もゆれた。たてがみにつかまってバランスをとる。向きを変えさせようとしたけど、うまくいかなくて、そのうちバターは草を食べるために下を向いてしまった。気にしない。その日の午前中は、ほとんどのあいだ、バターの背中に乗っていた。そのうちおなかがすいてきたので、おりて、食事をしに家に入った。

次の日は、足がよろよろした。両足全体に、今までになかった張《は》りが出てしまったのだ。でも気にしなかった。歩くときの痛《いた》さにくらべれば、なんてことなかった。

厩舎《きゅうしゃ》には物置部屋があった。錠《じょう》がかかっていたけど、ドアのそばの石の下に鍵《かぎ》があるのをジェイミーが見つけた。中に入ると、ベッキーと馬たちに関係ありそうな、ありとあらゆるものがあった。汽車と競走していたポニーには、ひもがとりつけられていた。ああいうのがないかとさがすと、革《かわ》でできたひも類がどっさり入った箱が見つかった。留《と》め金《がね》でつながっているものもある。全部引っぱりだして、ひとつひとつ見ていった。

馬の頭にとりつける、頭絡《とうらく》という革製《かわせい》のひもは、ちょっと向きをまちがえる（たとえば鼻や頬《ほお》にあてる部分を頭にあてる部分とまちがえたりする）だけで、馬につける道具とはとても思えなくなる。革ひもがからまってるだけに見えるのだ。わたしも最初はわけがわからなかった。そのあと、棚《たな》の上に何やら四角いものを見つけた。紙がたくさんとじてあって、わたしには読めないけれど、文字がぎっしり書いてあった。めくっていくと絵も描《か》いてあった。頭絡をつけた馬の絵だ。その絵と手にした頭絡を何度も見くらべる。やっとしくみがわかった。

その日の午後、バターに頭絡をつけようとした。でもその頭絡は、ベッキーが飼《か》っていた大きな馬用だったのだろう。頭の上からかぶせてみたら、金属《きんぞく》の部分があごの下までさがってしまい、ひたいにかかるべきところは鼻先にかかってしまった。バターは鼻を鳴らして、手綱《たづな》を引きずりながら逃《に》げだした。ジェイミーに手伝ってもらったけど、つかまえるだけで、午後の時間が半分ぐらい過《す》ぎてしまった。

木曜の午後、買いものから帰ったあと、小さい頭絡を使ってみたら、何もかもうまくいった。

わたしが呼《よ》ぶと、バターはやってきた。ポケットからかわいたオートミールをひとつかみ出して、食べさせた。小さな頭絡《とうらく》をつけてやると、ぴったり合った（そのころはまだ頭絡という言葉を知らなかったけど、今はわかる。はみ、手綱《たづな》、頬革《ほおがわ》、項革《うなじがわ》など、それぞれの部分の名前も覚えた。そして、馬具をつけた馬の絵がついたたくさんの紙でできたものは、本だった。わたしが出会ったはじめての本だ）。

頭絡をつけたバターのとなりにわたしが立つ。さあ、準備《じゅんび》できた。わたしが背中《せなか》によじのぼると、バターはフーッと息をはき、下を向いて草を食べはじめた。手綱をぐいと引くと、バターはびっくりしたように頭をあげた。よしよし。わたしはバターのおなかを軽く蹴《け》った。そうすると馬は動きだすとわかったからだ。バターは前へ進んだ。わたしは両手で手綱をにぎったまま、片手《かたて》を真横にずらした。するとバターもそちらへ向きを変えた。手綱を両手で手前に引くとバターは止まった。かんたんだ。走らせようと思って、両足で強く蹴ってみた。するとバターは頭をさげて後ろ足をあげ、わたしをふりおとした。わたしはバターの頭をこえて、草の上に背中から落っこちた。

ジェイミーが走りよってきた。

「エイダ！　死んじゃったの？」

わたしはもがきながら立ちあがった。

「まさか」

バターにまたがりなおす。今度は頭をさげさせなかったので、バターはわたしを前に落とすことはできなかった。そのかわり横にはねて、またわたしをふりおとした。地面に頭を打って、わたしはちょっとくらくらした。

「あんたも乗ってごらんよ」と、ジェイミーをさそう。

ジェイミーは首をふった。

「乗りたくない。バターもいやだと思うよ」

そうなのかな。今のバターは、乗られるのがいやなのかもしれない。一日じゅう食べてるだけの生活に慣《な》れているから。でも、好きになるかもしれない。いっしょに広々としたところを走りまわったり、石垣《いしがき》を飛びこえたりするようになれば、バターも変わるだろう。

わたしのほうは、すぐに夢中《むちゅう》になった。落馬してもおびえなかった。乗馬の練習は、歩く練習と似《に》ている。痛《いた》いけど、くりかえす。スミスさんは、新しいブラウスに草のしみがついてることや、新しいスカートのすそがさけてることを不思議に思ってはいるんだろうけど、何も言わない。いつものようにため息をついて、せんたく用の釜《かま》にブラウスを放りこむ。金属《きんぞく》でできた爪楊枝《つまようじ》みたいなものと糸を使って、やぶれたところをつくろう。

「あの人、どうしていつもあの声を出すの?」

夜、ジェイミーがそう言って、スミスさんのため息をまねしてみせた。母さんがああいう声を出したことはない。

わたしは肩《かた》をすくめてこたえた。

「わたしたちを好きじゃないからだよ。あずかりたくなかったって、言ってたでしょ？」

わたしは、スミスさんの仕事をふやさないように気をつけていた。そうしないと、鉄の女の人にたのんで、わたしたちを家に帰してしまうかもしれないからだ。わたしがお皿を洗《あら》って、ジェイミーにふきんでふかせる。おふろに入って、髪《かみ》の毛《け》をとかして、ジェイミーにもそうさせる。ジェイミーには、食べなれないものも食べさせた。そうさせるには、おどすしかなかったけど。

「あとどれぐらい、ここにいなくちゃならないの？」ジェイミーがきいた。

「さあね。戦争が終わるまでかな。母さんがつれもどしにくるまでかもね」

「戦争はいつ終わるの？」

「あと二、三週間じゃない？　もう少しかかるかな」

「うちに帰りたいよ」

ジェイミーはそればっかり言うので、わたしはうんざりだった。ジェイミーのほうに向きなおり、「どうして？」ときく。つばが飛びそうないきおいになってしまった。大声は出さないように気をつけたけど、自分でもびっくりするぐらい怒《いか》りがあふれだした。

「うちに帰れば、あんたはやりたいことがなんでもできるから？　わたしはなんにもできなくなって、小言も言わなくなるから？　わたしが部屋にとじこめられるから？」

ジェイミーの丸い目に涙《なみだ》があふれた。「ちがうよ」と、小さな声。

「小言なんか気にしないよ。それに母さんは、もうエイダをとじこめないと思うよ。松葉杖《まつばづえ》とかあるんだから」

「ロンドンでは、みんながわたしをきらってる。怪物《かいぶつ》か何かだと思ってるんだよ」

「思ってないよ」ジェイミーはそう言ったあと、顔をそむけて言いなおした。「これからはそう思わないよ」はげしく泣きだし、枕《まくら》に顔をつけて声をおさえている。「松葉杖があるじゃないかよ！」

「松葉杖があっても足は変わらないんだよ！」わたしは言った。「変わらないの。あいかわらず痛《いた》いんだよ。わたしは前と同じなんだよ！」

ジェイミーはすすり泣きながら言う。

「うちに帰れば、ものの名前がわかるもん」

その気持ちはわかる。わたしもときどき感じることだ。お店に行くと、見たこともないものがどっさりならんでいて、圧倒《あっとう》されてしまうのだ。

「うちに帰っても、いいことないよ。腹《はら》ぺこだったじゃない。おぼえてるでしょ？」

「ちがうよ」と、ジェイミー。「腹ぺこになったことなんかないもん。一度もないもん」

そうだとしたら、わたしが自分の食べる分をゆずっていたからだ。

「わたしはそうだったの。腹《はら》ぺこだったし、ひとりぼっちだったし、とじこめられてた。今は、何があっても、わたしの言うとおりにしなきゃだめだよ。わたしといっしょにここにいるの。あんたの安全を守ってやるのは、わたしなんだからね」

ジェイミーの泣き声がとぎれてきた。涙《なみだ》のたまった茶色い目で、わたしを見あげる。寝《ね》がえりを打ってあおむけになったので、わたしはシーツをあごまで引きあげてやった。小さな肩《かた》をぽんぽんとたたいてやる。

「今は安全なの？」ジェイミーが言った。

そうは思えない。安全だなんて感じたこともない。でも、「そうだよ」とこたえる。

「うそついてるね。ぼく、わかるよ」

ジェイミーはまた寝がえりをうって、背中《せなか》を向けた。わたしはあおむけで横になっていた。息を吸《す》うと、開いた窓《まど》からスイカズラのにおいがした。淡《あわ》いブルーの壁《かべ》に、カーテンがゆれる。今は腹ぺこじゃない。眠《ねむ》りに落ちる。

13

次に村の中心に行ったとき、駅のそばのれんがの壁に、ものすごく大きなポスターがはってあった。ジェイミーは立ち止まってじっとながめた。

「なんて書いてあるの？」

スミスさんが文字を指でさしながら、声に出して読んだ。

「あなたの勇気、あなたの明るさ、あなたの決意が、われらに勝利をもたらす」

「変なの」わたしは言った。「全部わたしたちまかせみたい」

スミスさんはこっちを見て笑った。

「ほんとよね」

「『われらの勇気』にしたほうがいいと思います。『われらの勇気、われらの明るさ、われらの決意が、われらに勝利をもたらす』」

「まったくだわ。陸軍省《りくぐんしょう》に手紙を書いて、提案《ていあん》してみましょう」と、スミスさん。

本気でそう思ってるのかな？　スミスさんの言ってることがわからないと、すごくいやな気持ちになる。

「わたし、あなたをもっと、尊重《そんちょう》するべきよね?」と、スミスさん。

そんなこときかれてもわかるわけがない。わたしは顔をしかめた。

「そんな顔しないで。まったく、気むずかしい子ね」

スミスさんはそう言って、わたしの肩《かた》に手をおいた。

「野菜を選ぶから手伝ってちょうだいね」

ジェイミーがわたしの腕《うで》を引っぱった。通りの向こうを指さしている。スティーヴン・ホワイトだ。かなりの年のおじいさんの腕につかまっている。というより、よく見ると、おじいさんのほうがスティーヴンにつかまっていた。

「お友だち?」スミスさんがたずねた。

「いいえ。ビリーのお兄さんです」わたしはこたえた。

スミスさんはうなずいた。

「あいさつしてきたら?」

そんなことするのは変な気がしたけど、スティーヴンがどうしてほかの兄弟たちといっしょにロンドンに帰らなかったのか知りたかった。わたしは通りをわたった。

スティーヴンがわたしに気づいた。立ち止まると、いっしょにいるおじいさんも足を止めた。

白くにごった目をこちらに向ける。

スティーヴンは松葉杖《まつばづえ》をさして言った。

「それ、いいね。もっと早くから使えればよかったよね」

スティーヴンにおぶわれて、駅までつれていってもらったことを思いだすと、顔がほてる。

「だれじゃね？」おじいさんが大声できいた。「だれと話しておるんじゃ？　新入りかね？」

わたしをまっすぐ見つめている。変わった人だ。

スティーヴンはせきばらいをして言った。

「エイダです。ロンドンで同じ通りに住んでました。エイダ、この人は――」

おじいさんは怒《おこ》ったように言った。

「正式な紹介《しょうかい》になっとらん。教えたじゃろうが」

「はい、そうでした」

スティーヴンは大きく息を吸《す》って、言いなおした。

「マクファーソン大佐《たいさ》、こちらはロンドンから来たエイダ・スミスさんです。エイダ、こちらはロバート・マクファーソン大佐だ。イギリス陸軍の退役《たいえき》軍人でいらっしゃる。ぼくはこの人といっしょに住んでるんだ」

おじいさんは、片手《かたて》を突《つ》きだした。

「さあ、わしの手をにぎるんじゃよ、スミス嬢《じょう》。この少年と同じ場所から来たのなら、作法というものをだれにも教わっておらんだろう。わしの手をにぎって『お会いできてうれしいです、マクファーソン大佐』と言うんじゃ」

ふしくれだったかさかさの手にさわる。おじいさんはわたしの手をぎゅっとつかんで、上下にふった。

「『お会いできてうれしいです、マクファーソン大佐《たいさ》』と言わんか」

「お会いできてうれしいです、マクファーソン大佐」と、わたし。

「お会いできてわしもうれしいぞ、エイダ・スミス嬢《じょう》。スティーヴンの友だちなら、お茶を飲みに来てもらわんといかんな」

そう言って手を離《はな》した。わたしはスカートで手をふいた。大佐の手がきたないからじゃない（実際《じっさい》、きたなくなかった）。知らない人にふれるって、すごくおかしなことに思えるからだ。

スティーヴンは、今のやりとりをおもしろいと感じたようで、にやにや笑っていた。

「どうしてロンドンに帰らなかったの？」わたしはたずねた。

「ああ」スティーヴンは、大佐をさっと見てこたえた。「ぼくはしばらくこっちにいたほうがいいんじゃないかって、母さんが言ったんだ」

「言ってないでしょ？　あんたのお母さんは――」

スティーヴンがわたしの腕《うで》を強くたたいた。思わずにらみつけると、スティーヴンは顔をしかめて大佐のほうへあごをしゃくった。

「なに？」と、わたし。

「あとで話すよ。あとでね。いいかい？」

「わかった」わたしは、わけがわからないまま言った。

通りをわたってスミスさんとジェイミーのもとにもどると、二人は別のポスターの前に立っていた。

「こっちのほうがましだね」と、ジェイミー。

スミスさんが読みあげる。

「自由が危機《きき》にさらされている。死力《しりょく》を尽《つ》くして守るべし」

わるくなさそうだ。

「シリョクってなんですか？」わたしはきいた。

「ぼくは視力《しりょく》がいいよ」と、ジェイミー。

「それはちょっと……いえ、それもそうね」スミスさんは言った。「でもこの死力は、ありったけの力、という意味なの。何がなんでも守れということよ」

「自由が危機にさらされている」ジェイミーは先に立って走りながらさけんだ。腕をふりまわしている。「自由が危機にさらされている。何がなんでも守るべし！」

「自由ってなんですか？」

わたしはスミスさんにたずね、あとについて歩きだした。

「それは、うーん……わたしが思うに、自分のことを自分で決める権利《けんり》じゃないかしら。自分の人生についてね」と、スミスさん。

「今朝《けさ》わたしたちが、村に来ると自分たちで決めたように？」

「というより、どんな仕事をしようと決めるとか。たとえば、ええと、弁護士《べんごし》になりたいとかね。成長して大人になったらよ。教員でもいいし。あるいは、そうね、ウェールズに住もうと決めるとか。そういう大きな決断《けつだん》のことね。もしもドイツに侵攻《しんこう》されたら、買いものに行くぐらいはできても、ほかのことは、ほとんど自分たちで決められなくなるんじゃないかしら」

いつもながら、スミスさんの話はほとんどわからなかったけれど、それ以上たずねるのもめんどうだった。

「スティーヴン・ホワイトは、感じの悪いおじいさんと暮《く》らさなきゃいけないいんです」

「そのようね。大佐《たいさ》がすっかり弱々しくなってしまって、残念だわ。昔はベッキーの狩《か》り仲間だったのよ。鳥撃《とりう》ちとか魚つりじゃなくて、キツネ狩《が》りのね。あんなにお年をとってしまって」

「あの人、わたしに手をさわれと言いました」わたしはぞくっとしながら言った。

「ただの作法よ」と、スミスさん。

「あの人もその言葉を使いました」

スミスさんは笑った。どうしてかはわからない。

「疑《うたぐ》り深《ぶか》い子ね」と言う。わたしはますますいやな気持ちになった。

スミスさんは、わたしのおさげの先をつかんでゆらした。

「あなたの勇気、あなたの明るさ、あなたの決意が――」

ポスターの言葉のままだ。わたしは顔をしかめた。

「あなたに勝利をもたらすのよ、エイダ」

八百屋さんに着いた。ジェイミーが、お店のドアをあけたまま、わたしたちを待っていた。わたしはおさげをつかむスミスさんの手をふりはらった。言葉の意味は、もうきかないことにしよう。言葉にはうんざりだ。でもスミスさんはこちらを見ると、わたしが口にしなかった疑《ぎ》問《もん》にこたえた。

「勝利というのは、平和のことよ」

14

何日かすると、汽車でいっしょに来た先生がスミスさんの家をたずねてきて、学校がはじまると伝えた。この村には、疎開《そかい》児童全員が入れるほど広いあき部屋などないので、村の学校を使わせてもらうことになったそうだ。地元の生徒たちは、いつもの先生のもと、朝八時からお昼まで勉強し、そのあと午後一時から五時まで、疎開児童と疎開してきた先生たちが学校を使わせてもらう。

先生はスミスさんに、学校への道順を教えた。

「月曜の午後に会いましょう」

先生はジェイミーにそう言って、帰ろうとこしをあげた。

いちばん大きな部屋でのことだ。先生とわたしたち全部で四人は、紫色《むらさきいろ》のやわらかいいすやソファーにすわっていた。スミスさんが入れたお茶もある。スミスさんは、とまどったような笑顔を浮《う》かべて、先生に言った。

「もちろん、エイダもですよね」

自分がどんな顔をしたかはわからないけど、ジェイミーと先生は、ぽかんと口をあけた。先生が先に口をとじ、それからこたえた。

「エイダの名前は名簿《めいぼ》にありません。母親の住所をお伝えしたときに言いましたでしょ？　名簿に名前があるのはジェイミーだけです」

「エイダは外に出ちゃいけないんだよ」ジェイミーが言った。

わたしはむっとした。

「ばかなこと言わないで。それはロンドンでの話だよ。あんたも知ってるでしょ」

「でも、学校は別だよ」と、ジェイミー。

学校には行ったことがない。学校に行くなんて、考えたこともない。でも、行けないはずはない。そんなに遠くないから、松葉杖《まつばづえ》があれば行けるだろう。

スミスさんは、名簿は関係ないと言った。名簿が完全なものじゃないのはたしかだし、それに、もうロンドンに帰ってしまった子もたくさんいる。わたしの席もあるはずだ。

「席ならあります」先生はゆっくりと言った。「でも、適切《てきせつ》だと言えるでしょうか？」

先生は立ちあがって、スミスさんの家の棚《たな》から本を一冊《さつ》とりだした。開いてわたしに手わたす。

「はい、これ。少し読んでごらんなさい」

ページを見る。ずらりとならんだ文字は、目の前でゆらゆらと泳いでいるようにしか見えない。わたしは顔をあげた。先生がうなずいた。スミスさんがわたしのところに来て、肩《かた》に手をまわした。はらおうとしたけど、スミスさんは離《はな》さなかった。

「ほらね、彼女《かのじょ》には学習能力《のうりょく》がないんですよ」先生はおだやかに言った。

学習能力ってなんだかわからない。自分に学習能力があるのかないのかもわからない。

「教わったことがないだけです」と、スミスさん。「かしこい子なんですよ。チャンスを与《あた》えるに値《あたい》します」

先生は首をふった。

「ほかの子たちに不公平になります」

先生が出ていって、ドアがカチッと音を立ててしまった。スミスさんはわたしの両肩《りょうかた》をつかんだ。

「泣かないで。あの先生はまちがってるわ。あなたには学習能力があるわ。わたしにはわかってる。泣かないで」

泣くわけないじゃない。泣くもんか。でも、スミスさんをふりはらって離れると、両目から涙《なみだ》があふれて頬《ほお》を伝った。どうして泣くの？　何かをなぐりたい、投げつけたい、さけびたい。バターに乗ってかっとばし、二度と止まりたくない。走りたい。でも走れない。ねじれていて、見苦しくて、どうしようもないこの足では。ソファーの上のきれいなクッションに顔をうずめる。がまんできなくなって、わたしは声をあげて泣いた。

一人でおいていかれるのは、もううんざりだ。

スミスさんがとなりにこしをおろした。背中《せなか》に手をあてられたので、身をよじる。

「だいじょうぶよ」まるでわたしのことを心配しているかのようにスミスさんが言う。「あの人たちはまちがってるの。別の方法をさがしましょう。わたしには、あなたがかしこい子だってわかってるわよ。そうじゃなかったら、ここまで弟のめんどうを見られないわ。おろかな人たちは、あなたの半分も勇気がないの。あなたの半分も強くないのよ」

おろか。頭が足りない。学習能力。思いやりがある。

どれもただの言葉だ。意味のない言葉には、もう、うんざりだ。


その夜、おふろのあと、そろそろ寝《ね》るときになって、スミスさんがわたしたちの部屋にやってきた。もじもじしながら言う。

「これ、持ってきたの。わたしが子どものころ大好きだった本なのよ。寝る前に父が読みきかせしてくれたの。わたしも、あなたたちに読みきかせをはじめようと思うんだけど」

わたしはそっぽを向いた。また言葉か。

ジェイミーは、「スミスさん、どうして?」と言った。

「スミスさんって呼《よ》ぶのはやめてもらえるとうれしいわ」スミスさんはベッドのジェイミー側にいすを引きよせた。「わたしの名前はスーザンよ。そう呼んでちょうだい。本を読みきかせするのは、あなたたちが楽しんでくれると思うからなの」

「どうして楽しいの？」

スミスさんはそれにはこたえなかった。

「『スイスのロビンソン』という本よ。きいてね」せきばらいをして読みはじめる。「〈何日ものあいだ、暴風雨《ぼうふうう》にもてあそばれた。あらあらしく恐《おそ》ろしい風景《ふうけい》を、闇《やみ》がおおうこと六回〉」

わたしは枕《まくら》にぎゅっと顔をうずめていた。スミスさんの声は、窓辺《まどべ》をハエがブンブン飛びまわる音のようだ。わたしは眠《ねむ》りに落ちた。


ところが朝になると、頭の中に言葉が残っていて、どうにもできなくなった。

「スミスさん、『暴風雨にもてあそばれる』って、なんですか？」

朝ごはんのときに質問《しつもん》した。

スミスさんは、お茶の入ったマグカップごしにわたしを見てこたえた。

「ひどい嵐《あらし》にあうという意味よ。嵐とは、雨と風がひどくて、雷《かみなり》が鳴るような天気のこと。そんなときに船で海に出ていると、右へ左へたたきつけられるの。嵐にあって、自分たちではどうにもできないと言ってるのよ」

わたしはジェイミーを見て言った。

「わたしたちみたい。自分たちではどうにもできない。わたしたち、暴風雨にもてあそばれてるね」

ジェイミーはうなずいた。

スミスさんのほうに向きなおる。

「学習能力《のうりょく》ってなんですか?」

スミスさんはせきばらいしてからこたえた。

「ものごとを学ぶ力のこと。学ぶことができるかどうかよ。あなたはたくさんのことを学べるわ。あなたには学習能力があるわよ。わたしにはわかるわ。あの先生はまちがってる」

屋根の上を飛行機が飛んでいく音がした。ジェイミーははねるように立ちあがった。飛行場ができてから、飛行機がしょっちゅう見えるし、音もきこえるようになった。ジェイミーはどれだけ見ていてもあきないようだ。わたしも外に行こうと、立ちあがった。

「エイダ」スミスさんが言う。「もしよかったら、文字を教えましょうか。今日からはじめてはどう?」

わたしは外へ向かいながら言った。

「けっこうです」スミスさんに教わったていねいな言葉を使う。「飛行機を見に行きたいんです」

スミスさんは首をふった。

「ほんとうはちがうんでしょ」

「バターとおしゃべりしたいんです」

スミスさんは身を乗りだした。

「あなたに学習能力《のうりょく》があるのはまちがいないわ。あなたのことを知らない人の意見なんてきいちゃだめ。自分が知っていることに、自分で耳をかたむけなさい」

知っていること？　一つの窓《まど》から外をのぞいて学んだことしか、わたしは知らない。何も知らない。スミスさんが使った、能力という言葉も、暴風雨《ぼうふうう》にもてあそばれるも、それに、海も知らない。海ってなに？　船はテムズ川を進む。海って、川と同じなの？　わたしは何も知らない。何一つ知らない。

「ポニーに会いにいかないと」

スミスさんはため息をつき、「好きにしなさい」と言って、背中《せなか》を向けた。

物置部屋で見つけたブラシを使って、バターのからだじゅうの黄色い毛をとかしてやった。ほこりや抜《ぬ》け毛《げ》が舞《ま》いあがる。バターは喜んでいるようだ。

「気持ちいいでしょ？　かゆいかゆいを追いだそうね」

わたしの肌《はだ》は、もうかゆくない。くさいぬり薬のおかげで、がさがさだったところがきれいになったし、毎朝スミスさんがブラッシングしてくれるおかげで、頭もさっぱりした。スミスさんは、わたしの髪《かみ》を一つの大きなおさげにして、背中にたらす。風の中でもじゃまにならないし、寝《ね》るときも前みたいにからまなくなった。スミスさんがわたしの髪をとかすのと、わたしがバターにブラシをかけるのって、なんだか似《に》ている。それって、とても変なことに思える。

「見て！」ジェイミーが空を指さしてさけんだ。「ちがう種類のやつだよ！」

飛行機をもっとよく見ようと、草原をかけていく。

わたしはバターに乗った。牧草地《ぼくそうち》を二周したところで落とされた。

昼ごはんのとき、スミスさんは、今日から学校がはじまるからジェイミーを送っていくと言った。

「エイダは一人でだいじょうぶよね？　それともいっしょに行く？」

学校には近づきたくないので、わたしは首をふった。その結果、思いがけずいいことがあった。スミスさんとジェイミーが出かけたとたんにバターの背中にまたよじのぼったわたしは、見慣《みな》れない馬が一頭、この牧草地に飛びこんでくるのを見たのだ。

15

それは、こんなふうに起こった。

わたしはバターに乗ってまあるく進みながら、左右に曲がる練習をしていた。道路のほうから蹄《ひづめ》の音がきこえてきたので、バターを止めて目を向けたけど、最初は木がじゃまで見えなかった。飛行場から飛行機が飛びたって、頭の上ですごい音をひびかせたちょうどそのとき、馬とその乗り手が見えた。バターは飛行機のことなど気にしない。毎日、何十機もが飛びたつのを見て慣《な》れているから。でも、その大きな茶色い馬は、びっくりしてくるりと向きを変えた。乗り手は、馬が走りださないように手綱《たづな》を強く引いたけど、馬はまた向きを変えて前へ飛びだし、道路からそれて、わきの草地へ。牧草地《ぼくそうち》の石垣《いしがき》に胸《むね》をぶつけそうないきおいだった。乗り手は鞍《くら》の上ではずんで不安定になった。馬はパニックになって、急にジャンプして石垣を乗りこえた。乗り手は横にころげ落ちて、姿《すがた》が見えなくなった。

その見慣《みな》れない馬は、こっちに向かって全速力で走ってきた。手綱はなびき、あぶみはわき腹《ばら》にぶつかる。バターはおびえてぐるりとまわり、わたしは放りだされた。そして二頭の馬は、牧草地の向こうはしまで、いっしょに走っていった。まぬけな二頭は、そのまましばらく走りつづけていたけど、わたしは放っておいた。不自由な足なりに大急ぎで、落馬した人のもとへ走る。知ってる人だ。鉄のような顔の女の子。わたしとやりあった、あの子だ。

その子は、雑草《ざっそう》のはえるぬかるんだ地面に、うつぶせでたおれていた。わたしが石垣を乗りこえると、その子はちょうどまばたきをして、あおむけになった。目をあけて、ひとしきり悪《あく》態《たい》をつく。ロンドンで近所に住んでた人や、港で働く人たちが使いそうな言葉だった。

女の子は最後に「あのクソ馬ったら、むかつくのよ」と言って口をとじた。

クソという言葉は使っちゃいけないと、スミスさんから言われている。ジェイミーもわたしもだ。きたなくて悪い言葉だから。

「あんな馬、大きらい」その子はわたしを見て、また言った。

「あんたはだいじょうぶ？　すごく痛《いた》い？」わたしはきいた。

その子は体を起こしかけたけど、またたおれ、うなずいた。

「くらくらする。それに、肩《かた》がものすごく痛いわ。鎖骨《さこつ》が折れたのかも」そう言って首の下のほうに手をあて、顔をしかめた。「去年、お母さまも折ったのよ。狩《か》りをしていたときに。折れやすいの。あのばか馬はどこ？」

わたしは壁《かべ》の向こうを見わたした。

「ポニーのとなりで草を食べてるよ。なんともなさそうにしてる」

その子はゆっくりとからだを起こしてすわった。

「そういうやつなのよ。大きらい。兄さんの馬なの」

小さく悲鳴をあげながら立ちあがりかけ、すぐにドサッと音を立ててすわりこんでしまった。顔は青ざめ、それから灰色《はいいろ》っぽくなった。

「動かないほうがいいよ」

わたしはそう言って、馬をむかえに行った。手綱《たづな》が片方《かたほう》の前足にからまってるけど、それ以外は問題なさそうだ。ほどいてやっているあいだ、おとなしく立っていてくれた。バターより大きくて、見た目もずっといい。つやつやした美しい毛並《けな》み、長くて上品な足。バターがよくやるように、わたしの手のにおいをかいでいる。

「おやつはないよ」わたしは馬に言った。

馬をつれて女の子のもとへと歩きはじめたけど、やっぱり足が痛《いた》い。それに、その馬がとてもすてきだったので、わたしは手綱を馬の頭の後ろにまわすと、いいほうの足を左のあぶみにかけて、背中《せなか》に乗った。

鞍《くら》があると、バターの背中のように不安定にズルズルすべったりしなくて、乗り心地がいい。悪いほうの足はむりだけど、いいほうの足は、あぶみにかけるといい感じだ。手綱をたぐりよせると、馬はしなやかに首を曲げた。

両足のかかとで蹴《け》ると、馬はほとんど全速力で走りだした。いけない。この馬は、バターとちがって、軽く合図するだけで反応《はんのう》するんだ。いったん止めて、今度はずっとやさしく蹴った。

馬は前に進んだ。堂々として、大きな歩幅《ほはば》で、もったいぶった感じの歩き方だ。

女の子は石垣《いしがき》につかまって立ちあがっていた。

「その馬をこっちにつれてきてくれる？　門のほうからまわってきて」

もっといい考えがある。石垣を飛びこえて中に入ったんだから、出るときも飛びこえればいい。わたしは走らせようと馬を蹴った。馬はまず、大きくはずみながら何歩かふみだしたあと、軽やかに走りだした。わあ！　思わず息を飲む。痛みもなくすばやく進むって、こういうものなんだ。手綱をにぎり、石垣に向かってまっすぐ馬を進める。馬は迷《まよ》うことなくふみきって、大きくなめらかに飛びあがった。飛ぶ。わたしは両手でたてがみにつかまり、馬といっしょに飛んだ。そのまま石垣の反対側に着地。わたしは思わず笑い声をあげた。

「こら！」女の子はそう言いながらも笑っている。「あなた、ついてるわね。飛行機が来なくてよかったわよ」

「うん、ついてる」と、わたし。「あんたは、また乗れそう？」

女の子は、ためしに右腕《みぎうで》を動かして、痛そうに顔をしかめた。

「この馬をあつかうなんて、むり。片手じゃね。それに頭が猛烈《もうれつ》に痛いわ。あなたの後ろに乗ってもいい？」

わたしは前にずれた。鞍はじゅうぶん大きい。左足をあぶみからはずして、女の子が馬にまたがるのを手伝った。

「足をのせるやつ、使っていいよ」

と言うと、女の子は、痛《いた》くないほうの腕《うで》をわたしのこしにまわした。

「あぶみっていうのよ」そう言いながら、両足をそれにさしこむ。

「わたしが来た方向にもどってちょうだい。お願いだからゆっくりね。頭がまっぷたつにわれそうなの。ちょっとでも走ったら、わたしはおしまいよ」

女の子の名前はマーガレット。お母さんは婦人義勇隊《ふじんぎゆうたい》の隊長だそうだ。疎開《そかい》児童の係をやっているのはそのせいだとわかった。

「でも、それだけじゃないのよ」マーガレットは言った。「戦争関係の仕事にかかわりっぱなしなの。いそがしくしていれば、ジョナサンの心配をするひまがないから。お母さまは、ジョナサンが戦地に行く前に、自分で戦争に勝ちたいと思ってるのよ」

ジョナサンというのはマーガレットのお兄さんで、ここから遠く離《はな》れた別の飛行場でパイロットの訓練を受けている。そのためにオックスフォード大学をやめたとマーガレットは言った。

「あなたのしゃべり方、うちにいる疎開児童みたいね。同じような変ななまりがあるわ」

「わたしにとっては、あんたのしゃべり方のほうが変だけど」

マーガレットは笑った。

「でしょうね。でも、あなたは馬に乗れるわ。うちの疎開児童、っていうか、うちに泊《と》まっている子たちはみんな、馬をこわがってるのよ。ロンドンのどこで乗馬を習ったの？」

「習ってないよ。ここに来てから自分でおぼえたの」

「へえ、なかなかじょうずよ」

「こんなにすてきな馬なら、だれだってじょうずになるよ」と、わたし。「うちのポニーには、毎日何度もふりおとされてるの」

「ポニーはヘビみたいなもの。油断《ゆだん》のならない悪魔《あくま》よ。わたしのポニーが何をしでかすか、見せてあげたいわ」

今乗ってる馬は、マーガレットのお兄さんのハンター（狩猟馬）だということがわかった。マーガレットが乗っていたわけは、馬に運動させるよう、お母さんに言われたからだった。

「夏休みのあいだだけね」マーガレットは言った。「学校は先週はじまるはずだったんだけど、場所をうつることになったの。避難《ひなん》するってことなんだと思う。だからいつもよりおくれてるの。わたし、この馬大きらいなのよね。馬もわたしをきらってるわ。ほかの人の前では子羊のようにおとなしいのに。そう言ってもお母さまは信じてくれないけどね。馬って、放っておくわけにはいかないでしょ。でも、わたしの雌馬《めすうま》といっしょに走らせようとするといやがるの。だからわたし、一日一時間、この雄馬《おすうま》と一人で対決しなきゃならないってわけ。うちの厩舎《きゅうしゃ》で働いてた若《わか》い人たちはみんな戦争に行っちゃったし、グライムズは仕事が山のようにあるから、わたしがやるしかないのよ」

わたしには半分しか理解《りかい》できなかったけど、これだけしゃべると、マーガレットは急に疲《つか》れてしまったようだ。わたしの肩《かた》にからだをもたせかける。

「ねえ、だいじょうぶ?」と、わたし。

「だめかも。気分が悪いわ」

馬は迷《まよ》うことなく角《かど》を曲がった。行く先をちゃんとわかってるのかな。たぶんわかってるんだろう。マーガレットもちがうとは言わないし。

マーガレットは急にぐらついた。前に乗っててくれれば、後ろからささえられるんだけど。

「マギー?」と、声をかける。

ロンドンの家の近所にもマーガレットという人がいて、みんなにマギーと呼《よ》ばれていた。

「マギー、しっかりつかまって」

マギーの手をとって、わたしのこしにまわしなおす。マギーはわたしの肩甲骨《けんこうこつ》のあいだに頭をもたせかけて、ぶつぶつひとりごとを言っている。馬が安定したまま速く歩いてくれるようにと、わたしは必死になった。あとどのくらいで着くんだろう。

「お母さまは、わたしよりジョナサンのほうが好きなのよ」マギーは少し声を張《は》って言った。

「女の子はあまり好きじゃないみたい。ジョナサンのためなら何でもやるのに、わたしのことはいつも怒《おこ》ってる」

「うちの母さんも、わたしより弟が好きだよ。わたしのことは大きらいなの。この足のせいで」

マギーが、わたしの右足を見ようと前かがみになるのがわかった。包帯《ほうたい》を巻《ま》いていてよかった。マギーはバランスをくずしてぐらっとした。

「気をつけて」と、わたし。

「う、うん」

「ビール屋さんの荷車にひかれたの」と、わたし。

「まあ……。でも、だから大きらいになるなんて、おかしいわよ」

馬はパカパカと進む。マギーの頭がわたしの肩にぶつかる。

「ほんとはビール屋さんの荷車じゃないんだ」わたしは少したってから言った。「内反足《ないはんそく》なの」

お医者さんが使った言葉をそのまま伝えた。

「ああ、内反足ね」マギーはぼそぼそ言った。「きいたことあるわ。内反足のフォウルが生まれたことがあるの」

馬はまた角を曲がり、両側にりっぱな並木《なみき》のある長い砂利《じゃり》敷きの道に入った。頭をゆらして、さっきより速く歩いている。マギーはうめいた。

「はきそう」

「馬の上でじゃないでしょ」

「うう」

馬の上でだった。でも、少し横に身を乗りだしてくれたので、鞍《くら》はほとんどよごれなかった。

はいたあと、マギーは落ちそうになり、わたしがつかまえた。馬はしきりに頭をゆらした。

「この馬、帰るときはいつもごきげんなのよ」マギーがつぶやく。「ろくでなしなんだから」

「フォウルってなあに？」わたしがたずねる。

「え？　ああ、馬の赤ちゃんのことよ。うちで、内反足《ないはんそく》の馬が生まれたことがあるの。グライムズが内反足って言ってたわ」

マギーはまたぐらついた。

「ああ、気持ち悪い」

足がねじれた小さな馬を想像《そうぞう》しようとした。バターの蹄《ひづめ》は長くて曲がってるけど、ねじれてはいない。もしも歩けなかったら、馬はどうするんだろう？　馬に松葉杖《まつばづえ》なんてない。それとも、あるのかな？

「それ、死んじゃったの？」と、わたし。

「何が？　あ、馬ね。内反足の馬。死ななかったわよ。グライムズが治したの。グライムズと装蹄師《そうていし》（馬の蹄の手入れをする人）がね」

並木《なみき》がとぎれて、目の前に石づくりの大きな建物が見えた。どれぐらい大きいかというと、ロンドン港の倉庫ぐらいだと思う。ロンドンの駅ぐらいかな。でも、それは正しいとは言えない。ロンドンだろうとどこだろうと、駅と家はくらべられないもの。

わたしがスピードを落とそうとすると、馬はいやがって頭をふった。そして、その大きな建物にまっすぐ向かうのではなく、わきへ進み、別の建物のほうへ行った。厩舎《きゅうしゃ》だとすぐにわかった。

年配の男の人が、足を引きずるような走り方でこちらへやってきた。この人がグライムズさんだろう。

「どうしたんだ？」その人はたずねた。

「マギーがけがをしました」と、わたし。

マギーは、その人の腕《うで》の中にたおれこんだ。男の人はよろめいたけど、マギーをしっかり受けとめた。

「馬から落ちて頭を打ったんです。肩《かた》も痛《いた》めました」

グライムズさんはうなずいた。

「ここでしばらく馬を見ていてくれんか？　お嬢《じょう》さまを家に運ぶから」

「もちろんです」

わたしは、マギーの声をまねしてこたえた。

——グライムズが内反足の馬を治した。内反足を治した——

いったい、どうやって治したのだろう？

グライムズさんはマギーを運んでいった。わたしは馬からおりて（この馬の背中《せなか》から地面まではい、すごく遠かった）、見まわした。スミスさんのところにもあるような、馬房《ばぼう》と呼《よ》ばれる仕切られた部屋がならんでいた。数はずっと多いし見た目もすてきで、ほとんどの馬房《ばぼう》に馬が入っている。上下に分かれたドアの上半分だけが開いていて、馬たちがそこから顔を出し、何ごとかと耳をぴんと張《は》っている。モゴモゴと声を出している馬もいる。

わたしは、マギーのお兄さんの馬を、あいてる馬房《ばぼう》に入れた。馬は水の入ったバケツに、次に干《ほ》し草《くさ》のかたまりに頭を突《つ》っこんだ。鞍《くら》をはずしてやり、ドアにかけた。ベルトみたいになってるところの留《と》め金《がね》をはずすだけだったから、むずかしくなかった。頭絡《とうらく》もはずした。鞍と頭絡を持って外に出て、ドアをしめる。物置部屋がすぐ見つかったので、そこへ行った。鞍や頭絡をおく台がある。それぞれ、あいてるところにおけばいい。それからほかの馬たちを見てまわっていると、グライムズさんがもどってきた。

「助かったよ。お嬢《じょう》さまはベッドで休んでいる。奥《おく》さまが電話で医者を呼《よ》んだ。わしらにできることは、もうないだろう。お嬢さまは、ここがどこだかわからなかったが、頭を打てばそういうこともあるさ」

「最初はだいじょうぶそうだったんです。帰り道のとちゅうで具合が悪くなって」

「まあそうだろうな」グライムズさんはわたしの足を指さした。「どうした？　おまえさんもけがをしたのかい？」

見おろすと、包帯《ほうたい》に血がにじんでいる。

「ああ。ときどきこうなるんです。松葉杖《まつばづえ》がないときは」わたしは少しためらってから、つけたした。「内反足《ないはんそく》なんです」

グライムズさんは、治してやるとは言わなかった。ただうなずいて、こう言った。

「それじゃ、家まで車で送ってやろう」


家まで送ってくれたグライムズさんは、とても親切だった。マーガレットお嬢さまを助けてくれてありがとうと言ってくれた。わたしは、おかげであんなにすてきで大きな馬に乗れたし、自分もうれしいですと言った。グライムズさんは笑い、わたしの手をぽんぽんとたたいた。慣《な》れないことだけど、いやじゃなかった。玄関《げんかん》を入ったときには幸せな気持ちでいっぱいだった。スミスさんが怒《おこ》っているとは、夢《ゆめ》にも思わなかった。

16

スミスさんは、黄色い髪《かみ》をした小がらな魔女《まじょ》のように、目をらんらんとさせてわたしをむかえた。

「いったいどこへ行ってたのよ！」と、大声を出す。「警察《けいさつ》にとどけようかと思ったわ。ポニーは頭絡《とうらく》をつけっぱなしで牧草地《ぼくそうち》にいるし、あなたはどこにもいない。もう四時になる。いったい全体、何を考えてるのよ？」

スミスさんが目の前に立つ。わたしは両手で頭をかばって身がまえた。

「たたかないわよ！」ほえるような声。「でも、そうしてやりたい気持ちだわ。こんなに心配させたんだから、むちで打たれてもしかたないと言っていいぐらいよ」

心配？　ロンドンでわたしがジェイミーを心配していたように？

紫色《むらさきいろ》のいすにこしかけたわたしは、両手をひざにおき、わけがわからないままスミスさんを見つめた。

「あなたは知らない人とまじわるのが好きじゃないわよね」スミスさんは、さっきよりは小さな声で言った。「だから村に行ったとは思わなかったわ。飛行場に行くとも思えなかったけど、とりあえず行って、きいてみたの。でも、だれもあなたを見ていなかった。あなた一人を残して出かけたのは今日がはじめてで……。どんなことが起こるか、想像《そうぞう》もできなかった。どこにいるのか、見当もつかなかったわ」

「わたし、外に出てもいいのかと思ってました」

足が痛《いた》い。こんなに痛いのはひさしぶりだ。ここへ来てから、松葉杖《まつばづえ》なしでこんなに歩いたのははじめてだった。腕《うで》にも傷《きず》ができて、血が流れたあとが細く残っている。

「わたしにだまって出かけてはだめよ」

スミスさんは、さっきほど怒《おこ》ってないようだけど、まだなんともいえない。

「行き先を知らせなきゃだめよ」

どうやって知らせればよかったのだろう？

「マギーを助けなきゃならなかったんです」

飛行機におびえた馬のことと、マギーが落馬したことをわたしは話した。

スミスさんは、フンと鼻を鳴らした。

「マギーですって？　マギーって、だれなの？」

説明が必要だと思い、わたしはあの大きな馬のことと、りっぱな家とその厩舎《きゅうしゃ》のことも話した。

「マーガレット・ソールトン令嬢《れいじょう》のこと？」スミスさんは目を丸くした。「ソールトン家のお嬢《じょう》さま？」

肩《かた》をすくめる。

「だと思います。お兄さんの名前はジョナサンです」

「先週、村で会った女の子ね？　ソールトン夫人といっしょにいた子」

うなずく。

スミスさんは向かいのいすにこしをおろした。

「全部話してちょうだい」

マギーがきたない言葉を使ったことだけは言わなかったけど、あとは全部話した。スミスさんは背《せ》すじをのばした。きびしい顔をしている。

「つまりあなたは、ジョナサン・ソールトンの高級なハンターにマーガレット嬢と二人乗りして、ソールトンのお屋敷《やしき》に行ったと言うの？」

「はい」

「信じられないわ」

なんと言えばいいのかわからない。わたしだって、うそをついたことは、もちろんある。でも、この話でうそはつかない。わたしは、人の役に立ったのだ。マギーと馬を家まで送る役割《やくわり》をりっぱに果たしたのだ。グライムズさんがそう言ったもの。送ってもらって車からおりるとき、グライムズさんは、帽子《ぼうし》を持ちあげてあいさつしてくれた。

「うそだとしたら、わたしはマギーの家を知らないはずでしょう?」

「お屋敷を見たことは信じるわよ」スミスさんは冷たく言った。「マーガレット嬢が馬で通ったことも、あなたがついていったことも信じるわ。自分の姿《すがた》を見てごらんなさい。また足から血を流しているし、ひどいありさまじゃないの。マーガレット嬢と馬とお屋敷を見たことはほんとだったとしても、それ以外はちょっと信じられないわね」

わたしは口をあけたけど、そのままとじた。どう説明すればいいかわからない。

「自分の部屋に行きなさい」と、スミスさん。「おふろでからだを洗《あら》って、それから部屋に行って、出てこないで。今日はもう顔を見たくないわ。ジェイミーが帰ってきたら、晩《ばん》ごはんを持っていかせますからね」

何時間もたってから、食べものがのったお皿を持って、ジェイミーが部屋にやってきた。

「学校はどうだった?」わたしはきいた。

「すごくいやなところ。もう行きたくないよ」ジェイミーは、目をふせて言った。

こんな日でも、スミスさんはあの恐《おそ》ろしい本を持って部屋にやってきた。ベッドのジェイミー側のいすにこしをおろし、わたしのほうを見ないで本を開いた。わたしもスミスさんを無視《むし》していた。ジェイミーは毛布《もうふ》にくるまって、心地よさそうだ。「次はどうなるの?」なんて、まるでこの本が気に入ってるように言った。

「きいていればわかるわよ」

スミスさんはジェイミーに笑いかけた。ページを開き、読みはじめる。

次の日の朝ごはんのとき、ジェイミーは学校へ行かないと言った。

「いいえ、行くのよ」と、スミスさん。「読み方を習いたいでしょう？　そうすれば自分で『スイスのロビンソン』が読めるようになるのよ」

ジェイミーは、まつげごしにスミスさんを見あげた。

「スミスさんに読んでもらったほうがいい」

あまえた感じだ。スミスさんが笑いかける。二人とも大きらい。そんな思いがわたしの胸《むね》をよぎった。


午後、牧草地《ぼくそうち》でバターを少し速めに歩かせようとしたけど、できなかった。いろいろやってみた。蹴《け》ったり、両足でぎゅっとしめつけたり。ひろった木の枝《えだ》でわき腹《ばら》をたたいてみたりもした。バターはつまずきそうになりながら何歩か進んだけど、あっというまに、いつものののろ歩きにもどってしまった。ジョナサンの馬のように上品じゃないのはしょうがないけど、もう少しやる気になってくれればましになるとわたしは思う。

スミスさんが裏口《うらぐち》のドアをあけた。

「エイダ、中に入ってちょうだい」

ふん。きこえなかったふりをして、バターの向きを変え、わざとスミスさんのほうにお尻《しり》を向けた。

「エイダ、あなたにお客さんよ」

お客さんて、マギーかな？　グライムズさん？　まさか、母さん？　わたしはバターからすべりおりて、頭絡《とうらく》をはずした。つけっぱなしにしてまた責《せ》められたらいやだから。よろよろ歩いて石垣《いしがき》に立てかけてあった松葉杖《まつばづえ》をとり、できるだけ急いで家に入った。

お客さんとは、ソールトン夫人だった。にこにこしている。笑うといつもとちがう顔に見える。

「お礼を言いに来てくれたんですって」スミスさんは、変に緊張《きんちょう》した声で言った。

わたしは戸口に立ったまま、二人を見つめた。右足は左足の後ろにかくす。まずは、こうたずねた。

「具合はどうですか？　あの、マギーのことです」

ソールトン夫人、つまりマギーのお母さんは、自分がすわっているソファーのとなりをたたいた。わたしはそこにこしをおろし、手を組んだ。右足は左足の後ろにそっとかくす。

「だいぶよくなったわ。ありがとう」ソールトン夫人が言った。「今朝《けさ》目ざめたとき、頭痛《ずつう》はしていたけれど、自分がだれで、どこにいるのかは理解《りかい》していたわ」

「落ちたときはだいじょうぶそうだったんです。でも、だんだん具合が悪くなって」

ソールトン夫人はうなずいた。

「頭を打つとそうなるのよね。きのうのできごとはあまりおぼえていないと言ってるわ。あなたがいたことはおぼえているけれど、それぐらいしかわからないそうよ。あなたが娘《むすめ》をつれてきたときの様子は、厩舎《きゅうしゃ》のグライムズが話してくれましたよ」

わたしはスミスさんをちらっと見た。表情《ひょうじょう》はこわばったままで、まるでボール紙で作った顔みたい。わたしはスミスさんのほうへ顔を向けながら言った。

「信じてくれないんです。わたしがあの馬に乗ったことも、ほかのことも、みんな」

ソールトン夫人は、足もとにおいてあった箱をあけた。

「目撃《もくげき》した人がいなかったら、わたしも信じなかったと思いますよ。あれはむずかしい馬ですからね」

「あの馬、わたしを好きなんです」

考える前に思わず出てしまった言葉だけれど、ほんとうにそうだと思う。ジョナサンの馬はわたしのことが好きだ。

ソールトン夫人は、もう笑ってはいない。

「とすると、あなたはあの馬に好かれた三番目の人間ね。最初の二人は、グライムズとわたしの息子《むすこ》よ」

そう言って、おもむろに頭を一回ふると、ソールトン夫人はいつもの顔つきにもどった。鉄のような顔だ。

「あなたと弟さんに、服を持ってきましたのよ。弟さんのは、村の人たちが寄付《きふ》してくれたもの。あなたのは、うちの娘《むすめ》が着ていたものがほとんどよ。小さくなってしまったものばかり。ごらんなさい」

夫人は、黄色いズボンと足首までのブーツをわたしのひざにのせた。わたしはそれを見つめた。ズボンは厚《あつ》くてじょうぶそうな布《ぬの》でできていて、上のほうがふくらんでいて、下の方はすぼまっている。ひざの下にはボタンがついている。見おぼえがあった。きのう、マギーがこれと同じようなズボンをはいていた。

「馬に乗るとき用ですね」わたしは言った。

ズボンははじめてだ。これをはけば、バターに乗るときにもっと楽になるだろう。

ソールトン夫人はうなずいた。

「ええ、そうですよ。スミスさんがめんどうを見ているとは思いますけれど、乗馬服を見つけるのはたいへんですからね」

スミスさんはささやくような声で言った。

「わたしはめんどうを見ていません。乗馬は、エイダが一人でおぼえたんです」

ソールトン夫人は、わたしを上から下までながめた。

「マーガレットは、二、三日はベッドで安静にしていなければなりません。馬に乗るひまもなく、学校の寮《りょう》にもどることになるでしょう。でも、馬について何かききたかったら、いつでもわたくしたちの厩舎《きゅうしゃ》をたずねていらっしゃい。グライムズがこたえてくれますからね」

夫人自身がこたえると言ったわけじゃないけど、わたしは悩《なや》みを口にしてみた。

「バターは走ろうとしないんです。どうしたらいいのか、わからなくて」

ソールトン夫人はクスッと笑い、立ちあがりながらわたしのひざをぽんとたたいた。

「ねばり強くやりなさい。ポニーというのは、頑固《がんこ》なんですよ。この人がご主人だと納得《なっとく》するまではね。楽しく慣《な》れていけばいいわ」

スミスさんが夫人を見送った。部屋にもどってきて、夫人がすわっていたところにこしかける。そして口を開いた。

「ごめんなさい。うそつき呼《よ》ばわりするつもりはなかったの」

よく言うよ。わたしは肩《かた》をすくめた。

「わたし、うそつきですから」

「そうかもね」

スミスさんは、箱からほかの服をとりだした。ジェイミーの半ズボン、セーター、シャツ。スミスさんは背《せ》すじをのばした。

「いいえ、そうじゃないわ。あなたがうそつきだなんて思わない。ただ、ときどきはうそをつくわね。そうでしょ？　でも、だからといって、あなたがうそつきだってことにはならない。

わたしの言ってること、わかる？」

わたし用のブラウス、セーター、スカート。そで口にレースのついた赤いワンピース。冬のコートもある。

コートに手をふれた。マギーのコートだ。

「わたし、冬になってもここにいるんですか？」

「どうかしらね。わたしが言ったこと、わかったの？　うそをつくことと、うそつきはちがうのよね？」

肩をすくめる。スミスさんはあきらめない。

「うそをつかざるを得ないなら、つまり、自分を守るためにうそをつくしかないと思ったのなら、その人はうそつきではないと思うの。うそつきというのは、必要もないのにうそをつく人。自分は特別だとか重要人物だとか思われたくて、うそをつく人のことよ。きのうのわたしは、あなたがその手のうそをついたと思ったの。まちがってたわ」

その話はしたくなかったので、話題を変えた。

「マギーはどうして遠くの学校に行くんですか？　どうしてジェイミーの行ってる学校に行かないんですか？」

「お金持ちは、子どもを寄宿《きしゅく》学校に送るものなのよ」スミスさんがこたえた。「ふつうの子は十四歳《さい》で働きはじめるけれど、マーガレットは学校をつづけるでしょうね。十六歳か十七歳まで行くんじゃないかしら。それまでに戦争が終われば、フィニッシングスクール（裕福な家庭の女子が社交界に出る準備のために通う学校）にも行くでしょうね。大学に進学するかもしれないわ」

「スミスさんはどんな学校に行ったんですか？」と、わたし。

「寄宿《きしゅく》学校よ。でも、お金持ちだったからじゃないわ。裕福《ゆうふく》な家庭ではなかったもの。わたしの成績《せいせき》がよくて、父が聖職者《せいしょくしゃ》だったからよ。聖職者の娘《むすめ》で成績がいい子には、奨学金《しょうがくきん》を出してくれる学校があるの」

「聖職者ってなんですか？」

「ほら、つまり、牧師《ぼくし》よ。教会を運営《うんえい》する人」

〈つまり〉と言われると、それ以上きけなくなる。

「教会は、鐘《かね》が鳴るところです」

「そうね。でも、これからは鐘を鳴らすことはゆるされなくなるのよ。鐘が鳴るのは、侵攻《しんこう》されたときだけよ。警報《けいほう》として鳴るの」

片手《かたて》でズボンのしわをのばす。明日はこれをはこう。左足にはブーツも。

「エイダ？」スミスさんは言った。「あなたの話を信じればよかった」

わたしはスミスさんにちらっと目をやり、また肩《かた》をすくめた。

17

学校から帰ってきたジェイミーは、泣いたような顔をしていたけど、理由は言おうとしなかった。夜はおねしょをして、朝起きたときもしょんぼりしていた。外では、灰色《はいいろ》の雲から雨がパラパラとふっている。

「雨だから学校に行けないよ」ジェイミーは言った。

「もちろん行けるわよ」

そういうスミスさんも、ひどいありさまだ。髪《かみ》の毛《け》はぼさぼさで、目の下には黒っぽい線ができている。お茶の入ったマグカップを両手で持って、中をじっと見つめている。

「ぼく、行かない」と、ジェイミー。

「困《こま》らせないでちょうだい」と、スミスさん。

朝ごはんを食べようとこしをおろしたとき、飛行場で飛行機が爆発《ばくはつ》した。墜落《ついらく》だったようだ。空中での爆発ではなく、地面にぶつかったのだ。燃料《ねんりょう》タンクが破裂《はれつ》したと、あとからきいた。音がひびいたときは、爆弾《ばくだん》かと思った。バターの牧草地に落ちたのかと思った。三人ともあわてて立ちあがったので、お皿やいすをひっくりかえしてしまった。わたしは、ドアのほう、というかバターのほうにかけだそうとしたけれど、スミスさんに手をつかまれて、テーブルの下におしこめられた。ジェイミーもいっしょだ。少したって何も起こらなかったので、スミスさんは立ちあがり、窓《まど》から外を見た。

「まあ、飛行機が」

通りの向こうに黒い煙《けむり》がもくもくあがっており、オレンジ色の炎《ほのお》と、ぐにゃりと曲がった金《きん》属《ぞく》の残骸《ざんがい》が見えた。ジェイミーは大声をあげ、飛行場へ向かって走りだしそうになったところを、スミスさんに止められた。

「一般人《いっぱんじん》は入れないの。今はだめよ。ね？　火を消しているところだから」

遠くに小さく、軍の人たちの姿《すがた》が見えた。女の人もいる。燃《も》える飛行機のまわりで、必死で作業している。

「パイロットはだれだったの？」ジェイミーがきく。「だれが乗ってたの？」

「あそこの人たちのことは知らないわ」スミスさんがジェイミーの髪《かみ》をなでながら言った。

「ぼく、知ってるよ」

ジェイミーがどうやって知り合いになったのかわからない。飛行場のまわりには高い柵《さく》ができたし、ジェイミーは中に入ってはいけないはずだ。その決まりを守るかどうかは別だけど。でもわたしは何も言わなかった。亡《な》くなったパイロットのことで、ジェイミーをうそつき呼《よ》ばわりしようとは思わなかった。

「どんな飛行機だったのかしら」スミスさんが言った。

「ライサンダーっていう輸送機《ゆそうき》だよ」ジェイミーがこたえた。「十人まで乗れるんだ」

スミスさんとわたしは、同時にジェイミーを見た。

「音でわかったんだ。墜落《ついらく》する前の音でね」

わたしは飛行機の音にはすっかり慣《な》れてしまい、今では何も気にしなくなっていた。種類のちがう飛行機でもみんな同じ音にきこえた。

ジェイミーは、スミスさんの腕《うで》にもたれかかった。スミスさんはジェイミーをぎゅっとだいて、やさしく前後にゆする。それを見たわたしは、あっけにとられて立ちすくんだ。ジェイミーが、わたし以外の人になぐさめてもらっている。


その週、村に買いものにいったとき、ソールトン夫人に会った。マギー（もちろんソールトン夫人は、きちんとマーガレットと呼んでいた）は寄宿《きしゅく》学校に行ってしまい、クリスマスまで帰ってこないそうだ。もう会えないのかなと思うとさびしかった。頭を打っていないときのマギーと話がしたかった。頭がくらくらしてないときでも、わたしを好きだと思ってくれるかな。

ジェイミーは学校をいやがりつづけていた。二度さぼり、先生から手紙がきたあと、スミスさんは毎日、ジェイミーを学校まで送っていくようになった。いったん校舎《こうしゃ》に入ったら、もう外には出られない。

外に出られないときの気持ちはわかる。わたしはこの夏まで、アパートにとじこめられていた。生まれてからずっと、とじこめられていた。

でも、ジェイミーが学校をきらう理由はわからなかった。ロンドンで近所に住んでた子たちも、ほとんどが同じ学校に入った。ジェイミーの友だちも、ビリー・ホワイト以外はみんないっしょだ。学校では、休み時間になると、庭で走ったり遊んだりする。それに、読み書きもおぼえられる。そうなったら、スミスさんは、寝《ね》る前に『スイスのロビンソン』を読まなくてよくなる。ジェイミーが自分で読めるようになるから。

「学校の話はしたくない」

わたしたちがたずねると、ジェイミーはそうこたえた。毎日おねしょをするようになり、そのたびに「ごめんなさい」と言った。

「うちに帰りたいよ」と、わたしに言う。

「スミスさんに会えないとさびしいでしょ」わたしはむっつりと言った。

「さびしくないよ。母さんがいるもん」

母さんは少しやさしくなるかもしれない。少なくともジェイミーにはやさしくなると思う。ほんのちょっとかもしれないけど、わたしたちを恋《こい》しいと思ってくれているだろう。

「ロンドンに帰っても、学校はあるよ」と、わたし。

ジェイミーは肩《かた》をすくめた。

「母さんは行けとは言わないよ」

たしかに、そうだろう。

そのうち、スミスさんは、母さんから手紙の返事がちっとも来ないと言って腹《はら》を立てだした。

「あなたのお母さん、字は読めるのよね？」

わたしは肩をすくめた。わかるわけない。

「民生委員がいるはずよ。牧師《ぼくし》でもいいわ。だれかが手紙を読んであげて、返事を代筆してあげられるでしょうに」

きっとそういう人はいるだろうけど、母さんがたのむはずがない。

「何が問題なんですか？」

わたしはたずねた。わたしたちの居場所《いばしょ》がわかれば、つれもどしにくることもできるわけだ。いつでも母さんがそうと決めたときに。

「母さんに、わたしたちをつれもどしにきてほしいんですか？」

スミスさんは奇妙《きみょう》な目つきでわたしを見た。

「いいえ、ちがうわ。何が問題か、わかるでしょう？」

わからない。

わからないことばっかりで、ときどき腹《はら》が立ってしょうがなくなる。

スミスさんは、灯火管制《とうかかんせい》用に黒い布《ぬの》をどっさり買った。灯火管制は、まだ戦争になる前の、わたしたちが疎開《そかい》してきた日にはじまった。日が暮《く》れたあとは、光というものをいっさい、外に見せてはいけないという決まりだ。人も家も建物もお店も、それにバスや自動車も。そうすれば、ドイツ軍が夜に爆撃《ばくげき》しに来ても、町や村がどこにあるのかわからない。まっ暗なところを攻撃《こうげき》するのは、明るいところを攻撃するよりむずかしいのだ。

最初の一か月は、スミスさんはわざわざ窓《まど》をおおわなかった。暗くなっても明かりをつけないようにすれば、それでよかった。ジェイミーとわたしは日が暮れる前にベッドに入っていたので（イギリスの夏は日没がおそい）気にしなかったし、スミスさんは、暗い部屋でも明るい部屋にいるときと同じように、すわって思いにふけることができた。でも、だんだん日が短くなってきたので、スミスさんは二階の窓用にはカーテンを、一階用には、窓枠《まどわく》にかけるタイプの暗幕《あんまく》を作った。

土曜日の夜おそく、暗幕を全部とりつけて、そのあとすべての部屋の電灯をつけた。ジェイミーとわたしが家のまわりを一周して、明かりがもれていないか確認《かくにん》した。ちょっとでももれていると、スミスさんに大声で伝えた。スミスさんは、明かりがまったく見えなくなるように、暗幕を調整した。

そのあとスミスさんが、あったかいココアをいれた。

「これでよし。家を暗くしておくことにも、そのうち慣《な》れるわよ」

スミスさんは、むしろうれしそうだった。今までとちがうことをしたおかげで元気が出たようだ。

ジェイミーとわたしが、ほんとうに冬になってもここにいるとしたらどうなるだろう。ロンドンのアパートにいたときは、冬が大きらいだった。とにかく寒かった。スミスさんの家の大きな部屋には暖炉《だんろ》がある。石炭を燃《も》やして使うのだ。

「ベッキーが死んで以来、はじめてミシンを使ったの」スミスさんが言った。「何かを作ると気分がよくなるわ。たとえそれが、ろくでもない暗幕でもね。あなたたち二人に、何かちょっと作ってみようかしら」

スミスさんは、ソールトン夫人が持ってきてくれた服をひととおりわたしたちに着せてみて、合わないものは返していた。わたしたちがロンドンから着てきた服は捨《す》てた。それでも今のわたしは、これまで着てきた服の合計よりもたくさんの服を持っている。ブラウス三枚《まい》、スカート二枚、セーター二枚、ワンピース、コート、それに乗馬用ズボン。これ以上何か必要だなんて想像《そうぞう》もできない。

「ガウンはどう？」スミスさんは、わたしの気持ちがわかったように言った。「冬用にね。馬に乗るときに着る暖《あたた》かいものは？　あるいは、ちょっとすてきなものは、どう？　いただいた赤いワンピースはとてもすてきだけど、あなたにはもっと似合《にあ》う色があると思うわ」

スミスさんに見つめられ、売りものの魚を思いだした。

「青はどうかしら。きれいな深緑もよさそう。緑色はあなたの肌《はだ》の色《いろ》に映《は》えると思うわ。素材《そざい》はベルベットとか？　わたし、子どものころはベルベットのワンピースがお気に入りだったの」

「ベルベットはきらいです」と、わたし。

スミスさんは笑った。

「ベルベットを知らないくせに。でも、あなたの下着もベルベットなのよ。エイダ、今のは本心じゃないでしょう？　どうして？」

「服を作ってもらいたくなんかありません」

スミスさんの顔がくもった。

「どうして？」

肩《かた》をすくめる。服はもう多すぎるぐらい持っている。多すぎてゆううつになるほどだ。ほんとうに。わたしは今でも、疎開《そかい》してきたときに駅の鏡に映《うつ》ったわたしで、アパートの窓《まど》にはりつくだけのおろかな女の子だったころと変わらないのだ。頭の足りない子だ。マギーのおさがりを着るのはいいけど、それが限度《げんど》だ。

ジェイミーが身を乗りだした。

「ぼくにベルベットを作ってくれる？」

スミスさんに笑顔がもどった。

「いいえ。あなたにはもっとじょうぶで男の子っぽいものを作るわ」

ジェイミーはうなずいた。

「本に出てくるようなやつ？」

あのばかばかしい『スイスのロビンソン』の本では、しょっちゅうものを作ったり見つけたりする。まるで魔法《まほう》みたい。お話の中のお父さんが、パンを作る小麦粉がないとは困《こま》ったものだと思ったとたんに、小麦畑が見つかる。ベーコンが食べたくてしょうがなくなったとたんに、森から野生のブタが飛びだしてくる。たまたま手もとにあったくぎや木材で、小麦をひくための小屋や、ベーコンを作る燻製所《くんせいじょ》を建てる。ジェイミーはそういう話が大好きだった。毎晩《まいばん》のように、もっと読んでとせがむ。わたしは、ほしいものがなんでも手に入る島で暮《く》らすおばかさんたちにうんざりしていた。先を読んでくれなくても、ちっともかまわない。

「わたしたちのためにものを作る時間なんてないですよ」わたしは言った。「わたしたち、ここに長くはいませんから」

少しあいだをおいて、スミスさんが言った。

「戦争は、すぐには終わりそうにないわよ」

「そうですか」

ロンドンにもどる疎開児童はますますふえているけど、わたしたちはまだだ。今のところは。

「わたしたちを手放せれば、あなたはうれしいはずです。最初からわたしたちのこと、あずかりたくなかったんだから」

スミスさんはため息をついた。

「エイダ、今夜は楽しく過《す》ごせないかしら？　ココアを飲んで、みんなで楽しくやりましょうよ。疎開《そかい》児童をあずかりたくなかったのはたしかよ。でも、あなたたち二人がいやだったわけじゃないって、説明したでしょう？　別の子を選んだわけでもないわ」

ほかの人たちはそうだった。わたしはカップをおいた。

「ココアはきらいです」と言って、寝室《しんしつ》へ行った。

ジェイミーの手首にむちのあとがあるのを見つけたのは、わたしじゃなくてスミスさんだった。

18

晩《ばん》ごはんの最中だった。ジェイミーがパンをとろうと、テーブルの上に手をのばした。スミスさんがジェイミーの腕《うで》をつかんで言った。

「それ、どうしたの？」

スミスさんがジェイミーのシャツのそでをまくると、手首に赤いあとがくっきりついていた。ロンドンのアパートで、ジェイミーをしばったときのことを思いだす。でも、それよりひどい。ジェイミーの皮膚《ひふ》は、血が出るまですりむけていたのだ。なんて、ひどい。

ジェイミーはさっと手を引っこめた。

「なんでもない」と言って、シャツのそでをもどしている。

「なんでもなくないわ」と、スミスさん。「何があったの？」

ジェイミーはこたえようとしない。

「だれかにやられたの？」わたしはきいた。「しばられたの？　学校の男の子に？」

ジェイミーはだまってお皿を見つめ、肩《かた》をすくめた。

「じょうだんじゃないわ」スミスさんが言った。「だまってないで話しなさい！　いじめはゆるしちゃだめよ。何があったか話してちょうだい。力になってあげるから」

ジェイミーは口を開かなかったし、そのあとベッドの中でわたしだけに話してくれることもなかった。

「わたしには話さなきゃだめだよ。あんたの世話をするのはわたしなんだから。ね？」

そう言ってなだめても、ジェイミーは話さなかった。

翌日《よくじつ》の昼ごはんのとき、スミスさんが言った。

「エイダ、あなたもいっしょに、ジェイミーを学校に送っていかない？　帰りにちょっと買いものをしてもいいし」

びっくりしたけど、ジェイミーが心配だったので、わたしはうなずいた。ベルベットの服のことで何かたくらんでるんじゃないかと、スミスさんを疑《うたが》う気持ちもあったけど。

スミスさんは、ジェイミーを追い立てるようにして、校舎《こうしゃ》の中につれていった。たぶんいつもこうしてるんだろう。わたしは外で待っていた。スミスさんが校舎から出てきて言った。

「お茶を飲みにいきましょう。三十分ぐらいしたら、ここにもどるわよ」

喫茶店《きっさてん》に行くと、そこはテーブルがたくさんあって、食べものや飲みものを買う場所だった。パブに似《に》ているけど、ビールはなかったし、パブよりきれいだった。席にすわると、わたしは小さな声できいた。

「スミスさん、どうしてテーブルに毛布《もうふ》がかかってるんですか？」

「テーブルクロスというのよ」スミスさんがささやきかえす。「テーブルをすてきに見せるためにかけてるの」

はあ、そうなんだ。テーブルを着かざらせるってこと。テーブルのために布《ぬの》をむだにするわけだ。

テーブルにやってきた女の人に、スミスさんはスコーンとお茶をたのんだ。わたしはナプキンをちゃんとひざにおいて、お茶が運ばれてくると、女の人にありがとうと言った。女の人はにっこりした。

「なんて礼儀《れいぎ》正しいんでしょう！　疎開《そかい》してきた子ですか？」

どうしてわかるんだろう。疎開児童だとわかってしまうって、うれしくない。そんなわたしに、スミスさんは言った。

「話し方のせいよ。あなたの話し方は、わたしたちとはちがうのよ」

わたしの話し方は、上品な人たちとはちがうという意味だ。自分でもわかっているし、自分の話し方は好きじゃない。この土地の人らしい話し方になるように、一生けんめい努力している。

お茶を飲み終えて学校にもどった。スミスさんは何も言わずに校舎の中へ入っていった。廊《ろう》下《か》をずんずん進んで、最初の教室のドアをあける。ノックはしなかった。ちょうどわたしが追いついたころ、スミスさんが息を飲んだ。わたしも中をのぞき、スミスさんが見ているものを見る。

ジェイミーをふくめたクラス全員が、机《つくえ》に向かって鉛筆《えんぴつ》で紙に何か書いている。ジェイミーの左手は、いすにしばられている。

手首にひどいみみずばれができているというのに、きつくしばってある。

わたしもジェイミーをしばったことはあるけど、すぐにほどいてあげた。

スミスさんが声をあげた。

「これはいったいどういうことですか？」

その声に、小さな女の子たちがびくっとした。ジェイミーがこっちを見る。顔がまっ赤になっている。

スミスさんがジェイミーのもとへいって、ひもをはずした。ジェイミーは身がまえた。わたしもときどきやるように、スミスさんにぶたれるんじゃないかと身がまえているのだ。スミスさんは言った。

「ジェイミー、ごめんなさい。もっと早く来るべきだったわ」

そしてジェイミーのからだに両腕《りょううで》をまわした。ジェイミーはスミスさんにからだをあずけ、泣きだした。

そのあいだずっと、わたしはドアのそばで凍《こお》りついたようにつったっていた。ほとんどの生徒たちも、凍りついたように席にすわっていた。きこえるのは、ジェイミーの泣き声と、スミスさんのなだめる声だけ。なんと言ってるのかは、ききとれなかった。

先生は、はっとわれにかえったようだ。目をぎらぎらさせながら、スミスさんのほうへ進む。

「じゃまをしないでいただけますか？　この子は、わたしが背中《せなか》を向けるたびにそちらの手を使うのです。そうさせるわけにはいきません！　この子がわたしにしたがってさえくれれば、しばる必要はないのですが」

スミスさんは一歩も引かなかった。目がらんらんとしている。

「どうしてそっちの手を使わなければならないんですか？」

先生は言葉を失ったようだ。見おぼえはなかったけど、同じ汽車で来た先生の一人だと思う。年配の女の人で、白髪《はくはつ》を三つあみにして頭のまわりでぐるっと巻《ま》いている。丸いめがねに、きつそうなスカート。開いた口は、めがねと同じようにまん丸だ。魚みたいに見える。

「どうしてって、左手なんですよ。悪魔《あくま》の印だということはだれでも知っています。この子は、右手ではなく左手で字を書こうとするのです。正しいやり方をおぼえるように、わたしがしつけているのです」

「そんなばかげた話はきいたことがありません」スミスさんがぴしゃりと言う。「この子は左ききなんです。それだけのことです」

「それは悪魔の印です」先生も引かなかった。

スミスさんは大きく息を吸《す》って言った。

「わたしはオックスフォード大学出身ですが、神学部の恩師《おんし》であるヘンリー・レイトン・グージ博士《はかせ》は左ききでした。それは悪魔《あくま》の印なんかじゃありません。博士自身がはっきり言いました。左ききを恐《おそ》れる気持ちは、ばかげた迷信《めいしん》と不当な偏見《へんけん》以外の何ものでもない、と。聖書《せいしょ》には、左手を使う人を責《せ》めるようなことは何も書いてありません。お望みなら、博士に手紙を書いてたしかめてもいいんですよ。あなたがジェイミーに、どちらの手を使ってもかまわないと許可《きょか》するか、この子が受けた傷《きず》のことでわたしが行動を起こすか、どちらかになりますね」

スミスさんが大げさな言葉を使ってしゃべるのが、わたしはすごくいやだった。理解《りかい》しきれない。ジェイミーの先生は、疑《うたが》うように言った。

「オックスフォードにいらっしゃったのは、いつですの？」

「一九三一年卒業です」スミスさんがこたえた。

先生はめんくらったようだけれど、全面的に引きさがるわけでもなかった。

「ノックもせずに教室に入ってはいけません。そういう行為《こうい》はゆるされません」

「二度としません。理由がないかぎりはね」

スミスさんは、ジェイミーをぎゅっとだいてから立ちあがった。

「これからも、ジェイミーにきいて、たしかめます。左手を使ったという理由でこの子がばかにされたり、さげすまれたり、どんな方法であれ罰《ばつ》を与《あた》えられたりするのはごめんですから」

先生は、フンと鼻を鳴らした。スミスさんは、ついてきなさいとわたしに合図して、ドアに向かった。わたしは、先生がジェイミーをしばりなおさないように、しばらく廊下《ろうか》で見はっていたかったけれど、スミスさんは、このまま帰ったほうがいいと言った。

「先生のプライドを傷つけちゃったから、立ちなおらせてあげないとね」

どういう意味か、わからない。

「ジェイミーはしばられるのが大きらいなんですって言えばよかったです」と、わたしは言った。それに、先生がジェイミーをしばった理由が、まだよくわからないことも伝えた。

スミスさんはため息をついた。

「エイダ、ごはんを食べるときにどちらの手を使う？　フォークをにぎる手はどっち？」

わたしは右手をあげた。

「こっちです」

「それはどうして？　どちらを使ってもいいじゃない？」

「こっちのほうが使いやすいので」

「そうよね。ジェイミーはちがうほうの手、つまり左手を使って食べるの。いつもそうなのよ。ジェイミーは左手のほうが使いやすいのよ」

そうだったかもしれない。わたしはこれまで気づかなかった。気にしたことがなかったのだ。

「それで？」

「ジェイミーは、今、書くことを習っているわね。食べるときとちがうほうの手で書くって、ものすごくたいへんなの。家に帰ったら、やってみせるわ」

　スミスさんが学校の玄関《げんかん》のドアをあけ、二人で外に出た。冷たい風が吹《ふ》いて、階段《かいだん》に落ちている枯《か》れ葉《は》がくるくるまわる。

「聖書《せいしょ》の一節にあるの。いい人たちは神様の右側に、悪い人たちは左側に立つ。左に立った人たちは、そのあと地獄《じごく》へ落ちる。それを読んだ人たちが――」

「おばかさんたち」わたしは言いかえた。

「そうよ」スミスさんは笑った。「それを読んだおばかさんたちが、左ききを悪魔《あくま》とつなげて考えたの。ほんとうはちがうのに。脳《のう》とつなげて考えるべきなのよね」

「スミスさんが言ってた人みたいに」と、わたし。

「え？　ああ、グージ博士《はかせ》のことね。そう、その人は、神学部の欽定教授《きんていきょうじゅ》（国王に任命された教授）よ。わたしが行ったオックスフォード大学のね」

「その人は、ジェイミーと同じ左ききなんですね」

　スミスさんはクスッと笑った。

「さあ、どうだか。わたし、神学は勉強しなかったの。その博士には会ったこともないわ」

　うそだったんだ。わたしは横目でスミスさんを見た。

「オックスフォード大学には行ってないんですか？」

　それがどこにあって何をするところなのかはまるでわからないけど。

「もちろん行ったわよ。数学を勉強したの」

二人で通りを進む。

「内反足《ないはんそく》もそういうものですか？」わたしはきいた。

「左ききみたいなものかってこと？　そうとも言えるわね。生まれつきという意味では」

「ちがいます。先生が言ったようなものですかってことです。悪魔の印って……」

そうだとしたら、何もかも納得《なっとく》できる。

「エイダ、それはぜったいにちがうわよ！　どうしてそんなふうに思うの？」

わたしは肩《かた》をすくめた。

「母さんがわたしをきらいなのは、そのせいかなと思って」

スミスさんはわたしの肩に手をおいた。声をふるわせながら言う。

「きらいじゃないわよ。そんなわけない――」

スミスさんは立ち止まって、わたしを正面から見た。

「なんと言えばいいのかしら。わたし、あなたにうそはつきたくないの。そしてね、ほんとうのことは、わたしにはわからないわ」

わたしに対してこれほど正直にものを言ってくれた人は、今まで一人もいなかったと思う。

「もしもあなたをきらいなのだとしたら、お母さんはまちがってるわ」スミスさんは言った。

そういう話はしたくない。どうでもいい。

風に舞《ま》う落ち葉が松葉杖《まつばづえ》の先にあたる。持ちあげたままの悪い足がゆれる。再《ふたた》び通りを歩きだす。少ししてからスミスさんも歩きだした。

「家に帰ったら、バターに乗るの？」スミスさんがきいた。

「たぶん。バターはまだゆっくりとしか歩いてくれないんです」

「ねばり強くやる」と、スミスさん。「ソールトン夫人がそう言ってたわね」

そうか。ねばり強くやるというのは、やりつづけるという意味なんだ。

19

その次の日、ジェイミーが学校へいく前に、スミスさんはわたしたちをつれて郵便局《ゆうびんきょく》へ行き、身分証明書《しょうめいしょ》を作った。戦争中だからだ。国民全員が登録して身分証明書を持ち歩けば、ドイツ人が侵入《しんにゅう》してきても、ドイツ人かイギリス人かわからなくなる心配はない。政府は、身分証明書を見せなさいと要求できるのだ。

ドイツ人はわたしたちとちがう言葉を話すから、それで見わけることもできる。スミスさんがそう言った。ならんで待っているときに説明してくれたのだ。世界じゅうの人々は、それぞれちがう言葉をしゃべる。わたしの話し方がスミスさんやマギーとちがうのとはまた別で、まったくちがう言葉を使うそうだ。ジェイミーがそういう言葉をききたがったので、スミスさんが単語をいくつか教えてくれた。スミスさんが知っているのはラテン語という言葉だけだ。

「でもそれは、死んだ言葉なの。話せる人はもうだれもいないのよ」

たった今スミスさんが話してみせたんだから、そんなはずはない。けど、そうは言わなかった。

「もしぼくたちがドイツ人を全員殺したら、ドイツの言葉は死ぬよ。バーン！」

ジェイミーはそう言って、ドイツ人を撃《う》つまねをした。

スミスさんは唇《くちびる》をかんだけれど、登録の順番になったので、しかるひまがなかった。スミスさんは、自分の名前と誕生日《たんじょうび》を係の男の人に言った。結婚《けっこん》してないこと、仕事を持っていないことも。

それからわたしたちを前に出した。

「エイダ・スミスとジェイミー・スミスです。わたしといっしょに暮《く》らしています」

係の人はにっこりした。

「姪《めい》っ子《こ》と甥《おい》っ子《こ》ですかな？　親戚《しんせき》と暮らせるとは、いいですね。たしかに似《に》てますよ。女の子はあなたに目がそっくりだ」

「いいえ」と、スミスさん。「この子たちは疎開《そかい》児童です。名字が同じなのは偶然《ぐうぜん》です。誕生日は不明なんです。書類にも書いてないし、この子たち自身もわからないそうで」

係の人は困《こま》った顔をした。

「ずいぶん大きいのにねえ。自分の誕生日がわからないんですか。頭が足りないのですか？」

わたしは左足の後ろに右足を引っこめ、床《ゆか》を見つめた。

「もちろんちがいます」スミスさんがぴしゃりと言う。「ひどいことをおっしゃるのね」

ひるむことなく、係の人は言った。

「そうですか、それならよかった、ほんとうに。しかしこの用紙になんと書けばいいでしょうね？　生年月日を書くのが国の決まりです。『わからない』という選択肢《せんたくし》はないんですよ」

「エイダは一九二九年四月五日と書いてください」スミスさんは言った。

しばらく前に、ジェイミーが赤ちゃんだったころのことをどれぐらいおぼえているかときかれたことがある。スミスさんはそのときに、わたしは十歳《さい》だろうと判断《はんだん》したのだ。

「ジェイミーは、二月十五日にしてください」

ジェイミーとわたしを見おろしながら、スミスさんは言った。

「一九三三年です。この子が六歳なのはたしかですから」

男の人は眉毛《まゆげ》をあげたけど、スミスさんが言ったとおりに書いた。

「いったい、どういうことだったんですか？」帰り道に、わたしはたずねた。

「誕生日って、プレゼントをもらう日だよ」ジェイミーが、なんだか悲しげに言った。「おやつにケーキも出るんだ。学校では、誕生日の帽子《ぼうし》をかぶるんだよ」

疎開してきたばかりのころ、スミスさんに誕生日をきかれたのはおぼえているけど、誕生日の帽子なんて知らなかった。学校でかぶるものらしい。ジェイミーの学校の先生は、大きなカレンダーにみんなの誕生日を書きこんでいる。その日になると、誕生日の子は帽子をかぶって、みんなにさわがれるのだ。

ジェイミーが自分の誕生日を知らないと言ったら、クラスのみんなが笑ったそうだ。そのときはスミスさんにもわたしにも話してくれなかったけど。

「でも、今日から誕生日《たんじょうび》ができたね」ジェイミーは満足そうだ。「係の人に言った日にち。今日、先生に教えて、カレンダーに書いてもらおうっと。ねえ、いつだっけ？」

「一九三三年二月十五日よ」と、スミスさん。

「ほんとうの誕生日じゃないんだよ」と、わたし。

「理由はあるのよ」スミスさんは言った。「二月十五日は、わたしの父の誕生日なの。ジェイミーはそれを使っていいわ」

「お父さん、亡《な》くなったんですか？」

「いいえ。というか、そういう知らせはないわ。そうなったら、兄弟たちが知らせてくれると思う。ジェイミーが父と同じ誕生日でも問題ないでしょ。一年は三百六十五日しかないのに、この世にはもっともっとたくさんの人がいるのよ。同じ誕生日の人は、世の中におおぜいいるわ」

「でも、ジェイミーのほんとうの誕生日じゃありません」わたしは言った。

「そうね」

スミスさんはふりかえってこしをかがめ、まっすぐわたしの目を見た。

「ほんとうの誕生日がわかったら、身分証明書《しょうめいしょ》の内容も変更《へんこう》するわ。約束する。いいでしょう？」

「はい」今だけのうそなら、いいと思う。「どうすればほんとうの誕生日がわかるんですか？」

スミスさんは顔をしかめた。

「お母さんが知ってるわ。手紙の返事に書いてくれるわよ」

だったら、時間がかかるだろう。わたしが学校へ行って誕生日の帽子《ぼうし》をかぶることがあるとは思えない。だけど……。

「わたしの誕生日には、おやつにケーキを食べますか？　係の人に伝えた誕生日に」

「ええ」

スミスさんは、一瞬《いっしゅん》悲しそうな顔をした。ほんとうに短いあいだだったので、目の前で見ていなかったら気づかなかっただろう。悲しそう？　ふと考える。悲しみだとどうしてわかったのかな？　それに、スミスさんはどうして悲しいのかな？

「その日は、ベッキーの誕生日なの」スミスさんが言った。「またその日をお祝いする理由ができたなんて、うれしいわ」

「うれしいなんて、うそです」わたしは言った。腹《はら》が立ったわけじゃない。でも、うそだってことはたしかだ。

「あら」スミスさんはむりをして笑った。「そうともいえるし、そうでないともいえるわね。そりゃあ、ちょっとつらいとは思うわ。でも、また楽しく過《す》ごせる日にしたいって気持ちも強いのよ」

20

スティーヴン・ホワイトとマクファーソン大佐《たいさ》が、わたしをお茶に招待《しょうたい》した。きちんと書かれた招待状《しょうたいじょう》が郵便《ゆうびん》で送られてきた。スミスさんは封筒《ふうとう》をあけないまま、わたしに手わたした。招待状に書かれた文字を何度も何度もじっと見つめてみたけど、意味はわからなかった。ジェイミーも一生けんめい読もうとしてくれたけど、読めなかった。

「字がくねくねしてる。本に書いてあるのとちがうよ」

しかたがないのでスミスさんにたのんだけれど、そのあとわたしは頭にきてしまった。スミスさんが招待状を読みあげる。

お茶会、スティーヴンと大佐の名前、十月七日土曜日という日づけ。スミスさんが招待状を読みあげるのを聞いているうちに、自分で読めないことに腹《はら》が立ってきたのだ。そんなわたしを見て、スミスさんは笑った。

「エイダったら、なんて顔してるのよ！　読めないのは自分の問題でしょう？　わたし、喜んで教えるわよ」

字を読むことは、スミスさんにとっては笑っちゃうぐらいかんたんなんだ。でも、わたしには学ぶ能力《のうりょく》がないかもしれない。やってみてできなかったら、どうするの？

「返事を書いてあげるわ」と、スミスさん。「お茶会に行きたいでしょう？」

「行きたくないです」

スミスさんに返事を書いてもらうなんて、いやだ。

「どうして？　おいしいものが食べられるわよ、きっと。それにスティーヴンは友だちでしょ？　大佐はお年よりだけど、親切だし、おもしろい話をたくさんしてくれるわよ」

「行きません！　スティーヴンは友だちじゃないし」

スミスさんはこしをおろしてわたしを見た。

「あなたをおぶって駅まで行ってくれたんでしょう？　友だちだからこそ、そうしてくれたんだと思うわよ」

そうかもね。

「マーガレット・ソールトンがけがをしたときに、あなたが助けてあげたのとおんなじよ。あなたがマーガレットの友だちであるように、スティーヴンはあなたの友だちなのよ」

マギーのことは友だちだと思いたかった。スティーヴンもそうだと考えていいのかもしれない。だけど、自分を助けてくれた人と友だちになるのは、自分が助けてあげた人と友だちになるよりむずかしい。

「あなたが作法をわきまえてることはわかってるわ」スミスさんが言った。「この前喫茶店《きっさてん》に行ったときも、ちゃんとしてたもの。大佐《たいさ》の家まで、わたしもいっしょに歩いていって、終わったころにむかえに行くわよ。長くはかからないでしょう。一時間ぐらいいじゃないかしら。お菓子《かし》とお茶をいただいて、おしゃべりするの。それだけよ」

わたしはむっつりと言った。

「どうしてわたしを行かせたいんですか？」

スミスさんはため息をついた。バターと同じような音をさせて、鼻から息をはく。

「行かせたいわけじゃないわ。わたしはどっちでもいいの。ただ、あなたは同じ年ごろの子とつきあいたいんじゃないかって思うのよ。気分転換《てんかん》になるし。それに、あなたに招待状《しょうたいじょう》が来たことがうれしいの」

ゴクリとつばを飲む。わたしはうれしくなんかない。別のことを感じてる。こわいのかな？わからない。

「わたしは行きたくありません。だから返事は書かなくていいです」

「ことわりの返事を書かないといけないわ」と、スミスさん。「どちらにしても、返事は出すものよ」

知らなかった。知るわけがない。スミスさんが紙とペンを出すあいだ、いいほうの足でいすの脚《あし》を蹴《け》った。スミスさんは紙に何か書いて、さしだした。

「書いたわよ。『たいへん残念ですが、エイダ・スミスは十月七日のご招待をお受けすることができません』こんなふうに礼儀《れいぎ》正しくことわるものなの。いすを蹴るのをやめなさい」

ますます強く蹴ってやった。礼儀正しいかどうかなんて、知ったこっちゃない。

「大佐に足をじろじろ見られるのはいやです」

「大佐が？　どうやって？」

スミスさんがきいた。わたしのいいほうの足をつかんで、おさえる。

「蹴るのをやめなさいと言ってるの。あのね、大佐がじろじろ見るなんて、ぜったいにありえないわ。目が不自由で、ほとんど何も見えないんですもの」


十月七日は、雨で、寒くて、さんざんな日になった。バターには乗れなかった。ジェイミーは、スミスさんから飛行機の写真がのった雑誌《ざっし》とはさみをわたされ、楽しそうに写真を切りとっては、じゅうたんの上で飛ばした。わたしは何もやることがなかった。

「どっちにしても、くだらないお茶会には行けなかったけどね」

わたしがそう言うと、ミシンに向かっていたスミスさんが顔をあげた。古いタオルを使って、ジェイミーとわたし用のガウンを作っている。ガウンというのは、冬にパジャマの上に着るコートみたいなものだ。寝《ね》るときにはぬぐらしい。今は冬ほどじゃないけど、かなり寒いので、スミスさんは居間《いま》の石炭暖炉《だんろ》に火をつけた。台所の料理用ストーブも、家を暖《あたた》めてくれる。

「わたしの大きなかさをさしていけば、行けなくもなかったわよ」スミスさんは言った。

「今から行ってもいいですか?」

スミスさんは首をふった。

「一度返事をしたら、気持ちを変えられないわ。それが礼儀《れいぎ》よ」

「礼儀なんてどうでもいいのに!」

「あなたがそうだとしても、大佐《たいさ》は気になさるわよ」スミスさんはきっぱりと言った。「お茶会は礼儀正しくやるものだしね」

松葉杖《まつばづえ》で床《ゆか》を突《つ》く。紙の飛行機が、そのせいでやぶれてしまった。ジェイミーは大声で泣いた。わたしは気にしなかった。

スミスさんが立ちあがった。

「どうしたっていうの、エイダ?」

「おなかが痛《いた》いんです!」

「きげんが悪いようね。でも、ジェイミーに八つあたりしてはいけないわ。あやまるのよ。飛行機をもとにもどせるかどうか、みてあげてちょうだい」

「わたしは悪くありません」

スミスさんはいったん目をとじて言った。

「それでも、ごめんなさいと言うのよ」

「いやです!」

「ジェイミー、こっちへいらっしゃい」

スミスさんはソファーにすわって、腕《うで》を広げた。ジェイミーがスミスさんのひざによじのぼる。教室でだきしめられた日から、スミスさんにすりよってばかりだ。いらいらする。

「お姉ちゃんはいろいろつらいのよ」スミスさんがジェイミーに言う。「飛行機をやぶいたのは、わざとじゃないのよ」

いいえ、わざとやりましたと言いたくなったけど、それはうそなのでやめた。わたしは、ジェイミーを傷《きず》つけるようなことはぜったいしない。たまたまそうなってしまったことがあるだけだ。だけど、スミスさんのひざで丸くなっているジェイミーを見ていると、大声をあげたくなる。あんなふうにわたしをなぐさめてくれる人は、だれもいない。

そのとき、スミスさんが、自分のとなりをたたいて言った。

「すわんなさい。ほら、ね、ここにすわって」

わたしがすわると、スミスさんは片手《かたて》をまわして、ぐいと引きよせた。

なぐさめてくれる人がいた。

ちょっとぎこちないけど、ひざにだかれる。

「あなたのからだはかたいわね」スミスさんが言う。「まるで丸太をなだめてるみたいだわ」

さわられるのは、すごく変な感じだ。やっぱり緊張《きんちょう》する。でもわたしは、頭の中に逃《に》げこまなかった。スミスさんにだかれてソファーにすわっていた。わたしの肩先《かたさき》で、ジェイミーがおだやかに息をしている。わたしは暖炉《だんろ》の火を見つめながら、じっとしていた。部屋の中で、三十分ぐらいのあいだ、三人ともじっとしていた。ジェイミーは眠《ねむ》ってしまい、スミスさんとわたしは、だまってすわっていた。灯火管制《とうかかんせい》の暗幕《あんまく》をはって、晩《ばん》ごはんを作る時間になるまで。

21

バターは、歩くこと以外はこばんだままだった。

わたしは、やさしくしてやっていた。バターの動きがにぶくていらいらしても、ぜったいにたたかなかった。おやつを持っていってあげたし、毎日ブラシをかけてやったし、乗ってるときも、ときどき手綱《たづな》をたらしたまま、好きなだけ牧草地《ぼくそうち》をぶらぶらさせてやった。牧草地の木戸の前に立って名前を呼《よ》ぶと、バターはいつでもすぐによってくるし、ブラシをかけるときや頭絡《とうらく》をつけるときは、つながなくてもじっと立っていてくれた。わたしを好きなのだ。ほんとうに。でも、わたしが何をどうやっても、ゆっくりとしか進んでくれない。走ろうとしない。走ってくれないと、いつまでたってもジャンプはできない。

ソールトン夫人は、グライムズさんに相談していいと言ったけど、こういう場合のことを言ったんじゃないかもしれない。でも、とにかく行ってみようとついに決めた。

「グライムズさんのところに行ってきます」

ある日の昼ごはんのとき、わたしは言った。寒い日だった。マギーのおさがりのセーターを着られるのがうれしかった。

スミスさんがわたしを見て言った。

「どうやって行くの？　それに、どうして？」

「バターに乗っていきます」

スミスさんは目を丸くした。

「わたし、バターにはずいぶん乗ってるんです。なかよしなんです。とてもいいポニーです。いやがらずに行ってくれると思います」

「エイダ。わたしはよく気がつくほうじゃないけど、目はちゃんと見えるわ。あなたがあのポニーによく乗っているのは知ってるわよ」

「はい、スミスさん」

「スーザンと呼《よ》んでちょうだいって、何度も何度も言ったでしょ。そうしてくれないと、侮《ぶ》辱《じょく》されているような気がしてくるわ。どうしてグライムズさんに会いたいの？」

「ただ、会いたいんです。グライムズさんは親切にしてくれました。……スーザン」

スミスさんは、あきれたようにぐるっと目をまわした。

「それで？」と、先をうながす。

「それで、バターのことで困《こま》ってるんですけど、何がいけないのかわからなくて。バターはほとんど進んでくれないんです。あの鉄みたいな顔の、いえ、マギーのお母さんが――」

「ソールトン夫人ね」

「はい、そうです。困ったことがあったら、グライムズさんにきいていいと言ったので」

スミスさんは、フォークでニンジンをさした。口に運び、ゆっくりかむ。

「ちっともバターらしくない話だわ。わたしが乗ったときは、どんどん進みたがったのよ。それほど年をとったわけでもないし」

ニンジンをもうひと切れとる。かんで飲みこんだあと「わかったわ」と言った。

「行ってもいいわ。道をおぼえてる？」

わたしはうなずいた。道はかんたんだ。二回曲がるだけだし、りっぱな柵《さく》と鉄の門があって、その先に玄関《げんかん》へつづく道がある。見のがしようがない。

「道路に出るなら、鞍《くら》をつけたほうがいいかもしれないわ。右のあぶみはあげておいたほうがいいわね。バターのおなかにあたらないように」

わたしが右のあぶみを使えないって、スミスさんはわかってるんだ。使うとすごく痛《いた》くなることを。

「バターの鞍は、小さいやつですか？」

物置部屋の棚《たな》には鞍が三つあり、布《ぬの》がかかっている。二つは同じ大きさで、もうひとつは小さい。

「そうよ。見せてあげるわ」と、スミスさん。

「いいえ、だいじょうぶです。助けはいりません」

スミスさんはわたしを見た。

「あなたとジェイミーに何をしてあげればいいのか、いつまでたってもわからないわ」しばらくわたしを見つめたあと、やっと、そう言った。「ジェイミーの学校にはもっと早く行ってあげればよかった。あなたのことも、もっとよく見てあげるべきなんでしょうね。でもあなたはそれがいやなのよね、そうでしょう？」

こういう質問《しつもん》には、こたえなくてもいいんだろう。わたしは立ちあがり、お皿のよごれをふきとってゴミ箱に捨《す》てた。それから食器を洗《あら》うために流しに水をため、洗剤《せんざい》を入れた。

「困《こま》ったことがあるのかどうかだけなら教えてくれる？　助けがいるときには相談してくれる？」

わたしはスミスさんを見ずに言った。

「助けはいりません」

後ろでため息がきこえた。

「好きにしなさい」少したってからスミスさんはそう言った。

もたついたけれど、とにかくバターに鞍《くら》をつけてみた。でも、またがろうとすると、全体が片側《かたがわ》によってしまった。いったんおりて、正しい位置《いち》におき、なぜかはわからないけどゆるんでしまった腹帯《はらおび》をぎゅっとしめなおす。またがると、今度は安定した。門を出て、通りをゆっくりと進んでいく。

飛行場には、爆発《ばくはつ》や焼けた飛行機のあとはもう何も残っていなかった。ジェイミーによれば、三人が亡《な》くなったけど、知らない人ばかりだという。先週、また新しい小屋がいくつか建った。なんのためにあるのかだれにもわからない大きな塔《とう》もできた。滑走路《かっそうろ》のいちばん奥《おく》に、飛行機がずらりとならんでいる。ある飛行機は、滑走路に近づいては一瞬《いっしゅん》着陸し、また飛びたつという動きをくりかえしていた。輪を描《えが》くようにして何度も何度も。バターは、いちいち耳をそばだてたりしない。バターにとっては、離陸《りりく》したり着陸したりする飛行機は、木のようにあたりまえのものなんだろう。

道のとちゅうで、バターは急に止まり、家に帰ろうと向きを変えたがった。わたしは前へ進ませた。バターはきげんが悪くなり、口をもごもご動かしながら、わたしに向かって耳をぴくぴくさせた。馬語でわたしをののしっているみたいだ。今までにないぐらい歩き方がゆっくりになり、わたしはジョナサンの馬が恋《こい》しくなった。一か月前はバターに出会ってわくわくしてた。今のわたしは、それ以上のことを求めている。

二か月前には、木を見たこともなかったのに。

ようやくマギーの家に着き、厩舎《きゅうしゃ》の庭へと進んでいった。そこにはグライムズさんがいて、大きな灰色《はいいろ》の馬をバケツの水で洗っていた。

「やあ」

わたしを見るとグライムズさんは言った。

「やあ」

わたしもそう言ったけど、急に恥《は》ずかしくなった。ここに来ていいと言ったのはマギーのお母さんだ。グライムズさんが言ったわけじゃないし、うれしくないかもしれない。わたしはバターからすべりおりて、右足を左足の後ろにかくした。

グライムズさんは、上から下までわたしをながめた。それから、「ちょっと待ってろ」と言って、手入れ中だった馬を馬房《ばぼう》へつれていった。

「さて」もどってくると、わたしに言った。「話をきかせてもらうかな。このみじめなポニーに乗ってわざわざやってくるとは、どうしたんだね？」

「教えてほしいんです。うまく進ませることができないので」

「そうだろうな」

グライムズさんは、かがみこんでバターの前足を見た。

「この馬の足は、何年も手入れしてないようだな。あの人が死んでからずっとだ。ベッキー嬢《じょう》さ」

グライムズさんはすたすた歩いていくと、両手にたくさん金属《きんぞく》の道具を持ってもどってきた。

「こいつをおさえていてくれ」

そう言うと、バターの蹄《ひづめ》をそっと持ちあげ、手の中で上に向けた。そして、ペンチのような道具で、バターの蹄を切り落とした。

わたしは思わず悲鳴をあげた。バターはびっくりしている。グライムズさんは、バターの足をおろして、顔をあげた。見ると、バターの足には、まだ蹄が残っていた。切り落とされた部分が石敷《いしじ》きの庭に落ちている。曲がっていてぶあつくて、ぞっとしてしまう。

「わしがこいつを傷《きず》つけてるように見えるかね？」

そうじゃなかった。信じられない。バターはおとなしく立っている。

「ポニーの蹄は、人間の爪《つめ》みたいなもんだ」グライムズさんはそう言って別の道具を手にとり、短くなった蹄をこすってなめらかにした。「のびたら切るもんなのさ」

スミスさんは爪切りにうるさい。疎開《そかい》二日目に、ジェイミーもわたしも手足の爪を切られた。それから毎週切りなさいと言いつけられている。わたしはそれまで、爪がわれると歯でかみきっていたけど、そうじゃなくて爪切りで切りなさいと。不思議なことに、切っても痛《いた》くないのだ。グライムズさんは正しい。

「蹄がのびすぎて、痛かったんだよ」グライムズさんは、もう片方《かたほう》の前足の蹄を切ろうと移動《いどう》しながら話をつづけた。「少し歩くだけでも痛かったんだろうよ。スピードを出すとつまずいちまいそうだったんだな。かしこいやつだよ。さあ、これで見ちがえるようになるさ」

なんてことだろう。わたしは、知らないうちにバターを傷つけていたんだ。

「ポニーを飼《か》うのに向いてない人間もいる」

グライムズさんが言った。わたしの気持ちを言葉にしたかのようだ。でもすぐにわたしを見て、こう言ってくれた。

「おまえさんのことじゃないぞ。ロンドンから来たばかりだし、まだその年だし、知りようがないもんな。でもあのスミス嬢《じょう》は、ベッキー嬢のハンターを売ってからずっと、このポニーを牧草地《ぼくそうち》に放っておいた。わしが思うに、それきり目もくれてないだろう」

「ポニーは草を食べていればだいじょうぶだって、スミスさんは言いました」

「はっ、草を食べるのはいいが、ほかにも必要なことはあるさ。人間だってそうだろう。食べものを与《あた》えられても、不潔《ふけつ》で不健康なままにされ、愛情《あいじょう》も示《しめ》してもらえなかったら、おまえさん、どうなるかね？」

「腹《はら》ぺこにだけはならないと思います」わたしはこたえた。

グライムズさんは笑った。

「なるほどな」

作業が終わると、こう言った。

「四週間かそこらしたら、またつれておいで。また蹄《ひづめ》を切ってやろう。ふつうは六週間ごとでいいんだが、こいつの状態《じょうたい》をもとにもどすために、ちょっとばかりやることがあるからな。ほんとうは村の装蹄師《そうていし》の仕事だが、先週、入隊しちまったよ」

わたしはうなずいた。なんと言えばいいのか、頭の中で言葉をさがす。これだ。

「ありがとうございました、グライムズさん」

グライムズさんは目を細めたけれど、笑いはしなかった。帽子《ぼうし》をぬいで、ほとんど髪《かみ》の毛《け》のない頭を見せ、耳の後ろをかく。

「ただのグライムズだ。執事《しつじ》だのなんだのみたいなおえらいお方ならグライムズさんでもいいがな。しかし、友だち同士になるんなら、フレッドと呼《よ》んでくれ」

「フレッド」

わたしはそう言って、大佐《たいさ》がしたように、手をさしだした。フレッドは握手《あくしゅ》してくれた。

「それで、おまえさんは？」

「エイダです。エイダ・スミス。でもエイダと呼んでください」

フレッドは、バターのからだのあちこちをわたしに見せた。たてがみがのびてからまってるところを切り（「ふつうは切らずに抜《ぬ》くんだが、ここまでひどいとどうしようもねえ」と言いながら）、しっぽのからまりのとき方を教えてくれた。鞍《くら》と頭絡《とうらく》のそうじのしかたと、手入れのために油をぬる方法も教えてくれた。油をほんのちょっとだけ布《ぬの》につけて、何度も何度もやってみせてくれた。

「やりつづけることだよ。スミス嬢のところにある馬具全部に、油をぬるといい。革《かわ》は乾燥《かんそう》しちまうからな。長いあいだ放っておくと、使いものにならなくなるぞ」

そのあとフレッドは、仕事にもどらないといけないと言った。

「ここんとこ、仕事が多くてな。ハンターたちを牧草地《ぼくそうち》に出さなきゃならん。馬たちの体調管《かん》理《り》と手入れを一人でやるのはたいへんな仕事だ。戦争でだれも狩《か》りなんかしなくなっちまったがな。それでも、わしにしてみれば、十三頭の馬の世話だけでほとんどせいいっぱいなんだよ」

「わたし、手伝います」

「やあ、それはありがたい」

馬具のことを教わっているあいだ、バターはあいてる馬房《ばぼう》に入れてあった。わたしは馬たちに、穀物《こくもつ》や干《ほ》し草《くさ》や水をやるのを手伝った。足が悪いのはかくせないけど、フレッドはわたしが足をひきずってても何も言わないし、役立たずだとは思っていないようだ。仕事が終わると、わたしはバターに鞍《くら》と頭絡《とうらく》をつけなおした。乗るときにはフレッドが手を貸《か》してくれた。

「馬にも内反足《ないはんそく》があるって、マギーが言ってました」わたしは言った。「あなたが治したって」

期待してるような言い方にならないよう気をつけた。

「そうさな」フレッドは言った。「馬なら、特別な蹄鉄《ていてつ》をつければ、治せる。だが、人間の内反足はまた別だ。治せるとは思えん。おまえさんの足は、それなのかい？」

わたしはうなずいた。

「お役に立てんな」フレッドは言った。「でも、ほかのことなら力になるよ。いつでもな。またおいで」

お屋敷《やしき》の門へと進む。通りに出ると、左に曲がった。それであっているはずだった。でもそのあと、よくわからなくなった。スミスさんの家に帰るのはかんたんなはずだった。でも、わたしは迷子《まいご》になった。

22

はじめて海を見た。はじめて草を見たときのようだった。

道に迷《まよ》ったと最初に気づいたとき、マギーの家へ引きかえそうとしたけど、まったく別のところに出てしまった。

見慣《みな》れない小道をしばらくさまよった。バターにまかせようと思っても、手綱《たづな》をゆるめるたびに、バターは下を向いて草を食べはじめる。バターにはたよれない。何か見おぼえのあるものはないかとさがしながら、進みつづけた。すると高い丘《おか》があったので、あそこからならスミスさんの家が、それがむりでも村が見わたせると思って、のぼった。

見えたのは、遠くに果てしなく広がる青と灰色《はいいろ》のじゅうたんだった。上には雲が浮《う》かんでいて、表面には小さな白いものがゆらゆら動いてる。全体的には草原のようだ。平らで、広くて、変わらない。同じ動きを、えんえんとくりかえすだけ。わたしの目ではとらえられないぐらい遠くまで広がっている。見ていると、なんだかわけがわからなくて、ふるえてしまう。ただひたすら見つめた。これは、いったいなんだろう？

しばらくして少し手前に目をやると、村があった。教会のとんがった塔《とう》が見える。あの青と灰色の広がりは、そのすぐ先にあるのだ。どうして今まで知らなかったんだろう。わたしは坂をおりはじめた。バターの頭が塔の方向からそれないように気をつけながら、背《せ》の高い草をかきわけるようにして。

道路に出たので、そこを進んだ。まもなく大通りに出た。まん中を進む。村は静かで、お店は全部しまっていた。空は暗くなりかけていて、もちろん、明かりなどどこにも見えない。頭の上を、大きな音をとどろかせて飛行機が飛んでいく。

家に近づくと、バターとわたしが進んでくるのを見たスミスさんとジェイミーが、玄関《げんかん》から飛びだしてきた。

「しかたなかったんです」わたしは言った。「道に迷っちゃって」

スミスさんが言った。

「落馬して、そこらの溝《みぞ》で死んでるんじゃないかと思ったわよ」

それをきいて、ジェイミーは青ざめた。

「死ぬわけないです」わたしは言った。

家の裏《うら》にまわって、バターの手入れをする。ジェイミーも手伝ってくれた。

「学校はどうだった？」

わたしがきくと、ジェイミーは肩《かた》をすくめた。

「左手を使わせてもらってる？」

「スーザンに言われたからね。先生はまだ、悪魔《あくま》の印だと思ってるけど」

家にもどるとき、ジェイミーはわたしの手をにぎった。

「スーザンはね、待ってるあいだは、エイダが溝《みぞ》で死んでるなんて言ってなかったよ。きっと楽しく過《す》ごしてるから、心配いらないって言ってた」

ジェイミーはいったん口をとじ、また開いた。

「でも、ほんとは心配してたよ。ぼく、そう思った」

わたしはフンと鼻を鳴らした。

「心配しなくていいのに。あんたもそうよ」

晩《ばん》ごはんの用意ができていた。すぐに食べはじめる。あまりに腹《はら》ぺこだったので、しばらく、ほかのことは何も考えられなかった。そのあと口を開いた。

「丘《おか》のてっぺんから、不思議なものが見えました。遠くに。草みたいで、ずーっと広がっていて、平らで、でも草とはちがうんです。色は青と灰色《はいいろ》です。日がさすと、きらきら光って見えるんです」

「海を見たのよ」スミスさんが言った。「イギリス海峡《かいきょう》よ。海が近くにあるって、前に教えたわよね」

スミスさんをじっと見る。教わってませんと言いたかった。あなたが放っておいたせいで、バターはちゃんと歩けなくなってたんですよとも言いたかった。もっと早く海を見せてくれればよかったのに。つれていってくれればよかったのに。

ジェイミーとわたしのことは、何も心配しなくていいとも言いたかった。めんどうな思いはしてくれなくていい。ジェイミーのことはわたしが見るし、自分のことも自分でできる。いつもそうしてきたんだもの。

言いたいことがたくさんあったけど、あいかわらずわたしの頭の中には、思いを伝える言葉がない。下を向いて、食事にもどる。

「グライムズさんは、バターを見てくれたの？」と、スミスさん。

「はい」わたしは作法にかまわず、食べものをほおばったままこたえた。

「バターはどうして走れなかったの？」

ゴクリと飲みこむ。深呼吸《しんこきゅう》する。

「あなたがだめにしたからです」

スミスさんは顔をあげた。さびしい表情《ひょうじょう》だ。

「説明して」

気が進まなかったけれど、スミスさんに求められて、結局、何もかも話した。スミスさんはため息をついた。

「そうだったの。ごめんなさい。無知だったわ。わざと虐待《ぎゃくたい》したわけじゃないの。でも、言いわけにしかならないわね」

スミスさんがわたしの腕《うで》に手をのばしたけど、わたしはふりはらった。スミスさんは言った。

「わたしに腹《はら》を立てる気持ち、わかるわ。わたしがあなたの立場でも怒《おこ》ると思う」

晩《ばん》ごはんが終わると、スミスさんはわたしをつれて牧草地《ぼくそうち》に出た。今のバターの蹄《ひづめ》がどんな様子か見せてくれたという。今まではどうだったかも知りたいという。グライムズさんが教えてくれたことを、みんな話した。そのあと、スミスさんは物置部屋に行って、馬具を全部見た。

「自分のだめさかげんを目のあたりにするって、ひどい気持ちね。グライムズさんに治してもらって、バターは楽になったのかしら？」

「治ってません」わたしは言った。「まだ何週間も何週間もかかるんです。それに、わたしだってバターの気持ちまでわかりません。わたし、道に迷《まよ》ったんですよ！」

スミスさんはうなずいた。

「こわかったでしょうね。それに、腹も立ってるでしょう」

「そんなわけないです。こわくなんかなかったです」わたしは言った。

ほんとうはちがう。少なくとも海を見るまではこわかった。

「腹は立ってるでしょうに」

スーザンはそう言って、わたしの肩《かた》に腕をまわした。

「いいえ」わたしは歯を食いしばってこたえた。

でも、そうだ。ほんとうは、腹が立っていた。

23

イギリス海軍の戦艦《せんかん》ロイヤル・オークがしずんだ。スコットランド沖《おき》に停泊《ていはく》していたときに、ドイツの潜水艦《せんすいかん》に魚雷《ぎょらい》で爆破《ばくは》されたのだ。乗っていた兵士は千二百人以上いて、そのうち八百三十三人が死んだ。ラジオで知った情報《じょうほう》だ。ラジオは毎晩《まいばん》のようにきいている。

次の土曜日、スーザンは、わたしたちを映画《えいが》につれていくと決めた。ジェイミーもわたしも、映画ははじめてだ。家にある紫《むらさき》色《いろ》のいすと同じような豪華《ごうか》な座席《ざせき》にすわる。気がつくと、目の前の壁《かべ》全体が、巨大《きょだい》な動く絵になっていた。音楽が鳴り、男の人の声で戦争の話がはじまった。

戦争の話じゃなくて、物語を見るのだと思ってた。今が戦争中だなんて、ばかばかしいポスターや交差点の近くに積みあげられた砂袋《すなぶくろ》をのぞけば、ふだんはほとんどわからない。爆撃《ばくげき》されたことだってない。でも今、目の前に、船体にあいた穴《あな》から黒い煙《けむり》をはきだして、巨大な船がかたむく様子が見える。あまりにも大きくて、恐《おそ》ろしい。ロイヤル・オークについて語るいかめしい声が、亡《な》くなった兵士のうち百人以上が若者《わかもの》だったなんて言いだすと、ますますこわくなった。スーザンの向こう側にいるジェイミーに目をやる。

「帰りたいです」わたしは小声で言った。

「シー。ニュース映像《えいぞう》はもうすぐ終わるわ。そのあと物語がはじまるわよ」

「帰りたいです」わたしは声を少し大きくした。

「静かにして」と、スーザン。

「静かにしてよ」ジェイミーも言った。

静かにしてるじゃない。わたしは耳をふさいで目をとじた。そのうち、スーザンがわたしをつついて、映像が物語に変わったことを知らせた。それでも、燃《も》える船や死んだ若者《わかもの》たちが頭から離《はな》れなかった。


その映像がもとで悪夢《あくむ》を見た。ジェイミーはおねしょをしたけど、それは毎晩《まいばん》だ。わたしが見た夢《ゆめ》には、火と煙《けむり》が出てきた。わたしはいすにしばりつけられていた。ロンドンのアパートの小さないす。歩けなくて身動きもできなくて、悲鳴をあげる。

ジェイミーが目をさまして泣きだし、スーザンが走ってきた。

「ちょっと刺激《しげき》が強すぎたのね？」

翌朝《よくあさ》、スーザンが言った。疲《つか》れていてきげんが悪そうだけど、それは毎朝のことだ。

わたしは目をそらした。刺激が強いってどういう意味かわからない。

「ちょっと、こわすぎたのかしら？」と、スーザン。

こわいに決まってる。八百三十三人もの人が死んだんだから。

スーザンはため息をついた。

「今度映画に行くときは、ニュース映像が終わるまで、ロビーで待っていましょうね。ラジオなら、だいじょうぶよね？」

わたしはうなずいた。ラジオには絵がないもの。


学校の先生は、ジェイミーの中にまだ悪魔《あくま》がいると思っている。ジェイミーがスーザンにそう言ったのだ。そのせいで、日曜日に教会に行かなければならなくなった。

「あなたの中に悪魔がいるなんてことはぜったいにないわよ」と、スーザン。「でも、教会に行けば、そういう変なうわさ話も少なくなるわ。それにね、あなたたちに宗教《しゅうきょう》を教えないでいたことに、責任《せきにん》を感じてたところだったの」

スーザンはジェイミーとわたしを教会に行かせたけど、自分は行かない。行ったのは最初のときだけだ。信徒席にすわって静かにしているようにとわたしたちに教えた。みんなでうたったり言葉を言ったりするときは別だというけど、わたしたちは歌も言葉も知らなかったので、だまってすわっていた。男の人が前に立って、物語を読み、そのあと長いあいだ話をした。ジェイミーは信徒席を蹴《け》って、しかられた。教会ではベンチのことを信徒席《ピュー》と呼ぶ。ジェイミーは、へんてこな言葉だと思ったようだ。その週ずっと、いすにすわるたびに鼻をつまんで

「くさい《ピュー》」と言っていた。

次の週からは、スーザンはわたしたちを教会まで送り、村をぶらぶら散歩して過《す》ごし、また教会にわたしたちをむかえに来た。自分は教会とは意見が合わないのだという。

「お父さんは教会で働いてたって言ってましたよね？」

二度目の日曜日、教会からの帰り道に、むすっとしたままわたしは言った。その日、となりの席にいた女の人が、すわっているあいだじゅう、わたしたちをじろじろ見ていて、とてもいやな気持ちだったのだ。

スミスさんは、あまり話したくなさそうだった。

「そうよ。父は、はっきり言ったわ。おまえは、あがなわれることはないだろうって」

ジェイミーが言った。

「どういう意味？　あがなわれるって？」

「わたしの場合、悪いおこないを反省して、天国のかんむりをとりもどすことらしいわ。つまりね、父も母も、わたしを好きじゃないのよ。父はまだ生きてるわ。母は亡《な》くなったけどね」

「そっか」

ジェイミーがそう言って石を投げると、石は一ブロック先の柵柱《さくちゅう》にあたった。

「うちの母さんも、ぼくたちを好きじゃないよ。特にエイダがね。母さんはエイダが大きらいなんだ。エイダはあがなわれないよ」

わたしは、びくっとした。

「今はだいじょうぶかもよ。歩けるようになったし」

「松葉杖《まつばづえ》があればね。でも、見苦しい足は変わらないよ」

「ジェイミー！　あやまりなさい！」スーザンが声をあげた。

「ほんとのことだもん！」と、ジェイミー。

「エイダの足は見苦しくなんかないわ。そんなひどいこと、言わないで！　エイダ、あなたはまちがったことは何もしていない。足が悪いのはあなたのせいじゃないの。あがなわれる必要もないわ」

　三人で歩きながら、わたしは松葉杖の先を見つめていた。松葉杖、いいほうの足、松葉杖、いいほうの足。見苦しいほうの足が地面につくことはない。だれがなんと言っても、それはいつも変わらない。

24

バターが走った。まず、はや足になり、すごくはずんだので、わたしは落ちないようにたてがみにつかまった。それでも蹴《け》りつづけると、バターはどんどん速くなり、そのあと急に、なめらかなかけ足になった。それでも蹴るのをやめずにいたら、ますます速くなった。わたしの目には涙《なみだ》がたまり、耳にはピューピューと風の音がひびいた。全速力で走っている。最高だ。石垣《いしがき》をジャンプでこえさせようとした。牧草地《ぼくそうち》のはしから全速力で走らせて、まっすぐ石垣へと進ませる。もうすぐ、もうすぐ。ところがそこで、バターは足を地面に食いこませ、ぴたりと止まった。わたしはそのままバターの頭をこえて前に飛んだ。石垣にはぶつからなかったけど、ぎりぎりだった。

スーザンが牧草地へ走ってきた。見られていたなんて、知らなかった。

「やめなさい、このばか者!」

スーザンのほうを見る。バターは鼻を鳴らし、頭を突《つ》きあげている。すぐにもう一度石垣に向かおう。そうしないと、わたしはこわくなってしまいそうだ。

「何をしでかしてるか、ちっともわかってない」スーザンが言った。「フレッド・グライムズのところに行って、馬について教わってきなさい。さもないと、あなた、死んじゃうわよ。それに、一メートル近くある石垣にあのかわいそうなポニーを向かわせるなんて。バターは、生まれてから今まで、ジャンプなんてほとんどしたことがないのよ！」

「そうなんですか？」

馬はみんな、石垣をジャンプでこえられるのかと思ってた。ジョナサンの馬は、なんなくやってのけたもの。

「そうなのよ」スーザンは、バターの鼻先をなでながら言った。「気をつけないと、バターがけがをするわ。おびえてしまうわ。そうなったら、死ぬまでジャンプしなくなるわよ。あなたがどうなるかは、言うまでもないわ」

よくもそんなことが言える。自分は、足が不自由になるまでバターを放っておいたくせに。蹄《ひづめ》を切ったとたんに、バターは調子がよくなった。すぐ翌日《よくじつ》からよくなった。

「あなたが何を考えているか、わかるわ」と、スーザン。「でもね、今のバターに何が必要なのか、わたしは学んだわ。だからもう二度と、バターを傷《きず》つけるようなことはしません。あなたも、今の自分に何が必要か、わかるでしょう？　今わたしが言ったことよ。さあ、フレッド・グライムズのところへ行ってきなさい」

そういうわけでわたしはフレッドに会おうと、マギーの家の厩舎《きゅうしゃ》へ行った。フレッドは、週に二回、昼ごはんのあとの時間に、わたしがバターに乗るところを見て、いろいろと教えてくれることになった。そのかわり、そのあとの時間は、わたしがフレッドの仕事を手伝う。スーザンが地図を描《か》いてくれ、見方も教えてくれたから、もう迷《まよ》うことはない。鞍《くら》の後ろ側に松葉杖《まつばづえ》をひもでしばりつける。着いてから仕事をするときに使えるように。

フレッドは、蹴《け》りすぎないようにと教えてくれた。かけ足にするときは、片足《かたあし》だけで蹴るそうだ。かけ足なら、はや足のようにはずまなくてすむ。はずむことなく馬の動きに合わせるには、こしをあげてはおろす乗り方もあるという。教えてくれようとしたけれど、わたしの場合、あぶみを片方しか使えないのでむずかしかった。馬の御《ぎょ》し方《かた》についてほかにもいろいろ教えてくれた。しばらくたって、わたしがそこそこ上手になると、フレッドは、厩舎《きゅうしゃ》の庭の先の広場に小さな棒《ぼう》を何本か横向きに積んで、それを乗りこえる練習をさせてくれた。石垣《いしがき》を飛びこえるまではまだまだ長い道のりなのだ。わたしがじゅうぶんに上達したとフレッドが判断《はんだん》するまで、バターにやらせてはいけないという。

スティーヴン・ホワイトの大佐《たいさ》が、またお茶会の招待状《しょうたいじょう》を送ってきた。わたしはことわった。

「ばかな子ね」スーザンはつぶやいた。

そうこうしているうちに、戦争に関する政府からのお知らせが、次から次へと送られてくるようになった。ガスマスクを持ち歩く理由と、そのとりつけ方。暗闇《くらやみ》で自動車にひかれないための対策《たいさく》（運転手から見えるように、縁石《えんせき》を白くぬる。懐中電灯《かいちゅうでんとう》を使う場合は、薄紙《うすがみ》でガラスの部分をおおうこと）。余分《よぶん》な鍋《なべ》やフライパンを政府に寄付《きふ》する理由（飛行機の材料になるからだ。スーザンは、うちには必要なだけしかないと言ってことわった。そしたらジェイミーが怒《おこ》ったので、しまいにはスーザンが折れて、ぼろぼろになった揚《あ》げもの用の鍋をわたした）。

爆撃《ばくげき》はない。でも、ドイツの潜水艦《せんすいかん》がイギリスじゅうをとりまいていて、港を出入りする船という船を吹《ふ》きとばしてやろうとかまえている。

これは大問題だとスーザンは言った。なぜかというと、イギリスでは食べものをじゅうぶんに作ってないからだ。イギリス人の食べもののほとんどは、外国から船で運ばれてきているのだ。お店にならぶ食べものは少なくなり、値段《ねだん》は高くなっている。夏が終わったせいでもある。春が来るまで、新鮮《しんせん》なくだものや野菜はあまり見られなくなるとスーザンが言った。

スーザンほど、くだものや野菜にこだわる人はいないだろう。ジェイミーとわたしは、なじみのないものばかり食べさせられている。芽キャベツ、カブ、セイヨウネギ、モモ。モモは大好きだけど、プルーンは好きじゃない。缶《かん》に入っていて、のどを通るときにぬるりとする。

何週間たっても爆撃がないので、ロンドンにもどる疎開《そかい》児童がまたふえた。ソールトン夫人の家にいた子どもたちまで帰ってしまった。ソールトン夫人は反対したけれど、むかえに来た親を止めることはできなかった。

「ロンドンは爆撃《ばくげき》されますよ」夫人はそう言いつづけている。

母さんから手紙の返事は来ない。だからスーザンはまだわたしたちを手放せない。わたしがそう言うと、スーザンは、不思議そうな顔でわたしを見た。

「あなたのお母さんはかしこいわ。こっちにいるほうが、あなたたちは安全なんだから。でも、手紙の返事は書いてほしい。何も言ってこないなんて、どういうつもりなのかしら」

十一月のはじめには、かなりの子どもたちが親もとに帰ってしまっていた。ジェイミーの先生もロンドンに帰ったので、ジェイミーのクラスはもうひとつのクラスと合体した。今度の先生は、ジェイミーに悪魔《あくま》がとりついてるなんて思わなかった。先生自身がそう言ったのだ。ジェイミーが左手で字を書いても、ちっとも気にしなかった。

おねしょはあいかわらずだった。

もう習慣《しゅうかん》みたいになってるんじゃないかと思う。マットレスが濡《ぬ》れないようにと、スーザンはゴム製《せい》のシーツを買った。でも、布《ぬの》のシーツは洗《あら》わなきゃならないから、うんざりしている。わたしは、濡れたベッドで目をさまし、くさい思いをすることにうんざりだ。でもスーザンもわたしも、ジェイミーには何も言わない。ジェイミー自身が恥《は》ずかしいと思ってるのはわかっているから。

ソールトン夫人は、婦人義勇隊《ふじんぎゆうたい》にスーザンを入れたがった。お茶を飲みにやってきて、あなたの協力が必要だとスーザンに言った。

「わたしの協力なんて、だれも必要としていませんよ。それに、わたしはこの子たちの世話でいそがしいんです」

ソールトン夫人はわたしのほうを見た。ジェイミーは学校に行っていて留守《るす》で、わたしはお茶を飲もうと牧草地《ぼくそうち》からもどってきたところだった。フレッドの手伝いに行く日ではなかった。

「この子はほとんど手がかからないように見えますよ」ソールトン夫人が言った。

「そうでもないんですよ」と、スーザン。

むっとした。わたしはスーザンがいなくてもだいじょうぶだ。それに、スーザンは今でも、寝《ね》ころがってぼうっとしてる時間が毎日のようにある。わたしは言った。

「スーザンは、ちゃんとした仕事をしてるとは言えないと思います」

スーザンはわたしをにらんだ。ソールトン夫人は声をあげて笑い、今も部屋のすみに出しっぱなしになっているミシンを指さして言った。

「兵隊さんたちのベッドジャケット（パジャマの上にはおるもの）を縫《ぬ》う仕事はいかが？　いえ、縫いものはほかにもたくさんあるのですよ」

スーザンは首をふった。

「わたしはきらわれてますから。この村の女性《じょせい》たちは、みんなわたしのことがきらいなんです」

ソールトン夫人はきゅっと口をむすんだ。ティーカップをテーブルにおく。

「それはちがいますよ」

スーザンはむっとした顔になった。

「わかったようなこと、言わないでください。ベッキーがあなたたちとつきあっていたのは、馬のためです。それだけです」

「あなたはだれにもチャンスをくれたことがないでしょう」と、ソールトン夫人。「村の人はほとんどみんな、お葬式《そうしき》に参列したわ」

「ああ、お葬式ね！　おせっかい焼きが集まったわ！」

「あなたにも努力が必要だと思いますよ。つきあってみれば、思っていたのとちがうかもしれないでしょう？　それに、戦争協力に参加している姿《すがた》を人に見せるのは、いいことですよ。そう思いませんか？　今は孤立主義《こりつしゅぎ》をつらぬくときではないわ」

わたしはそばでじっときいていた。

「それ、どういう意味ですか？」と、たずねると、ソールトン夫人がこたえた。

「孤立主義者というのは、戦争に協力しない人よ。一人でいたい人。まわりのことを気にかけない人」

「スーザンは、まわりのことを気にかけないですよ」

スーザンは、わたしにひっぱたかれたかのような顔をした。

「何言ってるの？　そんなことないわ！」

わたしは肩《かた》をすくめた。

「一日三食食べさせてるのは、あなたたちを気にかけてることにならないの？」スーザンはわたしに向かって言った。「そっぽを向かないで。エイダ、こっちを見なさい。ジェイミーの先生に立ち向かったことは、ジェイミーを気にかけてることにならない？」

スーザンがこんなにとりみだすなんて、びっくりだった。わたしは顔をそむけようとしたけど、スーザンにあごをとられて前を向かされた。

「ねえ、気にかけてることにならないの？」と、問いただされる。

こたえたくなかったけど、こたえるまで行かせてくれないことはわかった。

「なるかもしれません」わたしは、やっと言った。

スーザンはわたしを放してソールトン夫人のほうを向いた。ソールトン夫人はおもしろがっているようだ。

スーザンは言った。

「婦人義勇隊《ふじんぎゆうたい》に入ります」

ソールトン夫人が帰ったとたんに、わたしはスーザンにしかられた。

「ちゃんとした仕事をしてないって、どういう意味なの？　わたしにどんな仕事をしてほしいっていうの？」

肩《かた》をすくめる。わたしたちをあずかることでお金をもらっているとはいえ、働きもしないで食べものを買いつづけるって、わたしには信じられないもの。

「母さんはパブで働いてます」

「ああ、そう。わたしは、そういう仕事はしてないわ。わたしだって職《しょく》さがしはしたのよ。ベッキーとここにこしてきたばかりのころはね。でも、だれもやとってくれなかったわ。オックスフォード大学を卒業していようがいまいが、関係なかった。わたしに適《てき》した仕事はどれも、男の人優先《ゆうせん》だった。男の仕事を女がぬすんではいけないのよ。そうでしょう？」

どうしてこんな話になっているのか、わからなくなった。

「ああ！」スーザンはしゃべりつづける。「わたしが婦人義勇隊《ふじんぎゆうたい》に入るとはね！　あのむかつくおせっかい集団《しゅうだん》に！　どうかしてるわ」

「兵隊さんたちは、どうしてベッドジャケットがいるんですか？」

わたしはたずねた。ベッドジャケットがなんなのかもわからなかった。

「知らないわ」と、スーザン。「負傷兵《ふしょうへい》のためのものなんだと思うわ。病院へ送られる兵隊さんの」

負傷した兵隊さんがいるなんて、きいたことがなかった。

「兵隊さんは、海で攻撃《こうげき》されてしずんで死ぬんでしょう？」

「そうね」スーザンは身ぶるいしながら言った。「でも、ほかにもいろいろな戦いがあるのよ。負傷しても命は助かる兵隊さんもいるわ」

数日後、スーザンは婦人義勇隊の制服《せいふく》を手に入れた。それを着て、はじめての会合に行く。似合《にあ》っていた。ストッキングと、かかとの高い革靴《かわぐつ》も。

「じろじろ見ないで」スーザンは、手袋《てぶくろ》をはめながら言った。「いっしょに来てもいいのよ。少女隊員として。疎開《そかい》児童の代表としてでもいいかもね」

首をふる。スーザンが出かけてるあいだに、ミシンを使ってみようと考えていた。料理を作るのもいいかも。天気が悪かったので、バターに乗るつもりはなかった。

「どうしておびえてるんですか？」わたしはスーザンに言った。

スーザンは顔をしかめた。

「みんなしっかりした家庭の主婦なのよ！　なじめないわ。一生むり」

「同じ制服を着てるのに」

スーザンはまた、しぶい顔をした。

「たしかにね。でも、外側の問題じゃないわ。人になじめないの。まあ、しかたないわ」

スーザンはそう言って、会合に出かけていった。

わたしは家の中で過《す》ごした。そして、スーザンのミシンをこわした。

25

わざとやったんじゃない。スーザンが使うのを見て、かんたんそうだと思ったから、まずは二枚《まい》の布《ぬの》を縫《ぬ》い合《あ》わせてみようとしただけだったのだ。ところが、布がミシンの下のほうに吸《す》いこまれてしまった。それなのに針《はり》はおかまいなく行ったり来たりする。糸がどっさり、どこからか出てきて、もつれてからみあう。ミシンはものすごい音を立て、針がまっぷたつに折れた。

ペダルから足を放す。もつれた糸と布、折れた針を見つめる。たいへんなことになった。スーザンは、ガウンを縫い終えてからも毎日ミシンを使っていた。自分用のワンピースに、ジェイミーの半ズボンを作った。スーザンはミシンが大好きなのだ。

どうしていいかわからない。おなかがぐるぐるする。二階へあがり、使われていない部屋にかくれた。ベッキーのものがたくさんおいてある部屋だ。ベッドの下のいちばん奥《おく》までもぐりこむ。何も考えられない。からだがふるえだす。

ずいぶんたってから、スーザンが帰ってきて玄関《げんかん》のドアをあける音がきこえた。わたしの名前を呼《よ》んでいる。ジェイミーが階段《かいだん》をあがってくる。いつも寝《ね》ている部屋のドアをあけてさけぶ声がきこえる。

「ここにはいないよ！」

「いるはずだわ」スーザンの声だ。「松葉杖《まつばづえ》が階段のわきにあるもの」

二人は何度も何度もわたしの名前を呼んだ。ジェイミーは外にかけだし、またもどってきた。外が暗くなっていく。そして最後に、ベッドの下にかくれていたわたしの目の前に、スーザンが顔をのぞかせた。

「ばかね！　どうしてかくれてるのよ？」

奥の壁《かべ》に身をよせてちぢこまる。スーザンはわたしの腕《うで》をつかんで引きずりだした。

「いったいどうしたの？　だれのせい？」

わたしは両手で頭をかばった。

「たたかないったら！」スーザンはさけんだ。「手をおろしなさい！」

ジェイミーもやってきた。

「ドイツ軍が来たの？」

「いいえ、ドイツ軍なんか来ないわ」スーザンがこたえる。

「エイダ、エイダ！」

スーザンはわたしの手首をつかんで両手をおろさせた。

「いったい何があったの？」

わたしは言う。

「送りかえすんだ。わたしを送りかえすんだ」

ベッドの下にかくれているあいだに、わたしはどんどんパニックになっていった。バターを失うんだ。自由も。ジェイミーも。

「送りかえさないわよ。でも、いったい何があったのか、今すぐ言いなさい」スーザンは、わたしのあごに指をあてた。「こっちを見て。さあ、話してちょうだい」

わたしは一瞬《いっしゅん》だけスーザンを見た。わたしをおさえるスーザンの手をはらいのける。やっとのことで声をしぼりだす。

「ミシンをこわしました」

スーザンはため息をついた。

「こっちを見なさい」またあごに手をかけてくる。「わたしのミシンを使ってみたのね?」

うなずいて、横を向く。床《ゆか》を見つめる。

スーザンが、わたしの顔をあげさせる。

「それで、こわしたの?」

うなずく。スーザンの目を見るなんて、できそうにない。

「だいじょうぶ」スーザンは言った。「何があったとしても、ミシンならだいじょうぶだから」

そんなの信じられない。だいじょうぶなわけがない。

「まちがって何かしてしまったんでしょうよ。使う前に言ってくれればよかったのに。でも、そんなに気にしなくていいのよ。まちがえたからって、おしおきするつもりはないわ。さて、ミシンがどんなふうにこわれたか、見にいきましょう」

スーザンに言われて階段《かいだん》をおり、居間《いま》に行った。暖炉《だんろ》には火が起こされ、部屋は暖《あたた》まりはじめていた。わたしがこわしたのはミシン全体じゃなくて、針《はり》だけだとわかった。それに、ミシンの針は、寿命《じゅみょう》がくれば交換《こうかん》するものなのだとスーザンが言った。予備の針も持っているそうだ。スーザンは折れた針をとりだして、新しい針をつけた。それから、もつれた糸と布《ぬの》のかたまりをとりだした。

「ぜんぜん問題ないわ。どこをまちがったのか、見てみる？」

首をふる。おなかが痛《いた》くてたまらない。でもスーザンはわたしを引っぱって、ミシンがどう動くのかを見せた。縫《ぬ》いはじめる前に、レバーを引いて針をおろさなきゃならなかったのだ。

「明日、練習してみたらどう？」スーザンが言った。

「けっこうです」

スーザンはわたしを引きよせて、片手《かたて》でぎゅっとだいた。

「どうしてかくれたの？　どうしてベッドの下にいたの？」

ずっと様子を見ていたジェイミーが言った。

「母さんはエイダを戸棚《とだな》に入れるよ。悪いことしたときは、いつも」

「でも、どうして自分でベッドの下にもぐったりしたの、エイダ？　そんな必要ないでしょう？」

この家にいたかったから。この家に、この家に、この家に。

「わたしは、何があっても、あなたをどこかにとじこめたりしないわ。わかったわね？」

「わかりました」

おなかが最悪だ。小さな声しか出ない。この部屋でスーザンとジェイミーといっしょにいると、気持ちはちっとも落ち着かない。

「わたし、出ていかないといけませんね。ジェイミーもつれてって、いいですか？　お願いです」

「エイダ！」

どうしよう。どうしよう、どうしよう、どうしよう。

だって、ジェイミーがいなかったら、わたし、生きていけない。

「送りかえすつもりはないわよ。そんなことするもんですか。あなたはまちがったことをしたけど、それは、ほんの小さなまちがいよ」

スーザンは両腕《りょううで》をわたしにまわした。わたしは離《はな》れようともがいた。スーザンがぎゅっとだきしめた。

「ほんとうに送りかえされると思ったの？」

うなずく。

「きいてちょうだい。会合から帰ってきたとき、思ったの。『エイダがお茶をいれてくれてるかな』って。部屋の明かりをともして、暗幕《あんまく》をつけてくれてるかなとも思ったの。それにね、家に帰るとだれかが待っているって、なんてすてきなんだろうって思ったのよ。からっぽの家に帰るのはいやでたまらなかったから」

「お茶をいれてなくてすみません」わたしは言った。

「そういう意味じゃないのよ。あなたがいてくれてうれしいって、言いたいの」

パニックはなかなかおさまらない。ちゃんと息ができるようになるまで、ひと晩《ばん》近くかかった。スーザンがお茶をいれてくれたけど、わたしはちっとも飲めなかった。スーザンはしつこくすすめなかった。

「まさかブランデーを飲ませるわけにはいかないわよね。でも、その状態《じょうたい》で眠《ねむ》れるとは思わないわ」

スーザンはわたしをあったかいおふろに入れて、寝《ね》るときには毛布《もうふ》でぎゅっとくるみこんだ。スーザンの言ったとおり、わたしは何時間も寝つけなかった。でも、いつしか眠りに落ちたようだ。目がさめたとき、スーザンの家にいるとわかった。ジェイミーもいる。裏《うら》の窓《まど》からバターが見えた。スーザンは朝ごはんにソーセージを焼いていた。わたしはふつうに息ができるようになっていた。

それから何日もたたないうちに、ジェイミーがネコをつれて学校から帰ってきた。スーザンもわたしも、こんなにみにくいネコは見たことがないと思った。もつれたきたならしい毛は、あまりによごれていて、何色なのかわからない。片目《かため》は大きくはれて、とじている。もう片方の目で、スーザンとわたしをにらみつける。

「こいつを飼《か》うよ」

ジェイミーは、台所のまん中にそのネコをドサッとおいて宣言《せんげん》した。ネコはしっぽをシュッとふって、シャーッとうなり声をあげた。

「名前はボブリル。腹《はら》ぺこなんだ」

ボブリルというのは、スーザンが毎晩《まいばん》わたしたちに飲ませる熱い飲みものの名前だ。わたしはもう慣《な》れたけど、ひどい味がする。ネコとはなんの関係もない。

「飼えないわ」スーザンが言った。「今すぐ外に出しなさい。ノミだらけじゃないの」

「ぼくが飼うんだ」

ジェイミーはネコを持ちあげた。ジェイミーにだかれると、ネコはおとなしくなった。

「こいつはぼくのオナガーだ。ぼくだけのね。名前はボブリルだよ」

そう言って階段《かいだん》をのぼっていく。

オナガーとは『スイスのロビンソン』に出てくる動物だ。ロバの一種だとスーザンは言う。

乗ることもできる。でも、ネコとはまったく似《に》ていない。

「寝室《しんしつ》にその獣《けもの》を入れることはゆるさないわよ！」

スーザンが上に向かってさけぶ。

「部屋には入れないよ。おふろに入れるんだ」

「まったく！」スーザンは、わたしに言った。「救急車を呼《よ》ばなきゃならないかもよ。ジェイミーはひっかかれて死んじゃうわ」

そうはならなかった。ジェイミーがそのきたならしいネコをおふろに入れると、ノミはみんなおぼれ死んだ。ジェイミーはネコを上等のタオルにくるんで、下におりてきた。そして、晩ごはんのおかずに出された肉をわけてやった。

「これからは、えさは自分で見つけさせてよ」と、スーザン。「ネコの分まで料理しませんからね」

「こいつ、狩《か》りは得意だよ」ジェイミーは、ネコの頭をなでながら言った。「そうだよね、ボブリル？」

それから毎晩、ジェイミーはボブリルをだいて寝《ね》るようになった。そして、おねしょをしなくなった。二週目の終わりには、スーザンが、水でうすめたミルクをお皿に入れて、ボブリルにあげた。「ごほうびよ」と、わたしに言う。

「シーツのせんたくから解放《かいほう》してくれたからね」

26

スーザンにまんまとのせられて、わたしは字を書くようになった。

晩《ばん》ごはんのかたづけが終わって、ジェイミーがテーブルで字を書く練習をしていたときのことだ。わたしは自分の席にすわってながめていた。

「左ききってどういうものか、エイダに見せてあげたら?」スーザンがジェイミーに言った。

ジェイミーは、にかっと笑った。鉛筆《えんぴつ》を左手から右手に持ちかえる。鉛筆がページを駆《か》けはじめる。ジェイミーの書く文字は、さっきまでは小さくてきちんとしていたのに、大きくてゆがんだものに変わった。

にかっと笑うジェイミーを見て、わたしは笑いながら言った。

「ふざけてるんでしょ」

「ちがうよ。こっちの手では書けないんだ」

「エイダもやってごらんなさい」と、スーザン。「まずは左手で書いてみて」そう言って、まっさらな紙を一枚《まい》とり、文字をいくつか書いた。「これと同じように書くのよ」

やってみたけど、むりだった。右手で紙をきちんとおさえながらやっても、わたしの左手は、鉛筆をまったくあやつれなかった。

「あなたは完全に右ききね」と、スーザン。「鉛筆を持ちかえて、やってごらんなさい」

右手で書いてみると、かんたんだった。スーザンの文字をまねて書いてみたら、ほとんどそっくりに書けた。

「じょうずだわ。あなた、自分の名前を書いたのよ」

「これ、わたしの名前？」

ジェイミーが肩《かた》ごしにのぞきこんで、うなずきながら読みあげた。

「エイダ」

スーザンはわたしから鉛筆をとりかえした。

「今度は〈ジェイミー〉と書くわよ。そしてこれは、〈スーザン〉」そう言って、鉛筆をジェイミーに返した。「さあジェイミー、勉強のつづきをやりなさい。エイダ、石炭をもう少しくべてくれない？」

わたしは暖炉《だんろ》に石炭をくべた。でもその前に、スーザンの目をぬすんで、文字を書いた紙をポケットに入れた。今度スーザンが出かけたときに、鉛筆を借りよう。そしてまた書いてみよう。

十一月も終わりに近づいたある日の午後、バターに乗ってフレッドの手伝いに行くと、フレッドがにっこり笑ってむかえてくれた。

「いいもんがあったぞ。見てごらん」

わたしはおりてバターをつなぎ、松葉杖《まつばづえ》を鞍《くら》からはずして、フレッドについて馬具室へ歩いていった。鞍用の台に、見慣《みな》れないタイプの鞍がおいてある。すわる部分はふつうで、あぶみも一つはふつうだけど、鞍の前のほうから、くるっと曲がったへんてこな角《つの》が二つ突《つ》きでている。

「横鞍《よこくら》っていうのさ。二十年か三十年前のもんだな。もっと前かもしれん」

「それで?」

「見せてやろう」

フレッドはその鞍を持ちあげた。バターの鞍をはずして横鞍をつけて、わたしをぽんと乗せる。手前の角の下のあぶみに、左足を入れる。反対側にあぶみはないので、右足はそのままたらす。

「右足を持ちあげて、ここにつけてみろ」

フレッドは、もうひとつの角のところにわたしの右のももをつけるよう教えた。そうすると右足は、バターの左肩《ひだりかた》をおおうことになる。

「それでよし。右の尻《しり》を後ろに引いて、からだをまっすぐにするんだ」

なんだかへんてこだけど、すわり心地はよくて、安定した。バターがどんどん進むようになってから、わたしの右足はますます都合が悪くなっていた。右のあぶみを使えないので、からだが前のめりになりがちだった。とはいえ、それはたいした問題じゃなかった。問題は、右足をうまく動かせないことだった。バターをドンと突《つ》くことはできるけど、わき腹《ばら》へのちゃんとした合図にはなっていなかった。足首がこんなだから、角度が合わないのだ。

「ほら」フレッドは、革《かわ》が巻《ま》かれた重たい棒《ぼう》をさしだした。「これがおまえさんの右足がわりだ」

「足ですか？」

「そうさ。ポニーの右側に、おまえさんの足はないわけだろう？　だからこの棒を右手でにぎって、はしっこをポニーにあてとくんだ。それで合図を送れる。いいほうの足でやるのとおんなじようにな」

フレッドに引いてもらっていつもの広場に移動《いどう》し、自分でバターを歩かせてみた。

「慣《な》れるまでちょっと時間がかかるだろうけどな、ポニーのほうもおまえさんのほうも」フレッドはずっとにこにこしている。「どうだね？」

「いい感じです」バターの動きでお尻はゆれても、足は安定した。「足が悪い人用の鞍があるなんて、知りませんでした」

フレッドはこれをどこで見つけたんだろう？　それに、だれが使っていたんだろう？

「いや、足が悪い人用じゃない。貴婦人《きふじん》たちが使っていた鞍だ。馬にまたがるなんて女らしくないと思われていたころのもんだよ。戦争のあと、変わった。貴婦人《きふじん》たちも馬にまたがるようになった。そのあとみんなそうするようになった」

「戦争って?」今やってる戦争は、まだ終わっていない。

「前の戦争だ。二十年ほど前のな」フレッドの顔がくもった。「イギリスは、三百万人の男を失った」

「だから女の人がたくさんいたんですね。そして男の人用の鞍《くら》は、たくさんあまってた」

「そういうことだろう」

広場の中をバターでまわった。最初は歩いて、次にはや足。はや足になると、横鞍《よこくら》はだんぜん楽だった。はずむことははずむけど、ぐらつかない。

「さて、これぐらいにしよう」フレッドは言った。「一人で練習していいぞ。ただし、ジャンプはまだだ」

バターに乗ってジャンプしたことは、まだ一度もなかった。

フレッドの手伝いが終わると、帰り道はいつも、村を見おろすあの高い丘《おか》によった。スーザンは、地図にその場所もかいてくれていた。てっぺんに着くとバターを止めて、長いあいだ海をながめる。あるときは、ずっと遠くに船が見えた。近くに漁船が見えたことも一回か二回あった。今日は、日ざしが照りつけ、鳥が輪を描《えが》き、小さな白い波が岸にくだけるほかは何も見えなかった。水辺には砂《すな》があるとスーザンが言っていた。戦争じゃないときは、散歩したり海を見たりするのにすてきなところなんだという。今、砂浜《すなはま》には有刺鉄線《ゆうしてっせん》の柵《さく》があり、地雷《じらい》が埋《う》められている。地雷というのは地中に埋める爆弾《ばくだん》のことだ。侵攻《しんこう》にそなえてのもの。戦争が終わったら砂浜を散歩しましょうとスーザンは言っていた。

スーザンは、横鞍をもらうわけにはいかないだろうと言った。プレゼントにしてはあまりにも高いものだからと。そこで、横鞍を持って、いっしょに婦人義勇隊《ぎゆうたい》の事務所《じむしょ》にソールトン夫人を訪《たず》ねていった。ソールトン夫人は言った。

「ずいぶんと古い鞍ね。おそらく、わたくしのおばのものだったのでしょう。母は乗馬はしませんでしたから。もちろん、エイダがもらっていいのですよ。そうじゃなかったら、グライムズがわたすわけないわ。マーガレットもわたしも、ほしいと思いませんしね」

ある日の午後、テーブルに封筒《ふうとう》がおいてあったので、表に書いてある文字を指でなぞったら、知っている言葉だった。エイダ。スーザンが名前を書いてくれた紙を、わたしはまだ持っている。あれから何度も何度も書きうつした。手紙は、学校の寮《りょう》にいるマギーからだった。

「読んであげましょうか?」と、スーザン。

「いいです」

わたしはそう言って手紙を開き、書いてある文字をじっと見つめた。どんなに一生けんめい見つめても、意味はわからなかった。その晩《ばん》、ジェイミーに読んでもらおうとした。

「この人の字、くるくるしてる。ぼく、読めないよ」

それでもわたしはスーザンに助けてもらいたくなかった。結局、フレッドのところへ持っていった。フレッドは、パイプをかみながら教えてくれた。マギーはクリスマス休暇《きゅうか》になったら帰ってくるので、わたしといっしょに馬に乗りたいと言ってるそうだ。

「わたし、クリスマスまではここにいないと思います。そのころには戦争は終わってるから」

フレッドは首をふった。

「そうは思わんな。クリスマスまでほんの一か月だ。戦争はまだ、はじまってもいないように思えるがな」

「母さんに呼《よ》びもどされると思います。疎開《そかい》してきた子はみんなロンドンにもどっていきますよ」

フレッドは耳の後ろをかいた。

「ふむ、そうならんよう願うよ。そうじゃないかい？　おまえさんの助けがなくなったら、わしゃ、どうすりゃいいんだい」

フレッドはそう言ってにやっと笑った。そして、自分でもびっくりだけど、わたしも同じように笑いかえした。

ずっとここにいられるわけじゃないことはわかってる。ここでの暮《く》らしは、何がいいんだろう。まずは一つの部屋にとじこめられないこと。それに、バターがいる、松葉杖《まつばづえ》がある、外が寒い日でも暖《あたた》かくしていられる。清潔《せいけつ》な服。毎晩《まいばん》おふろに入れる。一日三食食べられる。寝《ね》る前に飲むあったかいボブリル。丘《おか》の上から見える海。どれもこれも、今だけのことなんだ。母さんがむかえにきたら、全部なくなってしまう。だから、慣《な》れすぎてはいけない。

もとの暮らしで、いいことってなんだっただろう。毎週金曜日の夜に、母さんがフィッシュアンドチップスを買ってきてくれたのを思いだす。パリッとしていて、あつあつで、新聞紙にくるまれていた。母さんがたまに歌をうたったこと、笑ったこと、それに一度は、テーブルのまわりをジェイミーといっしょにおどったこともある。ジェイミーがちっちゃかったころ、毎日ふたりで過《す》ごしたことも思いだす。天井《てんじょう》の木目が、とんがり帽子《ぼうし》をかぶった男の人のように見えたっけ。

母さんはわたしをきらっていると思うけど、ほんとは愛してくれなきゃいけないんじゃないのかな？　母親なんだから、愛してくれなきゃいけない。スーザンは、戦争のせいでたまたまジェイミーとわたしの世話をするはめになっただけだ。今でもときどきそう言う。ネコのボブリルが、居間《いま》のじゅうたんの上にネズミの内臓《ないぞう》をはきだしたとき、「疎開児童はあずかりたくなかったのよ」と言った。ジェイミーが頭からつま先までどろんこになって、セーターがやぶけた状態《じょうたい》で帰ってきたとき、スーザンは「こんな子いらない」と言った。「子どもがほしいと思ったことは一度もない」と言ったこともある。キジに驚《おどろ》いたバターが、わたしを道にふり落として、鞍《くら》に松葉杖《まつばづえ》をくくりつけたまま走って家に帰ったときだ。スーザンは、ぶつぶつ言いながら松葉杖を持ってわたしをさがしに来た。わたしの顔を見るなり怒《おこ》って、死ななかったのは不幸中の幸いだと言った。

「子どもがほしいと思ったことは一度もないのよ」

「あなたのことがほしいと思ったことは一度もありません」わたしは言いかえした。

「信じられないわ。わたしはこんなに心が温かくて親切なのに」

風が吹《ふ》きつけて、あたりはほとんどまっ暗になっていた。わたしはがたがたふるえた。家に着くと、スーザンはわたしの肩《かた》に毛布《もうふ》をかけた。

「お茶をいれてちょうだい。わたしは、あのいまいましいポニーの世話をしてくるから」

スーザンは肩《かた》をいからせて、暗闇《くらやみ》の中へすたすたと出ていった。それを見送りながら、わたしは、母さんが恋《こい》しくなった。

母さんがスーザンみたいだったらいいのに。

スーザンは母さんとちがうから、心から信頼《しんらい》するわけにはいかないんだ。

27

スーザンにつれられて、グレアム先生の診療所《しんりょうじょ》にまた行った。

「やあ、別人になったようだな」先生は言った。

ジェイミーは五センチ、わたしは七センチ近くも背《せ》がのびた。体重もふえていた。馬に乗ったりフレッドの仕事を手伝ったりしたおかげで、からだがじょうぶになった。松葉杖さえあれば、どれだけ歩いても疲《つか》れない。膿痂疹《のうかしん》もないし、シラミもいないし、足にかさぶたもないし、何も問題ない。二人とも健康そのものだと先生は言った。そのあと先生は、わたしの悪い足に手をのばして、ひねったりもどしたりした。

「まだ便りはないのかね？」と、スーザンにきく。

スーザンはうなずいた。

「クリスマスに招待《しょうたい》しました。来てくれたら、説得《せっとく》しようと思います」

「だれを？」ジェイミーがきいた。

「なんでもないのよ」スーザンがこたえる。

わたしはほとんどきいていなかった。だれかにさわられると、わたしの気持ちは心の奥《おく》へと逃《に》げこんでしまう。スーザンがわたしの肩《かた》をたたいてたずねた。

「痛《いた》む？」

首をふる。足は痛いけれどそれはいつものことで、グレアム先生に動かされたからひどくなるわけではなかった。さわられるのがいやなだけだ。

「毎日こういうのをやるといいかもしれないね」

先生は、しぼった布《ぬの》をほどくような感じでわたしの右足をねじった。そうすればふつうの足に見えるようになるとでも言いたげに。

「この足が少しでも柔軟《じゅうなん》になれば、この先、助かるからな」

「特別な靴《くつ》」わたしは心の奥《おく》からもどって言った。「内反足《ないはんそく》の馬には、特別な蹄鉄《ていてつ》があるって、フレッドが言ってました」

グレアム先生は、わたしの足から手を離《はな》した。

「きみの場合は、それでは解決《かいけつ》しないだろうな。外科的介入《げかてきかいにゅう》が不可欠《ふかけつ》だ」

「ああ」とわたしは言ったものの、なんのことだかさっぱりわからなかった。

「それでも、マッサージは効果《こうか》があるかもしれない。害がないのはたしかだ」先生はそう言った。

マッサージとは、スーザンが毎晩《まいばん》わたしの足をこすったり引っぱったりするという意味だった。『スイスのロビンソン』の読みきかせは、しばらく前から、晩《ばん》ごはんのあとに暗幕《あんまく》をはった居間《いま》でしてもらっていた。そこなら暖炉《だんろ》があって暖《あたた》かいからだ。暖炉は二階の寝室《しんしつ》までは暖めてくれない。その日、スーザンとわたしは、ソファーのはしとはしにすわった。スーザンは電灯《でんとう》に近いほう、わたしは反対側だ。両足をのばしてスーザンのひざにのせる。ジェイミーとネコは、暖炉の前のじゅうたんに寝《ね》そべっていた。

「あなたの足、すごく冷たいわ」スーザンは言った。「自分でも冷たいでしょう？」

わたしはうなずいた。右足には今も包帯《ほうたい》を巻《ま》いているけど、すぐ湿《しめ》ってしまうので、足はたいてい凍《こお》るように冷たい。

「でも、いいんです。もっと冷たくなれば、感じなくなるから」

スーザンはきょとんとしてわたしを見た。

わたしは言いなおした。

「もっと冷たくなれば、痛くなくなるんです」

スーザンは顔をしかめた。

「しもやけになるわよ。それはよくないわ。包帯よりいい方法を考えなくちゃ」

さっそく何か作りにかかるのが、スーザンだ。まずは、ぶあつい毛糸の靴下を引っぱりだした。サイズが大きいので、わたしの柔軟じゃない足首にもするっと入る。それから古いスリッパと針《はり》と糸で何やらごちゃごちゃやっていたかと思うと、底が革《かわ》でその上は毛糸でできた室内ばきみたいなものができた。湿《しめ》ることがまったくなくなるわけじゃないけど、今までとはずいぶんちがう。スーザンは、それをしげしげとながめて言った。

「うーん、また手を加えましょう」

このごろスーザンは、一日に三、四時間ミシンに向かっている。婦人義勇隊《ふじんぎゆうたい》からわたされた布《ぬの》で兵隊さんのベッドジャケットを作るのだ。それに、ベッキーのものだったという古いウールのコートを、ジェイミーのコートに作りかえた。山のような古着を縫《ぬ》い目《め》のところで切りさいて、洗《あら》ってアイロンをかけて、まったく別のものに縫いあげる。

「政府が言うところの『長持ちさせよ、つくろって』ってやつね」スーザンは言った。「わたしはこれで育ちましたと言いたいわ。わたしの母は、こういうことの名人だったの」

「お母さんに、きらわれていますか？」わたしはたずねた。

スーザンの顔がくもった。

「母はもう亡《な》くなったのよ。言ったでしょう？」

「生きてたときは、きらわれてましたか？」

「そうじゃなかったと思うけど」

「でも、お父さんにはきらわれてるって言いましたよね」

「そうよ。わたしが大学に行ったのはよくなかったと思われてるわ」

「お母さんもそう思ったんですか？」

「わからないわ。いつも父の言いなりだったから」

待《ま》ち針《ばり》を打つ手を止めて、スーザンは言った。

「それはいいことじゃなかったのよ。おかげで母は不幸せになった。それでもいいなりのままだったわ」

「でも、スーザンは、お父さんの言うとおりにしなかったんですね」

「複雑《ふくざつ》なのよ。わたしがオックスフォードに合格《ごうかく》したときは、父も喜んだわ。でもそのあと、わたしが変わったことが気に入らなかったの。父は、女はだれもが結婚《けっこん》するべきだと思ってたのに、わたしは結婚しなくて……複雑なのよ。でもね、わたしは、自分の選択《せんたく》を後悔《こうかい》していない。やりなおしができるとしても、同じことをするでしょうね」

スーザンは、ベッキーがはいていた古いツイードのスカートを、ジェイミーの教会用のすてきな半ズボンに作りかえた。そのスカートとペアだった上着は、わたしの乗馬用にと、丈《たけ》の短いコートに仕立てなおした。

ミシンをこわした日からずっと、ミシンにさわるのをいやがっていたわたしに、スーザンは、手で縫うことを教えはじめた。最初からミシンよりも、手縫いから習うほうがいいそうだ。ボタンのつけ方を教えてくれたので、スーザンが作ったベッドジャケットのボタンつけは全部わたしがやった。わたしの上着のボタンも、ジェイミーの半ズボンにつけたポケットのふたのボタンも。

婦人義勇隊《ふじんぎゆうたい》の会合で、スーザンは、わたしが手伝ったことをほかの女性《じょせい》たちに話したそうだ。帰ってきたスーザンがそう言っていた。

ある日、自分の寝室《しんしつ》をひっかきまわしていたスーザンは、毛糸の山をかかえて出てきた。木でできた棒《ぼう》も持ってきて、それに毛糸を巻《ま》きつける。しばらくすると、ジェイミーとわたしに、暖《あたた》かい帽子《ぼうし》を編《あ》みあげた。それからマフラー、手にはめるミトンも。

わたしのミトンは、親指用のでっぱりが左右に突《つ》きでたような形をしている。片方《かたほう》のでっぱりに親指を、もう片方には小指を入れてはめるのだとスーザンが教えてくれた。手のひら側には、うすい革《かわ》のはぎれが縫《ぬ》いつけてある。

「乗馬用ミトンよ。わかる？」スーザンがわたしの顔を見ながら言う。

なるほど。バターに乗りはじめたころは五本の指全部で手綱《たづな》をにぎっていたけれど、正しい持ち方をおぼえるようにと、フレッドに指導《しどう》された。薬指と小指のあいだから通して、親指と人差し指のあいだから抜《ぬ》くように持つのだ。このミトンをはめれば手綱を正しくにぎれるし、革を縫いつけてあるから、毛糸がすりきれることもない。

「わたしの創作《そうさく》よ」スーザンが言った。「全部自分で考えたの。気に入った？」

スーザンがどんな返事を待っているのかはわかるけれど、期待されたとおりにこたえるのはいやだと思うことがときどきある。

「悪くないです」そう言ったあと少し反省して、「ありがとう」と言った。

「ひねくれてるんだから」スーザンは笑った。「感謝《かんしゃ》すると損《そん》するとでもいうの？」

そうかもしれない。どうかな？


土曜日に、牧師《ぼくし》さんが男の子たちを何人もつれてやってきて、裏庭《うらにわ》にアンダーソン防空壕《ぼうくうごう》を作る作業をしてくれた。アンダーソン防空壕というのは、爆撃《ばくげき》されても安全な、組み立て式のブリキの小屋だ。できあがったものは安全そうには見えなかった。小さくて、暗くて、うすっぺらい。下半分は地面に埋《う》められているので、三段《だん》の階段をおりる。小さなドアをあけると、中には長いすが二つ向かいあわせにおいてある。それでいっぱいだ。

自分たちだけで穴《あな》をほるのは、一週間かかってもむりだそうだ。牧師さんに飲みものをさしだしながら、スーザンがそう言った。シャツのそでを汗《あせ》で湿《しめ》らせた牧師さんは、喜んでお手伝いしますよと言った。村じゅうでアンダーソン防空壕設置《せっち》の作業をしている。男の子たちが活《かっ》躍《やく》する仕事だ。

かりだされた男の子たちの中には、疎開《そかい》児童もいたし、そうでない子もいた。スティーヴン・ホワイトもいた。

わたしが近づくと、スティーヴンはシャベルをおいてにっこり笑った。

「きみ、毎日毎日いそがしいわけじゃないよね？」

「いそがしいよ」と、わたし。「馬に乗るし、フレッド・グライムズの手伝いもするし、いろいろやってる」

「いそがしくてお茶会に来られないってきいたからさ」

スティーヴンは、よごれた手で髪《かみ》の毛《け》をかきあげた。頬《ほお》にどろのあとが残る。それでも、わたしと同じで、ロンドンにいたときよりもきれいだ。清潔《せいけつ》できちんとした服を着ているし、背《せ》ものびた。

スティーヴンの笑顔を見ると、信頼《しんらい》していいように思える。

「お茶会って、どうすればいいかわからないもん」と、わたし。

スティーヴンは肩《かた》をすくめた。

「わからないわけないよ。きみだって毎日お茶を飲むだろう?」

「でも、大佐《たいさ》は――」

「年よりだよ、たしかにね。でも、よく知れば、きっと好きになるよ」

「ねえ、どうして家族といっしょにロンドンに帰らなかったの?」

ずっと気になっていたことをきいてみた。

スティーヴンは、困《こま》ったような顔をした。

「大佐は、ほとんど目が見えないんだ。きみも知ってるよね? それに、家族もいないんだ。ぼくが疎開《そかい》してきたばかりのころは、ほんとうに弱々しかったよ。悪くなった食べものがどっさりあってね、それを食べてたんだ。味の感覚がなくなっちゃって、わからなかったんだよ。それで病気になってたし、家の中もひどいとしかいいようがなかった。そこらじゅうに虫やネズミがいたのに、大佐はどうすることもできなかった。

ぼくが家をそうじした。大佐はいい人だよ。牧師《ぼくし》さんの奥《おく》さんに、かんたんにできる料理を教えてもらった。牧師さんの奥さんはいい人だよ。ときどき、さしいれもしてくれる。あと、大佐はぼくに本を読んでもらうのが好きなんだ。木はどっさり持ってるからね」

スティーヴンはシャベルをつかんで、防空壕《ぼうくうごう》の上に土をかぶせる作業をまたはじめた。

「母さんは、帰ってこいとうるさいよ。ぼくもそうしたい。ほんとうは家が恋《こい》しいんだ。でも、ぼくがいなくなったら、大佐は死んでしまう。ほんとにそうなんだ。ほかにたよれる人がいないんだよ」

スティーヴンは、ほりかえされた庭と、家と厩舎《きゅうしゃ》とバターの牧草地を見まわした。

「ここはすごくいいところだな」

「うん」

「きみのお母さんは、むかえに来ないのかい？」

「来ないよ。わたしたちのこと、いらないんだよ」

スティーヴンはうなずいた。

「ちょうどいいじゃないか。とじこめるなんていけないことだよ」

風が強く吹《ふ》きつけて、わたしはふるえた。

「わたしの足のせいだから」

スティーヴンは首をふり、「足は変わってないだろ」と言った。

「でも今はとじこめられていない。そのうちお茶会に来てくれよな。大佐《たいさ》はお客さんが来ると喜ぶからさ」


みんなが帰ったあと、わたしは防空壕《ぼうくうごう》のドアの前に立った。気に入らない。防空壕は暗くて、じめじめしていて、寒い。流し台の下にあったあの戸棚《とだな》のようなにおいがする。腕《うで》に鳥肌《とりはだ》が立った。おなかがぐるぐるする。わたしは中には入らなかった。

スーザンは、毛布《もうふ》、ビンに入った水、ろうそく、マッチを防空壕に入れた。敵《てき》の飛行機が爆撃《ばくげき》しに来たときは、空襲警報《くうしゅうけいほう》のサイレンが鳴るそうだ。サイレンがきこえたら、防空壕にかけこむ。そうすれば安全。

「ボブリルはどうなるの？」ジェイミーが心配そうにきいた。

ボブリルも防空壕に入っていいそうだ。スーザンは、ふたのついた古いかごを見つけて、それも防空壕に入れた。ボブリルがこわがったら、ジェイミーがそのかごの中に入れてふたをするのだ。

「ボブリルはこわがらないよ。こわいものなんか何もないんだ」ジェイミーが言った。

バターは大きすぎて防空壕には入れない。

28

寒くなり、日が暮《く》れるのも早くなった。牧草地《ぼくそうち》の草は色あせて、バターはやせてきた。わたしがその様子を見せると、スーザンはため息をついた。

「たくさん運動をさせたからよ。前は、ここの草だけで冬じゅうもったのに」

干《ほ》し草《くさ》を買って、あいてる馬房《ばぼう》に積みあげる。オーツ麦も買った。わたしは毎日、干し草を三、四かかえと、バケツ一杯《ぱい》の穀物《こくもつ》をバターにやった。バターは今も外で過《す》ごしている。そのほうが健康にいいし、世話も楽だとフレッドは言っていた。

しばらく前に、木の葉の色が変わりはじめたのを見て、わたしはびっくりした。スーザンは、毎年のことなのよと言った。葉っぱは色を変え、そして落ちるのだ。冬のあいだじゅう、木は死んだように見えるけど、ほんとうは死んでない。春になると、新しい緑の葉っぱがまた出てくるそうだ。

スーザンは、ジェイミーとわたしが何も知らなくても、いちいち驚《おどろ》かなくなった。料理とか縫《ぬ》いものとか、何かを教えるときはいつでも、いちばん最初から説明する。

「これは針《はり》よ。ほら、てっぺんに小さな穴《あな》があるでしょ。ここに糸を通すの。そして、反対側のとがったところを布に刺《ぬのさ》すのよ」とか「卵《たまご》には、白身という透明《とうめい》な部分と黄身という黄色い部分があるのよ。卵をわるときは、まず、テーブルのはしに打ちつけて、それから両手でからをあけるの。必ずボウルの上でやってね。ほら、こんなふうに」

スーザンは、毎年冬になると悲しくなって気持ちがしずむそうだ。わたしたちがここへ来たばかりのころのスーザンのように。でも今年の冬は、悲しんでいるひまがないぐらい、いそがしい。買いもの、料理、そうじ、せんたく（せんたくには特にうるさい）、縫いもの、それに会合もある。でも、日が短くなるにつれて、やっぱりスーザンの気持ちはしずんでいった。わたしたちのために努力しているのはわかるけれど、むりしていることは見え見えだった。いつもけだるそうだった。

わたしはできるだけ手伝った。料理もしたし、ボタンつけもした。買いものにもいっしょに行った。ベッドジャケットのふちも縫えるようになった。あいかわらず週に二回フレッドの手伝いに行ってたし、毎日バターに乗っていた。

冷たい雨がふる水曜日の午後、スーザンはいつものいすにドスンとすわりこんだ。わたしは昼ごはんのかたづけを終えたところだった。ジェイミーは学校に行っていた。暖炉《だんろ》の火が弱くなったので、わたしは石炭を足して、火をかき立てた。

「ありがとう」スーザンがぼそっと言った。

弱々しくて、たよりなく見えた。お昼ごはんのとき、ジャガイモを少しブラウスの胸《むね》にこぼしたのに、ふきとらないままだった。スーザンらしくない。一日じゅうベッドで過《す》ごすような生活にもどってほしくない。わたしはソファーにすわり、スーザンを見て言った。

「あの、読み方を教えてくれませんか?」

スーザンはめんどくさそうに顔をあげた。

「今?」

わたしは肩《かた》をすくめた。

スーザンはため息をついた。

「いいわよ」

二人で台所のテーブルに移動《いどう》して、スーザンが紙と鉛筆《えんぴつ》をとりだした。

「すべての言葉は、たった二十六個《こ》の文字でできているのよ。それぞれの文字には、大きいのと小さいのと二種類あるの」

スーザンが紙に文字を書きだし、それぞれの名前を教えてくれた。同じことをもう一度教えてくれたあと、別の紙に全部書きうつしなさいと言って、いすにもどった。わたしは紙をじっと見つめた。

「これって、読み方じゃないです。お絵かきです」

「ちがうわ。文字を書く練習よ」スーザンが言う。「ボタンつけや縁《ふち》かがりは、ミシンを使いはじめる前に習わなきゃならないことよね。文字もそれと同じなの。読む前に、文字そのものをおぼえなきゃならないの」

なるほどとは思うけど、たいくつそうだ。わたしがそう言うと、スーザンはまたこっちへ来て、紙のいちばん下に何か書いた。

「なんですか、これ？」

〈エイダは気むずかしい〉

「エイダは気むずかしい」スーザンが読みあげた。

わたしは自分で書いたアルファベットの最後にそう書いた。楽しい。

それからというもの、ジェイミーに手伝ってもらって、わたしは毎日、スーザンにちょっとしたメモを残した。

〈スーザンは大きなカエルです〉（ジェイミーは、おもしろがって笑った。）

〈バターは最高のポニーです〉

〈ジェイミーはリスのようにうたいます〉

紙は便利なので、いつも持ち歩くようになった。スーザンにメッセージを残したいときには、台所のテーブルの上においておけばいい。自分たちの居場所《いばしょ》を知らせることもできるので、スーザンも喜んだ。

〈エイダはフレッドのところにいます〉

〈エイダはバターに乗っています〉

〈ジェイミーは飛行場へ行きました〉

ほんとうは、飛行場には行っちゃいけない。でも、飛行場の人たちは、ジェイミーが柵《さく》をくぐってしのびこむことにすっかり慣《な》れてしまって、今ではだれも小言を言わなくなった。本人はこう言っている。

「帰れって言われたら、すぐに帰らなきゃいけないんだ。何も言われなかったら、そのまま いて、おしゃべりしていいんだよ」

ジェイミーは飛行機に夢中《むちゅう》だ。パイロットとなかよくなって、駐機場《ちゅうきじょう》に止めてあるスピットファイアー戦闘機《せんとうき》に乗せてもらったことまである。


クリスマスはいつもどんなふうにお祝いしてるのかと、スーザンにきかれた。ジェイミーもわたしも、なんとこたえればいいのかわからなかった。クリスマスといえばパブは大いそがしなので、母さんはいつも働いていた。チップをたくさんもらってくるから、わたしたちもおいしいものにありつけた。フィッシュアンドチップスとか、ミートパイとか。

「靴下《くつした》はつるしてた？」スーザンがきいた。

ジェイミーは眉《まゆ》をひそめた。

「なんのために？」

サンタクロースのことは知っている。ほかの子どもたちが話していた。でも、うちにサンタクロースが来たことはない。

「ここでは、いつもどうしてるんですか？」

スーザンは、昔を思いだしてやさしい顔になった。

「ベッキーが生きていたころは、クリスマスには友だちを呼《よ》んで盛大《せいだい》な晩餐《ばんさん》をしたものよ。ごちそうはガチョウか七面鳥のロースト。朝にはプレゼントの交換《こうかん》をしたわ。毎年小さなツリーを用意して、窓《まど》にはヒイラギをかざってた。朝ごはんもすばらしいの。あつあつの、あまいうずまきパンにベーコンにコーヒー。そのあとはただのんびり過《す》ごして、それから晩《ばん》ごはんの用意。翌日《よくじつ》のボクシング・デー（十二月二十六日。イギリスでは祝日）には、ベッキーは狩《か》りに行ったわ。

子どものころはね、家族みんなでクリスマスイブの深夜礼拝《れいはい》に出かけたの。父は牧師《ぼくし》だから礼拝では説教をするの。冷たいろうそくの明かりに照らされた教会は、いつ見てもきれいだったわ。そのあと寝《ね》るんだけど、その眠りの短いこと！　目がさめると、ベッドの足もとにさげた靴下が、小さなプレゼントでふくらんでるの。大きなプレゼントは、一階のツリーの下においてあるのよ。母がごちそうをどっさり作って、おじさん、おばさん、いとこたちがやって来て……」

スーザンの話がとぎれた。

「何かすてきなことをしましょうよ。あなたたちがここでむかえるはじめてのクリスマスだものね」

「母さんも来る？」ジェイミーがきく。

スーザンはジェイミーの頭に手をおいて、「来てくれることを願うわ」と言った。

「招待状《しょうたいじょう》は出したんだけど、返事はまだなの」

「ぼく、手紙書く」と、ジェイミー。

「書かなくていいよ」

わたしは言った。こわい気がする。わたしたちがここにいることを思いだしたら、母さんはつれもどしに来てしまうんじゃないだろうか？

「エイダの足のことで、お母さんと話をしなくちゃならないわ」と、スーザン。

「そうですか。でも、わたしは手紙は書きません」

もうアルファベットはおぼえたし、それぞれの文字の音も、だんだんわかってきたところだ。はじめて見る単語でも、読めることがある。少しなら書くこともできる。でも母さんには書かない。

「書かなくてもかまわないわ」

スーザンは、片手《かたて》でわたしをだいて言った。


お店には、思わず目をみはるようなすてきなものがたくさんあった。オレンジ、ナッツ、いろんな種類のキャンディ、おもちゃ。戦争中でもクリスマスは楽しく過《す》ごそうという思いをみんなが持っているのだとスーザンは言った。スーザンは、ガチョウの肉を注文した。ジェイミーもわたしも食べたことがないからだ。大きすぎて三人では食べきれないので、飛行場のパイロットたちも何人か招待した。わたしはフレッドに声をかけたけれど、フレッドはいつも兄弟の家でクリスマスを過ごすことになっていて、そのしきたりをやぶりたくないと言った。

「でも、呼《よ》んでくれてうれしいよ。ありがとな」

そこでわたしはマギーに声をかけた。

ジェイミーがパイロットを呼ぶなら、わたしも友だちを一人、晩餐《ばんさん》に招《まね》くべきだと思った。わたしの友だちは、フレッドをのぞけばマギーしかいない。あと、スティーヴンもそうかな。

マギーは、クリスマスの前の週に学校の寮《りょう》から帰ってきた。いっしょにポニーで丘《おか》にのぼり、風がビュービュー吹《ふ》くなか、有刺鉄線《ゆうしてっせん》のはられた砂浜《すなはま》を見おろした。マギーは、わたしが家まで送っていった日とちがって、冷たくてよそよそしかった。革《かわ》の手袋《てぶくろ》をはめ、ベルベットの小さな帽子《ぼうし》をかぶってポニーに乗る姿《すがた》は、上品ですてきだ。

わたしは日ざしをさえぎるために手をかざした。丘にのぼろうと言いだしたのはわたしだ。

「ここに来るたびに、スパイがいないかどうか見わたすの。そうすることになってるでしょ?」

ラジオで政府の人が言っていた。ナチスのスパイは、看護婦《かんごふ》とか修道女《しゅうどうじょ》のかっこうをしているかもしれない。なんでもありえるのだ。

「知ってるわよ。わたし、ばかじゃないから」マギーはむすっとしたまま言う。「ねえ、どうして手紙の返事をくれなかったの？　書いてってたのんだのに」

そんなこと知らなかった。フレッドは、その部分は読んでくれなかった。それに、何度か自分で読んでみようとしたけど、マギーの書く文字はくるりと巻《ま》いたようだし、文字と文字がつながっている。なんと書いてあるのか、わたしにはわからない。

正直に言うのは恥《は》ずかしかったので、「すごくいそがしかったの」と、こたえた。

マギーは、傷《きず》ついたような怒《おこ》ったような表情《ひょうじょう》を見せた。そのとき、急にわかった。マギーは、わたしの返事を待っていたんだ。楽しみにしていたんだ。わたしのことをそんなふうに思ってくれてるなんて、知らなかった。

わたしは大きく息を吸《す》いこんで言った。

「今、文字を書くのを習ってるところなの。それに、読むことも。まだ手紙の返事を書けないの。ごめんなさい。今度、やってみるから」

わたしのばかさかげんにあきれるかと思ったら、マギーの表情はやわらいだ（この言葉はスーザンに教わって、とても気に入った。やわらぐ。ジェイミーもときどききげんが悪くなるけど、すぐにやわらいでもらいたい）。

「そんなこと、思いもしなかった」マギーは言った。「わたしに興味《きょうみ》がないのかと思ったの。でも、スミスさんは手伝ってくれなかったの？　あなたが言いたいことを、かわりに書いてくれればいいのに」

スーザンは、たのめばやってくれただろう。

「たのみたくなかったの。あの人に助けてもらうのはいやだから」

「いったいどうして？」

「あの人に慣《な》れてしまうのはいやなの」わたしはこたえた。「あの人がわたしたちをあずかるのは、しばらくのあいだだけだもの。だから、その、ほんものの家族じゃないでしょ？」

マギーは、わたしを上から下までながめて言った。

「わたしには、ほんものの家族に見えるわよ。汽車でこの村に着いたばかりのときのあなたは、もう戦争を経験《けいけん》してきたような顔をしてた。この前わたしを助けてくれたときは、ずいぶん元気になったと思ったわ。そして、今はどう？　横鞍《よこくら》でポニーに乗ってるし、すてきな服を着ているし、骨《ほね》が見えるような細いからだじゃなくなってる。目も変わったわ。前は、死にそうなほどおびえた目をしてた」

その話はしたくなかった。どうやら砂浜《すなはま》にスパイはいないようだし、船も見えない。バターは、風の中で立ちつくすことにうんざりしている。

「村まで競走しよう」わたしは言った。

29

競走にはマギーが勝ったけど、差はほとんどなかった。それに、バターがこれまでにないほどの速さで走っても、わたしはちゃんと鞍《くら》に乗っていられた。マギーのポニーを追って、丸太を二つこえた。バターとわたしがいっしょに経験《けいけん》したはじめての、ちょっとだけ空を飛ぶようなジャンプだった。村に着いたころには、どちらのポニーも息を切らしていて、マギーの三つあみはほどけ、頬《ほお》は赤くなっていた。マギーは笑っている。おびえた目をしてたときのわたしのことは、すっかり忘《わす》れてしまったようだ。

スーザンは、ほんものの家族じゃない。ときどき、ほんのちょっとだけほんものに思えることもあるけど、それでもスーザンと暮《く》らすのは今だけだってことは変わらない。戦争が終わったとき、または母さんの気が変わったときから、他人になるんだから。

マギーはクリスマスの晩餐《ばんさん》には来られない。来たいとは言ってくれたけど、空軍で訓練中のお兄さんが帰ってくるし、戦争にかかわる秘密《ひみつ》の仕事をしているお父さんも、どこからか帰ってくるので、一家で伝統的《でんとうてき》なクリスマスを過《す》ごすそうだ。だからどうしても、家にいなければならない。

「きっと、さんざんな日になるわよ」

マギーは言った。

「お母さまは、ジョナサンのことで泣くまいとがんばるだろうな。だれに対してもそっけなくふるまうわよ、きっと。お父さまはヒトラーのことでピリピリしてるし、戦争のことしか話さないと思うわ。今じゃ狩《か》りもしないから、よけいにね。でも、お母さまは、そういう話が大きらいなのよ。うちではね、料理人は工場で働くためにやめちゃったし、家政婦《かせいふ》は料理がへただし、メイドは一人しか残ってないし、下男は一人もいないの。だからクリスマスイブには、わたしがそうじをしなきゃならないし、お母さまは料理を手伝うでしょうね。そのあと、広くて豪華《ごうか》だけど、すみにはクモの巣がはってるような部屋に家族で集まって、楽しそうなふりをしながらまずい料理を食べるわけ。去年まではすっかり変わっちゃったのよね。

今はまだほんとうの戦争じゃないって、世間で言われてる。爆撃《ばくげき》だってほとんどないし、だれも戦ってないものね。だけど、わたしにとっての戦争だって気がするわ。わたしの家族の中で戦争が起きてるみたい」

マギーは横目でわたしを見た。

「エイダはきっと、幸せね」

「幸せじゃないよ。マギーがみじめな気持ちなら」と、わたしは返した。

マギーはうなずいた。

「そうよね。行きましょう」

わたしたちはまたポニーを進めた。マギーが先に立って小道に入り、森を通って砂浜《すなはま》へ出た。有刺鉄線《ゆうしてっせん》の柵《さく》に近づいてはいけないという決まりだけど、わたしたちは砂浜沿《ぞ》いの道路を進んで、打ちよせる波をながめた。海って、日によって様子が変わる。びっくりするぐらい。


スーザンは斧《おの》を持って、ジェイミーとわたしをつれて出かけ、だれかの土地で小さな木を切りたおした。冬になっても死んだようにならない木だ。枝《えだ》についてるのはひらたい葉っぱじゃなくて、緑色の小さなとげのようなものだ。こういう木のことを、常緑樹《じょうりょくじゅ》と呼《よ》ぶそうだ。

雪がふっていて、空気は湿《しめ》り、寒かった。

「何に使うんですか?」

わたしはきいた。スーザンとジェイミーは、その木を引きずるようにして運んでいる。わたしはそのとなりを松葉杖《まつばづえ》で歩く。

「クリスマスツリーよ」スーザンはこたえた。「神様は常緑樹のようなものだってことを思いださせるものよ。冬になっても緑のままで、死なないから」

「でも、ほかの木だって死んでるわけじゃないって、言ったじゃないか」ジェイミーが文句《もんく》を言った。

「ええ、まあね。そうだけど、死んだように見えるってことよ。それに、クリスマスツリーをかざるのって、すてきな伝統《でんとう》よ。冬のさなかの緑、暗闇《くらやみ》の中の光。みんな神様を暗示《あんじ》してるの」

暗示という言葉の意味は気にしないことにしよう。だけど、一つききたいことがあった。

「クリスマスと神様はどう関係があるんですか?」

もしかして、とても変なことを言ってしまっただろうか。スーザンは、魚みたいにぽかんと口をひらいてわたしを見たあと、やっと口をとじて、それからせきこむように言った。

「教会で、何も教わってないの?」

肩《かた》をすくめる。教会に慣《な》れるのはたいへんだ。教会できく話は、なるほどと思うこともたまにあるけど、たいていはわからない。牧師《ぼくし》さんはやさしそうだけど、わたしは話をちゃんときいたことはほとんどない。歌は好きになれるかもしれないけど、歌詞《かし》を読むのがおそすぎて、ついていけない。

クリスマスはイエス様の誕生日《たんじょうび》だということがやっとわかった。イエス様というのは教会の正面にある十字架《じゅうじか》にかかった男の人だ。それはもう知っていたので、この人の誕生日だとわかった。ところが、ジェイミーはこう言った。

「その日がイエス様の誕生日だって、どうしてわかったの?」

スーザンはこたえた。

「ええと、そうね。正確《せいかく》にはわからないと思うわ」

ジェイミーはうなずいた。

「エイダとぼくみたいだね」

「そうね」と、スーザン。「でも、身分証明書《しょうめいしょ》には仮《かり》の誕生日《たんじょうび》が書いてあるから、その日に誕生日のお祝いをしましょうよ。クリスマスも、それと同じよ」

「クリスマスって、イエス様の身分証明書に書いてある日なの？」

「ばかね。イエス様は戦争中の人じゃないよ」と、わたし。

「ばかなんて言っちゃだめよ」と、スーザン。

「だって、ばかなことを言うから」

「ばかなことを言うからばかだということにはならないわ」スーザンは言った。「そうじゃないと困《こま》るものね、わたしたち三人とも」


持ち帰った木を家の中に運びこんで、居間《いま》のすみに立てた。スーザンは、小さな電灯《でんとう》がたくさんついたひもを枝《えだ》にかけた。それから二階のベッキーの部屋に行って、大きな箱を持ってきた。中をのぞくと、目を涙《なみだ》で光らせて、ふたをとじてしまった。

「自分たちでかざりを作りましょう。いいと思わない？」

そう言われても、わかるわけがない。でも、いいと思うと言ってほしいんだろうし、わたしはスーザンを泣かせたくない。スーザンが泣くと落ち着かなくなる。だから、「たぶん」とこたえた。

「ああ、エイダ」スーザンはあいている手でわたしをだきしめた。わたしは大きく息を吸《す》い、そのままじっとしていた。「この箱に入ってるものはね、ベッキーと二人でツリーにかざったものなの。わたしはまだ心の準備《じゅんび》ができてないみたい。とりだせないわ」

「わかりました」

「いいの？　ほんとに？」

なんとこたえればいいんだろう。クリスマスというのは、なぜかわたしの心をかきみだす。みんなで集まって楽しくお祝いしようって話は、なんだか恐《おそ》ろしい。わたしはかかわるべきじゃない、わたしにはゆるされない。そんな気がしてしまう。それなのにスーザンは、わたしに楽しんでほしいと思っている。わたしはよけい、おびえてしまう。


クリスマスツリーには、小さくてきれいなかざりをたくさんぶらさげるそうだ。スーザンは、色のついた紙、はさみ、のりを用意した。ジェイミーとわたしに、雪や星の作り方を教えてくれた。わたしは一生けんめいやって、スーザンと同じぐらいじょうずに作った。ジェイミーは、ジョキジョキと紙を切って、適当《てきとう》な形を作った。適当なやつもていねいに作ったやつも、みんなツリーにかけた。部屋のすみにおかれたツリーは、ほんとうにきれいだった。ボブリルもそう思ったようで、昼のあいだはツリーの下に寝《ね》そべって、下のほうのかざりにじゃれついた。ジェイミーは残った紙を丸めた。そして夜になると、ボブリルが飛びかかれるように、床《ゆか》のあっちこっちへ投げてやった。

わたしはネコといっしょに寝《ね》るのがいやでたまらなかった。顔にしっぽがあたって目がさめることもあるし、シーツはいつも毛だらけな気がする。ジェイミーは、ボブリルがいっしょじゃないと眠《ねむ》れないという。ボブリルも同じ気持ちらしい。まったく。

また雪がふった。わたしはバターに乗ってマギーの家に向かった。雪はバターの蹄《ひづめ》にどんどんくっついていき、しっぽの先にもついた。あたり一面まっ白できらきらしている。ロンドンでは、雪がいつまでも白く残ることはなかった。

マギーは、帰ってきて以来毎日、フレッドの手伝いをしている。わたしが行く日には、三人でいっしょに働く。フレッドはわたしに、低めのジャンプをさせてくれるようになった。でも今日は雪が深いので、むりだ。

「エイダ、スーザンにクリスマスプレゼントを用意したほうがいいわよ」

飼料室《しりょうしつ》でオーツ麦を測《はか》っているとき、マギーが言った。

「どうして?」

プレゼントの話はきいたことがあった。でも、わたしはもらわないし、だれかにあげる必要もない。マギーにそう言った。

マギーはぐるっと目をまわした。

「プレゼントはぜったいもらえるよ。スーザンはやさしいもの。ほかの人たちとちがって」

うなずく。今でもこっちに残っている疎開《そかい》児童の中には、あまり親切にされていない子たちもいる。その子たちのせいじゃなくて、あずかっている人たちが、イエス様のことさえ歓迎《かんげい》しないぐらい意地悪なばばあだからだ。よくわからないけど、ジェイミーはそう言っていた。ジェイミーは学校でほかの疎開児童たちと話している。その子たちは、最後まで選ばれなかったわたしたちを今ではうらやましがっている。

「だからね」マギーは言った。「スーザンにプレゼントを用意したほうがいいわよ。そうしてあたりまえよ」

「お金持ってないの。ぜんぜんないんだよ」

「おこづかい、もらってないの？」

「ない。マギーはもらってるの？」

「えっと」マギーは下唇《したくちびる》をかみながら考えた。「それじゃ、何か仕事を見つけて、お金をかせいだら？　そうじゃなかったら、手作りするの。喜ばれるわよ。わたしが何か作ってあげると、お母さまはいつも喜ぶわ」

いいかもしれない。帰り道にそのことを考えた。スーザンは、わたしが兵隊さんのために何か編《あ》めるようにと、編みもののしかたを教えてくれている。今のところ、わたしが編んだのは浴用タオルだけだ。ひどいできで、上下の幅《はば》がちがうし、編み目の輪っかは目立つし、スーザンが作ったものとは似《に》ても似つかない。でもスーザンは、見た目がどんなでも、兵隊さんたちは浴用タオルがあるだけでありがたいのだから問題ないと言う。それに、編みものも文字を書くことも乗馬もほかのことも、みんな同じだとも言った。やればやるだけじょうずになっていくのよ、と。

急げばできるかもしれない。わたしはバターの向きを変えた。バターはいやがったけれど、雪の中をそのまま進ませて、マギーの家へと引きかえした。フレッドはわたしを見てびっくりした。

「なんかあったか?」

「わたし、毛糸がほしいんです」

30

「そうかい」

　フレッドはうなずいた。雪嵐《ゆきあらし》の中、馬に乗った女の子が毛糸をもらいにくるぐらい、いつものことだと思っているみたいに。厩舎《きゅうしゃ》の奥《おく》へと姿《すがた》を消し、靴音《くつおと》をひびかせながら、屋根裏《やねうら》にある自分の部屋へと階段《かいだん》をあがっていった。そして、布《ぬの》でできたあざやかな花もようの袋《ふくろ》を持っておりてきた。

「女房の編みもの袋だ」そう言って、さしだす。「毛糸がどっさり入ってる。あらゆる種類のな。おまえさんにあげるよ」

　フレッドに奥さんがいたなんて知らなかった。

「そうさ」わたしの気持ちがわかったように、フレッドは言った。「五年前に死んだよ。マーガレットお嬢《じょう》さまとジョナサンぼっちゃまの子守だったんだ。その前は、奥さまとその兄弟の子守だったよ」

　わたしは、雪で濡《ぬ》れないように、その大きな袋を上着の内側におしこんだ。バターが落ち着かない様子で頭を突《つ》きあげる。わたしはバターの向きを変えて、家に向かおうとした。

「ちょっと待て」

フレッドが、バターの頭絡《とうらく》をつかんだ。やさしそうな笑顔を浮《う》かべている。

「だれかにプレゼントをもらったら、『ありがとう』を言わんとな」

お礼のことは、スーザンにも教わっていたのに、袋《ふくろ》に入った毛糸ばかりが気になって、すっかり忘《わす》れていた。

「ありがとう、フレッド。ほんとうにありがとう。奥《おく》さんにもありがとうって言えたらいいのに」

「いやいや」フレッドは首をふった。「女房《にょうぼう》は、自分の持ちものがいいところにもらわれて、喜んでいるだろう。もらってくれて、わしもうれしいよ」


今日はもう木曜日で、クリスマスは月曜日だから、あまり時間はない。家に帰ると、ベッドの上に袋の中身をどさっとあけた。編《あ》み棒《ぼう》が五セット、太いのから細いのまでいろいろだ。両はしがとんがった小さな細い棒もいくつかある。さまざまな色をしたはんぱな毛糸玉が山ほどと、白くてきれいな毛糸玉が六つ入っていた。

白い毛糸がいちばんよさそうだ。数も多い。さっそく編みはじめの目を作り、とりかかった。

午後のあいだずっと寒い寝室《しんしつ》で過《す》ごしたことを、スーザンにあやしまれるだろうと思った。実際《じっさい》そのとおりで、「何かしていたの？」と、晩《ばん》ごはんのときにきかれた。

頭の中を言いわけがかけめぐる。寝《ね》てましたでもないし、おふろに入ってましたでもない。ラジオをきける場所でもない。もっともらしい理由を考えてもごもごしながら、「べつに」とこたえた。

するとびっくりしたことに、スーザンは、にかっと笑った。

「へえ、そうなの。ねえ、とりきめをしましょうよ。これから週末まで、あなたは好きなときに二階で何もしないでいていいわ。わたしはわたしで、一階で何もしない時間を過ごすの。おりてくるときは、大声で呼《よ》んでちょうだい。そして、わたしがいいわよって言うまで、待っててね。わかった？」

だまってうなずく。次の日、わたしが二階で編みものをしていると、下からミシンの音がきこえてきた。丸二日間、わたしは湯たんぽを寝室に持ちこんで、肩《かた》に毛布《もうふ》をかけて、白い毛糸とはんぱな毛糸を編んでいった。いまいましいボブリルが、湯たんぽを乗せたひざにすわりたがったけど、わたしはボブリルを追いだして、ドアをしめた。

クリスマスの前日は日曜日だった。朝起きると、いつもスーザンに言われているとおり、日曜日用のいい服を着た。ジェイミーは白いシャツにツイードの半ズボンに、ちゃんとした黒い靴下《くつした》。わたしは、マギーのおさがりの赤いワンピース。二人で朝ごはんにおりていくと、スーザンは首をふった。

「ごめんなさい、言うのを忘《わす》れてたわ。今日はいつもの服を着てちょうだい。教会に行くのは夜なの。わたしも行くから、三人でね。今日はクリスマスイブだから」

今日はクリスマスイブだから、わたしたちは朝ごはんにベーコンを食べた。そのあと、わたしはビスケットを焼くのを手伝った。ジェイミーは、ガチョウの肉につめる栗《くり》を炒《い》った。スーザンはラジオをつけて、流れてくるクリスマスソングを口ずさんだ。

夕方近くに、おふろに入らされた。一階の暖炉《だんろ》のそばで、スーザンがわたしの髪《かみ》をとかして、かわいたあと、いつもは一本なのにこの日は二本の三つあみにした。軽い晩《ばん》ごはんを食べると、スーザンはジェイミーに、二階へ行って教会用の服に着がえなさいと言った。わたしには、ここにすわってなさいと言った。

「びっくりするわよ」

スーザンは、きれいな紙に包まれた大きな箱を、わたしのひざにおいた。あけると、深緑色のやわらかい布《ぬの》でできたワンピースが入っていた。えりもとは丸く、そではふくらんでいて、ギャザーのよったウエストから、長いスカートがふわっと広がっている。

あまりにもきれいで、さわることができない。わたしはただ見つめていた。

「さあ、着てみましょうよ。似合《にあ》うかしら」スーザンが言った。

スーザンにセーターとブラウスをぬがされるあいだ、わたしは石のようにじっとしていた。緑色のワンピースを頭からかぶる。「スカートをぬいでちょうだい」と言われたので、そのとおりにする。スーザンはワンピースのボタンをはめ終えると、一歩さがった。

「まあ」目もとをゆるませ、笑顔を浮《う》かべた。「ぴったりよ、エイダ。あなた、とてもきれいだわ」

うそだ。そんなのうそだ。がまんできない。頭の中で母さんの金切り声がひびく。

〈見苦しい役立たず！　きたならしいゴミ！　そんな見苦しい足の子は、だれだっていやがるよ！〉

両手がふるえだす。役立たず。きたならしい。ゴミ。

マギーのお古とか、お店で買ったふつうの服なら着てもいい。でもこれはだめだ。このきれいなワンピースはだめだ。子どもなんてほしくないと一日じゅう文句《もんく》を言われても、きいていられる。でも、きれいだなんて言われるのは耐《た》えられない。

「どうしたの？」スーザンはとまどっている。「クリスマスプレゼントよ。あなたのために作ったの。深緑色のベルベットよ。前に話したでしょう？」

深緑色のベルベット。

「これは着られません」

わたしはウエストのあたりを引っぱって、ボタンをさがした。

「これは着られません。着られません」

「エイダ」

スーザンはわたしの両手をにぎった。いっしょにソファーに移動《いどう》して、こしをおろす。わたしをおさえつけたまま、きく。

「エイダ。わたしがジェイミーにすてきなものをあげたとするわね。それをジェイミーがいらないと言ったら、あなたはジェイミーになんて言うかしら？　考えてみて。なんて言うかしら？」

わたしの頰《ほお》に涙《なみだ》が流れてきた。パニックになりかけている。スーザンから離《はな》れようともがく。

「わたしはジェイミーじゃない！　わたしはちがうもの。見苦しい足の――」

ゴミと言おうとして、のどがつまった。

「エイダ、エイダ」

スーザンの声もほとんどきこえない。わたしの中のどこからか悲鳴が生まれて、音の海になってあふれだした。さけんで、さけんで――着がえとちゅうのジェイミーが二階からかけおりてきた。スーザンはわたしの腕《うで》をおさえ、からだを引きよせて、ぎゅっとだきしめる。わたしはパニックの波に何度も何度もおそわれた。波にもまれ、もてあそばれ、おぼれてしまいそうな気がした。

31

教会には行かなかった。暖炉《だんろ》の前の床《ゆか》で、ジェイミーが二階から引きずってきた毛布《もうふ》にくるまって、その日はそれでおしまいだった。三人とも。さけんだりあばれたりしていた時間がどれぐらいだったのか、わたしにはわからない。スーザンにおさえられていた時間もわからない。わたしはスーザンを蹴《け》とばして、ひっかいて、それにたぶんかみついたけど、スーザンはわたしを離さなかった。ジェイミーが何をしていたのかは、わからない。毛布を持ってきてくれたことだけはおぼえている。スーザンがわたしのからだを毛布できつくくるむ。するとパニックはおさまっていった。

「これでいいわ」しゃがれた声でスーザンが言った。「シー、シー。だいじょうぶよ」

だいじょうぶではなかった。この先もずっと、だいじょうぶではない。でもわたしは疲《つか》れ果《は》ててしまい、それ以上はさけばなかった。

目がさめると、冬の朝日が窓《まど》からさして、小さなクリスマスツリーにあたっていた。暖炉には灰《はい》がつもり、その下で石炭の火がぼんやり光っていた。毛布にくるまって眠《ねむ》っているジェイミーのあごの下に、ボブリルの顔がのぞいている。スーザンは軽くいびきをかいている。片腕《かたうで》は耳の下にあてられ、もう片方《かたほう》の腕《うで》はまだわたしのからだにまわされている。むすんでいた髪《かみ》はほどけて、ぼさぼさだ。頬《ほお》には赤い線がついている。わたしがひっかいたあとだ。スーザンのいちばん上等のブラウスは、肩《かた》のところでやぶれて、ボタンもとれてぶらさがっている。まるで戦争に行ってきたようだ。

わたしは灰色《はいいろ》の毛布《もうふ》にぴっちりくるまれていて、動かせるのは頭だけだった。首をまわして左右を見る。ジェイミー、スーザン、そして小さなクリスマスツリー。スーザンは、目がさめたら怒《おこ》るだろう。激怒《げきど》するだろう。わたしがワンピースのことでわめいたし、感謝《かんしゃ》しなかったし、計画をだいなしにしてしまったから。わたしのせいで教会にも行けなかったのだ。

おなかがきりきり痛《いた》む。スーザンは怒るだろう。ぶつだろう。いや、ちがう。スーザンはわたしをぶたない。今まで一度もぶってない。ゆうべだって、わたしがスーザンを傷《きず》つけたときでさえ、ぶたなかった。わたしをくるんで、ぎゅっとだいてくれた。

どうすればいいんだろう。スーザンとの暮《く》らしは一時的なもの。わたしの足はずっとこのまま。弱い日ざしの中に寝《ね》そべって、わめくのではなく、泣きたい気持ちだった。でも、涙《なみだ》はほとんど出ない。今のわたしは、どこがいけないんだろう？

ジェイミーがもぞもぞ動いた。目をあけ、にっこりする。ジェイミーのすてきな笑顔だ。このやさしい笑顔をわたしは一生忘《わす》れないだろう。

「おはよう、エイダ。メリークリスマス」

眠《ねむ》る前にスーザンに何か言われたのだろうか。ジェイミーは、居間《いま》の床《ゆか》で目ざめるのがあたりまえのようにふるまっている。からだを起こして、ボブリルのおなかをなで、それからドアをあけて、ボブリルを用足しに行かせると、暖炉《だんろ》に石炭をくべた。

石炭を入れたバケツのカタカタいう音で、スーザンが目をさました。スーザンが目をあけて、自分がどこにいるのか気づく様子を、わたしはじっと見ていた。スーザンはわたしを見ると、ジェイミーと同じように、にっこり笑った。

――にっこり笑った――

「おはよう、エイダ。メリークリスマス」

わたしは毛布に顔をうずめて泣きたいようなさけびたいような気持ちだったけれど、そうはしなかった。出てきたのはこんな言葉だ。

「起きられません。腕を動かせないんです」

スーザンはからだを起こして、毛布をはずしてくれた。

「動けなくしようと思ったわけじゃないのよ。きつく巻《ま》くと、気持ちが静まるようだったから」

「わかってます。ほんとにそうでした」

わたしはそう言って、スーザンのブラウスのやぶれを指さした。

「縫《ぬ》い目《め》のところだから、つくろえるわ」スーザンは、顔にかかっていたわたしのおくれ毛を指でかきあげた。「朝ごはんにしましょうか?」

わたしたちは起きあがって二階へ行き、顔を洗《あら》って用を足した。スーザンの提案《ていあん》でいい服をぬぎ、パジャマとガウンを着た。階段《かいだん》をおりるときに気づいた。ツリーの下に、あざやかな色の紙に包まれたものが積まれている。

プレゼントだ。

「うちにもサンタクロースが来たみたいよ」スーザンがほがらかに言った。

サンタクロースが、夜のあいだじゃなくてわたしたちが着がえてるときに来るなんて、おかしい。そう言おうと口を開きかけたけど、ジェイミーの目がかがやいているのを見て、あわててやめた。

ジェイミーはうれしそうに目をきらきらさせている。

「ほんとに来たんだ! ぼくたちのところに! 来たんだよ! エイダが悪い子だったのに」

それからジェイミーは、しまったというようにわたしを見た。「あ、あのね――」

「気にしないで」わたしはジェイミーの肩《かた》に手をまわして言った。「わたし、ほんとに悪い子だったから」

プレゼントは全部ジェイミーのものかな。わたしのもあるだろうか?

「悪い子じゃないわ」最後の数段をおりるわたしに手を貸《か》しながら、スーザンが言った。「悪いことはしてないわ、エイダ。悲しみ。怒《いか》り。おびえ。そういうものは悪いこととはちがうわ」

悲しみも怒りもおびえも悪いことだ。いいはずがない。でも、そんなことは言えなかった。こんなおだやかな朝には。

ガウンのポケットに、わたしが作ったプレゼントをおしこんである。包み紙なんか持ってない。どうすればいいんだろう。

「朝ごはんよ」

スーザンは、お茶をいれるためにやかんを火にかけ、フライパンでソーセージをどっさり焼きはじめた。卵《たまご》も一人一つずつ。テーブルを見ると、ジェイミーとわたしのお皿のわきに、靴《くつ》下《した》がおいてあった。何かがつめこまれており、でこぼこにふくらんでいる。わたしは中身をとりだした。

「きのうのうちに、つるしておかなきゃならなかったのに」と、スーザン。「でも、サンタさんは見つけてくれたのね。わたしが料理をしているあいだに、中を見ていなさいよ」

オレンジが一つ。クルミがいくつか。キャンディ。髪《かみ》につけるリボンが二本。一つは緑色で、もう一つは青。そして靴下のつま先のほうに、コインが一枚《まい》。一シリングだ。

ジェイミーのは、リボンのかわりに笛だったけど、あとはわたしのと同じだった。あとゴムまりも入っていた。

髪にリボンをつけた、きらきらの女の子たちが頭に浮《う》かぶ。

わたしはまた泣きたくなった。わめきたくなった。

わたしはどうしてこうなんだろう？

ジェイミーのクリスマスをぶちこわしにはできない。わたしはサテンのリボンをなで、頭の中に逃《に》げこんだ。バターに乗る自分を想像《そうぞう》する。バターが全速力で丘《おか》をかけあがる——。

「エイダ」スーザンに肩《かた》をつつかれた。「もどってらっしゃい」

お皿にソーセージがのっていた。目玉焼きもある。太陽のように明るい色の黄身だ。トーストに濃《こ》いお茶。ジェイミーはもらったばかりの笛を吹《ふ》いた。耳をつんざくような音がひびく。

「吹くのは外でね」スーザンはそう言って、ジェイミーの髪《かみ》をなでた。

朝ごはんが終わると、プレゼントをあけた。ジェイミーはおもちゃの自動車と積み木のセットをもらった。わたしは、バターを引くときの新しい端綱《はづな》と、メモ帳と、色鉛筆《いろえんぴつ》のセット。本も一冊《さつ》ずつもらった。わたしのは『不思議の国のアリス』、ジェイミーのは『ピーターパン』という。

スーザンは、サンタクロースから何ももらわなかった。大人はみんなそうなのだと、ジェイミーに教えていた。わたしはポケットからプレゼントをとりだした。ジェイミーには、はんぱな毛糸で編《あ》んだマフラー。色も種類もいろいろなものを使って縞《しま》もようにした。ジェイミーはそれを見て困《こま》った顔をした。

「スーザンが作ってくれたやつのほうが気に入ってるよ」

でも、スーザンにつつかれて、「ありがとう」と言ってくれた。そのおかげで、わたしはジェイミーをたたかずにすんだ。

それからわたしはスーザンに、白い毛糸で編んだマフラーをあげた。プレゼント用のマフラーはいくつか編んだけど、これはいちばん最後に編みあげたから、いちばんよくできている。ほんとうに、やればやるだけじょうずになるのだ。

スーザンは、ひざの上でマフラーを広げた。

「エイダ、なんてすてきなの！　これを作っていたのね」

「フレッドから毛糸をもらったんです」

ぬすんだのではないとわかってほしくて、早口で言った。

スーザンはわたしをだきしめた。

「すごく気に入ったわ。毎日使うわね」

わたしはスーザンのからだを離《はな》した。感動するのは苦手で、もうじゅうぶんだ。逃げだしたい気持ちだった。スーザンは、それもわかってくれたようだった。

「乗馬ズボンをはいて、バターに会いにいってらっしゃいよ」スーザンが言った。「ジェイミーがかたづけを手伝ってくれるわ。それからごちそうの準備《じゅんび》をしましょう」

午後になると、ジェイミーが招《まね》いた三人のパイロットがやってきた。きちんと軍服を着て、三人そろって礼儀《れいぎ》正しい笑顔を浮《う》かべている。スーザンに、ワイン一本とチョコレートひと箱、それに鉢植《はちう》えの植物をわたした。東方の三博士《はかせ》（イエス・キリストが誕生したときに、贈りものをたずさえてお祝いにかけつけたとされる人物たち）の贈《おく》りもののようね、とスーザンが言うと、三人は笑った。

家の中にガチョウのローストのにおいがただよう。暖炉《だんろ》で火がパチパチ音を立てている。太陽はもうしずんでいて、灯火管制《とうかかんせい》も守っているけれど、この居間《いま》は明るいし暖《あたた》かい。パイロットたちは、三人ならんでソファーにこしかけ、気まずそうにしていた。でも、ジェイミーがわりこんで、プレゼントされたばかりの自動車を三人のひざで走らせたり、おどけてみせたり、にんまり笑ったりすると、一人が床《ゆか》におりてきて、ジェイミーといっしょに積み木でタワーを作ったり、それを車で破壊《はかい》したりして遊んだ。スーザンがほかの二人に、グラスにそそいだワインをわたすと、みんなだいぶうちとけた。

わたしはうちとけられなかった。着ているのは緑色のワンピースだ。

バターのもとからもどったときに、スーザンが喜んでくれると思って着がえたのだ。実際《じっさい》、喜んでくれた。わたしの髪《かみ》をとかして、そのままおろし、新しい緑色のリボンを頭に巻《ま》いてくれた。

「アリスのリボンよ。あなたにあげた本に出てくる女の子。リボンをこんなふうにつけてるの」

詐欺師《さぎし》になったような気分だった。マギーの話し方をまねしようとしたときよりひどい。今のわたしは、マギーみたいなかっこうをしてる。髪にリボンをつけて、きらきらの女の子を気どってる。自分を愛してくれる家族と暮《く》らす女の子みたいに見せかけている。

ジェイミーがわたしの腕《うで》をぎゅっとつかんだ。

「似合《にあ》うよ」わたしの顔色を気にしながら、ささやく。

わたしは深呼吸《しんこきゅう》した。わたしにも愛してくれる家族がいる。ジェイミーがそうだ。

スーザンが、わたしたちをテーブルに呼《よ》んだ。それぞれのお皿のわきに、クリスマスクラッカーがおいてある。はじめて見た。紙でできた筒《つつ》だ。両はしを引っぱると、パーンと音がして、紙でできたかんむりや小さなおもちゃが飛びだしてくる。全員が、そのかんむりをかぶってごちそうを食べた。三人のパイロットとスーザンとジェイミーは、笑ったりしゃべったりした。

わたしはガチョウのローストを食べて、落ち着こうと自分に言いきかせた。

「すてきなワンピースだね」パイロットの一人が言った。

からだじゅうがびくっとした。全身の皮膚《ひふ》がきつくてたまらない感じだ。でも、またとりみだしたりしないように努力した。

「ありがとう。新しいんです」

足のことじゃなくて、ワンピースのことを話題にしてくれて、ありがたい。何度も何度も自分にそう言いきかせて、じっとしていた。

三人が帰ると、スーザンはソファーにすわり、わたしをとなりにすわらせた。

「たいへんだったわね」

わたしはうなずいた。スーザンはわたしを引きよせて、ゆうべしてくれたように、ぎゅっとだいた。ゆうべとちがうのは、わたしがわめかなかったこと。

「ジェイミー、ラジオをつけてちょうだい。エイダ、足のマッサージをしましょうか」

わたしはため息をついて、向きを変え、スーザンのひざに悪いほうの足をのせた。スーザンはわたしの靴下《くつした》をぬがして、毎晩《まいばん》やっているように、わたしの足をこすったりねじったりした。ほんの少しずつだけど、よくなってるわよねと言いながら。

「本はどこ?」

ジェイミーはそう言って、本をとりにいった。『スイスのロビンソン』は、二度目の読みきかせが半分ぐらいまで進んでいる。前より物語がよくわかってきたけど、やっぱり好きではない。主人公一家が流れついた島は完璧《かんぺき》で、必要なものは何もかも目の前に出てくるのだ。スーザンは、ものがあっても、みんなで協力しなければ使えるようにならないのよと言った。ジェイミーは、ただ冒険《ぼうけん》が好きだった。

「それじゃなくて、わたしの本を読んでください」

わたしはジェイミーに、『不思議の国のアリス』をとってきてもらった。アリスの髪《かみ》のリボンや「不思議の国」という言葉からして、わたしの好みかどうかあやしいと思ったけれど、また『スイスのロビンソン』を読まれるよりはいいと思った。

そのとおりだった。この本のほうがよかった。アリスは、服を着て懐中《かいちゅう》時計を持ったウサギを追いかける。ウサギは自分の巣穴《すあな》に入る。バターに乗ってるときに見たことのあるウサギと同じだ。アリスもウサギのあとを追っていき、知らない場所へ落ちていく。アリスにとって、わけのわからない世界へ。

まるでわたしたちみたい。ジェイミーとわたし。ウサギの穴に落ちて、スーザンの家に着いた。わけがわからない場所。わからないことばかり。もう、ぜんぜんわからない。

32

一月になり、食品の配給制度《はいきゅうせいど》がはじまった。配給とは、わけあうしくみのことだ。スーザンみたいなお金持ちがひとりじめして、貧《まず》しい人が飢《う》え死《じ》にするなんてことにならないように。配給になると、お店にバターや肉がなくなることさえある。あったとしても、行列にならばないと買えないし、あっというまに売り切れる。配給手帳というものが全員にわたされて、それを見ると、自分がどれだけもらえるかがわかる。

ジェイミーもわたしも、不安になった。いつもどっさり食べさせてもらってたけど、それはスーザンがお金持ちだからなのだ（本人はちがうと言うけど）。わたしたちは、きちんきちんと食べることに慣《な》れてしまった。

そこで、食べる量をへらすことにした。最初にジェイミーが、全部食べ終わらないうちに席を立とうとしたとき、スーザンはジェイミーのおでこに手をあてて、「具合が悪いの？」ときいた。ジェイミーは首をふる。

「じゃあ、食べなさい。おなかいっぱいになってないでしょ？」

「明日のためにとっておく」と、ジェイミー。

わたしも自分のお皿を前におしだした。

「わたしも」

スーザンは、晩《ばん》ごはんを残す必要はないときっぱり言った。配給制度になって今までと変わるのは、肉やバターやあまいものがへって、野菜がふえることだという。食料が足りないわけではない、食べものの量はいつだってじゅうぶんにあるのだと。これからもじゅうぶん食べられるように、スーザンとしてもできるだけのことをするつもりだそうだ。

「仕事をしなきゃならなくなるかもしれませんよ」わたしは言った。

「そうよ。チャーでもなんでもやるわ」

チャーというのは、いちばん賃金《ちんぎん》の安いそうじ婦《ふ》のことだ。ロンドンでは、近所に住んでいた年上の女の子たちがチャーをやっていた。

「どうしてですか？」わたしはきいた。

スーザンはぽかんとしてわたしを見た。

「どうしてですか？　わたしたちのこと、あずかりたくなかったのに。好きでもないのに」

ジェイミーは身じろぎもしない。スーザンはお茶をすすった。時間かせぎをしたいときはいつもそうするのだ。

「好きに決まってるじゃない。きらってるように見える？」

肩《かた》をすくめる。

「子どもがほしいと思ったことはないわよ」スーザンはつづけた。「だって、結婚《けっこん》しなきゃ子どもは持てないし、わたしは結婚したいと思ったことはないの。ベッキーといっしょにこの家に住んでいたときがいちばん幸せだったわ。それは何にも代えられない。子どもにもね。あなたたちが来た日は、とても悲しかったの。あなたたちのせいじゃないのよ。ただ、悲しかったの。ちゃんと世話ができるとは思えなかった。自分に子どもの世話ができるとは思えなかったのよ」

「世話したくなかったんですよね。わたしたちのことは特に」

「ねえ、エイダ、いったいなんの話なの？」スーザンは言った。「よくなったことがたくさんあるのに、不満がふえていくようね」

また肩《かた》をすくめる。怒《いか》りがたまって、恐《おそ》ろしくなる。スーザンへの怒り──今だけの保護者《ほごしゃ》だから。母さんへの怒り──気にかけてくれないから。フレッドへの怒り──奥《おく》さんの毛糸でわたしが編《あ》んだマフラーを、まるでそれが特別なものであるかのように毎日使っているから。目を落としたりまちがえたりして、穴《あな》だらけだっていうのに。

マギーへの怒り──わたしが『不思議の国のアリス』を気に入ったと話したら、『鏡の国のアリス』を貸《か》してくれたから。まるできのうの新聞を貸すように、自分の本を貸すなんて。まるでわたしが、マギーと同じように、そこらにすわってかんたんに本を読めるかのように。マギーが寮《りょう》にもどったあと、わたしは手紙を書いたけど、何時間もかかったし、消したあとやつづりのまちがいだらけだったはず。それなのにマギーは、インクを使って筆記体で書いた自分の手紙と変わらないかのように返事を送ってきた。

戦争への怒り――わたしたちを母さんから引《ひ》き離《はな》したから。母さんが、わたしたちを好きだと気づく前に。

自分への怒り――家を離れて大喜びしているから。

「エイダ」スーザンがきっぱり言った。「今、あなたはここにいるの。あなたもジェイミーも、わたしはどこへもやらないわよ。二人ともここにいられるの。わたしが世話をするわ。じゅうぶんに食べさせる。読み書きもおぼえて、来年は学校に行きなさいよ。できるだけ早くお母さんのおゆるしをもらうから、足を治す手術《しゅじゅつ》を受けなさい。何もかもよくなるわ。安心してちょうだい」

スーザンが話しはじめたとき、わたしは頭の中の何も感じない場所に逃《に》げこみかけていた。でもスーザンがわたしの腕《うで》を軽くたたいて、自分に向きあわせた。話しながら、わたしの手首を軽くにぎった。わたしはそれをはらいのけたけど、話はきこえるところにいた。そしてその言葉を耳にした。「足を治す手術」

足を治す手術？　いったいどういう意味なの？

三日後、バターに乗って丘《おか》のてっぺんにのぼった。海が見えるところで止まる。暗くてあれていて、波がはげしく打ちつけている。バターのたてがみが風になびいて、横鞍《よこくら》の角《つの》につけているわたしの悪いほうの足にあたる。わたしのおくれ毛にも風が吹《ふ》きつけ、目には涙《なみだ》がたまる。暖《あたた》かいコートと帽子《ぼうし》とミトンを身につけていても、風が冷たい。

船は一隻《せき》も見えない。スパイもいそうにない。砂浜《すなはま》の近くに新しい塔《とう》が建ち、有刺鉄線《ゆうしてっせん》の柵《さく》もふえた。兵隊さんらしき人たちが、海沿《ぞ》いをならんで歩いている。イギリスの兵隊だ。侵攻《しんこう》してきたドイツ軍だとしたら、教会の鐘《かね》が鳴っているはずだから。

ゆっくり丘《おか》をおりて、村に入る。お店の前に立つ肉屋さんが、わたしに向かってうなずいた。通りすがりの女の人は、にこっとした。手をふる人もいた。わたしがバターに乗る姿《すがた》を毎日見ているのだろう。わたしはとじこめられるべきだと思っているかもしれないけど、少なくとも言葉には出さない。わたしを見てむかついてもいないようだ。

家に帰り、バターの馬具をはずして、汗《あせ》をふいてやった。えさをやって、ぼうぼうになったたてがみをくしでとかしてやった。鞍《くら》と頭絡《とうらく》をそうじして、きちんとかたづけた。時間をかけて作業した。

それから家に入り、スーザンにたずねた。

「手術《しゅじゅつ》って、なんですか？」

33

スーザンは、きちんと説明してもらうために、わたしをグレアム先生のところへつれていった。先生は、わたしの足をもう一度調べることなどしなかった。わたしはスーザンといっしょに診察室《しんさつしつ》にすわり、先生の話をきいた。

「まずは、きみのお母さんのおゆるしがないと進められないことを理解《りかい》してほしい。おゆるしが必要なのは、このケースが、急を要する手術とはみなされないからだ」

先生はそう言って、スーザンを見た。

「返事はまだなんだね？」

スーザンはうなずいた。

「うむ、手術の手順を確認《かくにん》したんだがね」先生は言った。「手術をするのはわしじゃない。専《せん》門医《もんい》のところへ行ってもらうことになるだろう。わしが考えるかぎり最高の専門医に手紙を書いたよ。その医者はな、きみの足は完全に治ることはないだろうと言っている。それは承知《しょうち》しておくれ。小さいころに治療《ちりょう》をはじめていたらよかったのだが、今からではおそい。正常《せいじょう》に機能《きのう》する足にはならない。ただ、正常な形にすることはできるかもしれん。足底《そくてい》を下につけて歩けるようになるということだ」

先生はそこでわたしを見てからつづけた。

「つまり、足の裏《うら》だな。きみの足の裏が、地面につくということだよ」

想像《そうぞう》してみる。

「痛《いた》いんですか？」

「眠《ねむ》っているあいだに手術《しゅじゅつ》は終わる。特別な薬で、ずっと眠っているようにするんだよ。そうすると、何も感じないのだ。しかし、そのあとは、おそらく痛いだろう。当分のあいだ入院していないといけないだろう。数か月だろうな。ギプスをはめたままだ」

「靴《くつ》をはけるようになるんですか？」

先生は、口もとはゆるめずに、目もとをゆるめてこたえた。

「そうだ。治療《ちりょう》が完全に終われば、はけるようになる」

わたしは別の問題を考えた。

「だれがお金をはらうんですか？」

入院するには、ものすごくお金がかかる。

スーザンと先生が目配せしあった。

「その問題は、そのときになってから考えよう」先生が言った。「慈善団体《じぜんだんたい》の支援《しえん》が受けられるにちがいないよ」

スーザンとわたしは、冷たい風が強く吹《ふ》きつけるなか、だまって家に向かった。

「今、何を考えているの？」スーザンがようやく口を開いた。

「小さいころに治療《ちりょう》をはじめていればふつうの足になったかもしれないって、先生が言ってました」

「そうね。内反足《ないはんそく》で生まれてきた赤ちゃんのほとんどは、すぐに治療を受けるのよ」

「完全に治るんですか？」

スーザンはわたしの肩《かた》に手をおいた。

「そうよ、完全に」

いつでも外に出られる生き方ができたんだ。ジェイミーみたいに、速く走ることもできたんだ。

「あなたが母さんに何度も手紙を書くのは、わたしたちを手放したいからだと思ってました」

「だから怒《おこ》っていたのね」と、スーザン。

どうしようもなく不安になった。クリスマスイブの爆発《ばくはつ》を引き起こした不安じゃなくて、その翌朝《よくあさ》に感じたような不安だ。あのときささえになったのは、笑顔だった。ジェイミーとスーザンの笑顔だけだった。

家に帰ると、わたしはテーブルにつき、スーザンはやかんを火にかけた。

「バターに乗りに行きたい？」

スーザンにきかれ、わたしは首をふった。スーザンがいれたお茶を飲む。三つあみを肩《かた》のところによせて、その先にむすんだ青いリボンをじっと見る。それから、スーザンがスリッパで作った室内ばきをぬぎ、靴下《くつした》もぬいで、右足を見た。U《ユー》の字型に曲がったみっともない足首。下じゃなくて上を向いた小さな足の指。すりむいてはなおり、すりむいてはなおりをくりかえしてがちがちにかたくなった皮膚《ひふ》。

スーザンが言った。

「あなたのせいじゃないわ」

「自分のせいだとずっと思ってました。自分が何かまちがったことをしたんだろうって」

「わかるわ」と、スーザン。

「この足、みっともないです」

「わたしは、そんなふうに思ったことはないわ」

うそをついてるんだろうかと思って、スーザンの顔を見つめる。スーザンはまっすぐわたしを見ている。

「腹《はら》が立ってしょうがないなら、外に行って、何か投げつけてきなさい」

腹が立ってるんじゃない。悲しいんだ。あまりに悲しくて、どうしていいかわからない。お茶を飲み終わったあと、紙と鉛筆《えんぴつ》をとってきた。そして、せいいっぱいていねいに、自分の字で手紙を書いた。
〈母さんへ。足を治してもらうこと、ゆるしてください〉

34

返事を待つ。

一日に二回、郵便《ゆうびん》配達の人が、玄関《げんかん》ドアにある郵便用の穴《あな》に手紙を放りこむ。一日に二回、わたしはそれを見に行く。スーザンの話では、手紙がロンドンにとどくまで、早くても二日かかり、返事が来るにも二日かかるそうだ。十日が過《す》ぎたけれど、まだ返事はない。

「ロンドンでは郵便配達がないんだよ、きっと」ジェイミーが言った。「戦争だからさ」

スーザンの表情《ひょうじょう》からすると、そうではなさそうだ。

十二日目、ドアの下に、見おぼえのある手紙が落ちていた。わたしが書いた手紙だ。何か書きなぐってある。

〈受取人転居《てんきょ》のため、差出人に返送〉

「お母さん、引っこしたのよ」

スーザンはそう言って、あけたあとがない封筒《ふうとう》をわたしの手にもどした。

「今はどこか別の場所に住んでいるのね」

新しい仕事先を見つけて、その近くに引っこしたのかもしれないとスーザンは言う。アパートが政府に徴用《ちょうよう》されたのかもしれない。理由はいくらでも考えられるのだから、引っこしたからといって、母さんがわたしたちを捨《す》てたことにはならないと言う。婦人義勇隊《ふじんぎゆうたい》を通じて調べてもらうとも言ってくれた。ロンドンに住んでる人で、母さんの引っこし先を知ってる人がいるかもしれない。

「ぼくたち、どうなるの？」ジェイミーが目を見開いて言った。

「ここにいるのよ。今までと同じように」と、スーザン。「お母さんのほうは、あなたたちの居場所《いばしょ》を知ってるんだから。安全だということも、わかってるんだから」

「戦争が終わったら、どうなるの？」

スーザンは大きく息を吸《す》って言った。

「お母さんがむかえに来るでしょうね」

「来なかったら？」ジェイミーはききつづける。

「心配ないわ。あなたたちの世話をする人がいなくなるなんてことには、ぜったいならないわよ」

「ジェイミーの世話はわたしがします」急にものすごく腹《はら》が立って、わたしは言った。「前からわたしが世話してました。母さんじゃなくて、わたしが」

大きらい、大きらい、ああ。頭の中でさえ、母さんのことが大きらいだなんて言えない。今でも言えない。わたしの足が治ったら、母さんも変わるかもしれない。わたしを好きになるかもしれない。もしかしたら。

「ほんとうに、ジェイミーの世話をよくやってたわね。でもたいへんな仕事だし、あなたがやる必要はなかったのよ。だから、今は安心して。わたしがあなたの世話をできるから。必死で戦わなくていいのよ」

スーザンにわたしの世話はできない。足を治す話はしても、スーザンが治せるわけじゃないんだから。何もかもうそだ。わたしは足を治したいと強く思っている。痛《いた》いのはもういやだ。ふつうの人みたいになりたい。松葉杖《まつばづえ》なしで歩きたいし、学校に行きたいし、両足に靴《くつ》をはきたい。もう二度ととじこめられたくない。

泣くのはきらいだけど、こらえられなかった。ソファーにすわって、しゃくりあげて泣いた。スーザンがわたしをだきしめながら言った。

「わかるわ。ほんとうに悲しいわね。わかるわ」と、わたしの髪《かみ》をなでる。

「足の骨《ほね》を折ったとか、命の危険《きけん》があるとか、そういう場合なら緊急《きんきゅう》の手術《しゅじゅつ》になるから、わたしが許可《きょか》するだけでいいの。でもこれはね、大きな手術だけど、急を要するわけではないのよ。手術しなくても生きていけるの。だからわたしの許可ではだめなのよ。婦人義勇隊《ふじんぎゆうたい》の人たちにもきいてみたし、弁護士《べんごし》さんに相談もしてみたけど、やっぱりお母さんのおゆるしがないと、手術できないんですって。ごめんなさいね。お母さんの居場所《いばしょ》は調べるわ。きっと見つけるわ」

「生きていけるだけでいいなんて、思えません」わたしは言った。

「わかるわ。だから、見つけだすのよ。すぐには治療《ちりょう》できなくても、しっかり生きていく方法を。きびしいけれど、それが現実《げんじつ》なのよ」


冬の寒さがきびしくなった。雪がつもって、バターも丘《おか》をのぼることがむずかしくなった。フレッドのところに行くだけでも、ものすごく寒くてつらかった。最近は、午後のえさやりをしに毎日通っている。冬は仕事が多くて、フレッドはたいへんなのだ。乗り方を見てくれることもない。寒すぎてそれどころじゃないからだ。わたしはバターを馬房《ばぼう》に入れて、フレッドといっしょにできるだけすばやく仕事をして、バターに乗って家に帰る。飼《か》い葉桶《ばおけ》の水は凍《こお》った。馬たちは干《ほ》し草《くさ》を山ほど食べる。

「ちょっとたいへんすぎるんじゃない？」

家に帰ると、スーザンにそう言われた。手足の指の感覚はなくなり、からだががたがたふるえてとまらない。

「フレッド一人でたいへんなら、ソールトン夫人はだれか手伝いをやとうべきだわ。たとえ戦争中でもね」

「たいへんすぎじゃないです。ほんとです」

来年はわたしも村の学校に行くべきだと、スーザンは強く言いはっていた。村の図書館からいろんな種類の本を借りてきて、わたしに読ませた。読めない単語があったらスーザンにきく。読めば読むほど、きくことは少なくなっていった。スーザンはわたしに、算数と歴史も教えはじめた。

毎日の生活はこんな感じだ。まだ暗くて寒い時間に、スーザンがわたしたちを起こす。顔を洗《あら》って急いで着がえる。ジェイミーは居間《いま》の暖炉《だんろ》に火を起こし、スーザンは台所で料理をする。わたしは外に出てバターに干《ほ》し草《くさ》をやる。朝ごはんがすむと、ジェイミーは一人でかたづけをして、スーザンとわたしは灯火管制《とうかかんせい》の暗幕《あんまく》をはずす。それから、そうじ、読書、縫《ぬ》いもの。ジェイミーはじゅうたんの上でボブリルと遊ぶ。昼ごはんを食べて、ジェイミーは学校、スーザンは買いもの、わたしはフレッドの手伝いに行く。また家の仕事、それから晩《ばん》ごはん。スーザンに足のマッサージと読みきかせをしてもらう。そして、スーザンが山のようにベッドにかけた毛布《もうふ》の下に入って眠《ねむ》る。

その冬はじめて、わたしの右足に軽いしもやけができたとき、スーザンはびっくりした。わたしは肩《かた》をすくめて言った。

「いつもこうなるんです」

スーザンは首をふって、フレッドに相談しに行った。フレッドは馬具の補強《ほきょう》に使うじょうぶな革《かわ》のはぎれを見つけて、スーザンと二人でブーツのようなものを作りあげた。不自由な右足を入れて、わきについたボタンをとめる。ゆるいので、靴下《くつした》をよけいにはいた。フレッドが油をぬってくれたので、べちゃべちゃした雪をふんでも、湿《しめ》らない。おかげでしもやけはそれ以上悪くならなかった。それでも治りはしなかったので、スーザンはしきりに気にした。

「どうしてですか？　別に問題ないです」

「だって、痛《いた》いでしょう？」スーザンは言った。

わたしは肩《かた》をすくめた。たしかにそうだし、ときどきかゆくなって、夜も眠《ねむ》れないことがある。でも、どうしようもないのだ。

「足はいつでも痛いんです。冬にはいつもしもやけができます」

去年までは手にもできていた。

「来年の冬は、しもやけができる前になんとかしましょう。方法があるはずだわ」と、スーザン。

わたしはスーザンを見た。

「来年の冬、わたしはここにいるんですか？」

「そんな気がしてきたわ。戦争はちっとも進展《しんてん》しないし」

スーザンは、村でガチョウの油を買ってきて、わたしのしもやけにぬった。

スティーヴンの大佐《たいさ》が、またお茶に招《まね》いてくれたので、今回は行った。この冬はほんとうにどんよりしているので、いつもとちがうことがあるのはうれしかったし、何ごとも、前ほど恐《おそ》ろしいと思わなくなっていたからだ。

暖《あたた》かい客間にいても、大佐《たいさ》は、ベストの上にカーディガンを何枚《まい》も重ねて着ていた。スコーンと小さなハムのサンドイッチ、それにお茶が用意されたテーブルで、大佐は仰々《ぎょうぎょう》しくお茶会をはじめた。

「よくいらっしゃった。配給のバターをとっておいたんですぞ」と、にこやかに言う。ほんとうだ。スコーンにぬるためのバターが、小さなお皿にたっぷりのっている。ジャムもある。

「ありがとうございます」と、わたし。

「たっぷりとりなさい」

ほんの少しだけとった。

「もっととらんか」

まるで見えてるかのように、大佐が命令した。

わたしは思わず笑った。スティーヴンが言った。

「たっぷりとりましたよ。心配いりません」

そのあとは気が楽になって、楽しく過《す》ごせた。

駅の近くに新しいポスターがはられたとスティーヴンが言った。ヒトラーがイギリス人の会話をきいている絵が描《か》かれているという。

「『不用意なおしゃべりは命とり』って書いてあるんだ。映画《えいが》のニュース映像《えいぞう》でも流れたよ」

この前スーザンにつれられて、「オズの魔法使《まほう》い」という映画を見にいったけれど、ニュース映像のあいだは、ロビーで待っていた。

「ジェイミーはドイツ人スパイのことを心配してるんです。でも、ほんとうにいるのかな。政府はさかんに言ってますよね。スパイは何人ぐらいいると思いますか？」

「何百人もじゃ！」大佐が言った。「そこらじゅうにおるぞ！　ロイヤル・オークをしずめたのもスパイじゃ！　そうでなければ潜水艦《せんすいかん》がスカパ・フロー（イギリス北部のオークニー諸島にある水域。海軍の基地があった）に入りこめるわけがなかろう？」

世間でもそう言われていることは、わたしも知っている。

「そうですけど――」

「ドイツにわが国のスパイがいないとでも思っとるのか？　もちろんおるぞ！　やつらがこちらにスパイを送りこむのも、当然のことじゃ」

わたしは、よく丘《おか》の上にのぼって遠くまで見わたしていると話した。

大佐はうなずいた。

「そこらじゅうで監視《かんし》をつづけなされ。あらゆることに注意をはらえと、スティーヴンにもいつも言っておる。なんでも疑《うたが》え。ドイツ語の単語ひとつ、あやしい行いひとつにも……」

スティーヴンはにこっと笑ってスコーンをもうひとつとってくれた。わたしも笑いかえした。

外は雪だ。戦争のポスターやニュース映像《えいぞう》やスパイの話をしていても、暖《あたた》かい客間でテーブルを囲んでいると、戦争中だなんて信じられなかった。

でも、ドイツの潜水艦《せんすいかん》は、一月だけで五十六隻《せき》の船を沈没《ちんぼつ》させていた。そのほとんどが、食料や物資《ぶっし》をイギリスへ運ぶとちゅうの貨物船《かもつせん》だった。

二月には、さらに五十一の船がドイツ軍にしずめられた。お店にならぶ品物がへり、石炭も手に入りにくくなって、寒さはまるで重しのように、わたしたちを苦しめた。暗いと気持ちがしずむので、早く寝《ね》て、朝起きるのもおそくなった。そしてようやく、暖かくなりはじめた。

35

復活祭《ふっかつさい》の休暇《きゅうか》に、短いあいだだけどマギーが帰ってきた。わたしの仕事の量を知って、びっくりしていた。それに、厩舎《きゅうしゃ》や家の様子にも。スーザンのじゃなくてマギーの家のだ。

「お母さまに言ったの。ほとんどの部屋はしめきってしまいましょうよって」

マギーは言った。しばらく前に知ったけど、マギーは十二歳《さい》だ。今の学校では最高学年で、来年からはもっと大きな子たちが行く別の女子校で勉強をつづけるそうだ。

「使用人が足りないのに今までどおりにやっていくなんて、むりなのよ。それに、グライムズには手伝いがいるわ。そうじゃなきゃ、死んじゃうわよ。あ、もちろんエイダの働きはすばらしいけどね」

わたしに反論《はんろん》するすきを持たせず、マギーはつづけた。

「だって、ばかげてるじゃない。このままじゃ、あなたも死んじゃうわ。お母さまは庭師にもまだお給料をはらってるんだから、庭師がグライムズを手伝えばいいのよ。それにね、うちの庭は畑になるのよ。だから、どっちにしてもそうするしかないの」

わたしはうなずいた。スーザンは、牧師《ぼくし》さんと手伝いの男の子たちにたのんで、裏庭《うらにわ》のあいてるところをほぼ全面ほりかえしてもらい、家の前のやぶは刈《か》ってもらった。広い〝勝利の畑〟を作り、ジャガイモ、カブ、ニンジン、芽キャベツ、それに豆を育てる計画なのだ。防空《ぼうくう》壕《ごう》の屋根の上の地面には、レタスの種をまいてある。卵《たまご》も不足しはじめたので、ジェイミーはニワトリがほしいとさわいでいる。

「この村に疎開《そかい》してた人たちは、ほとんど帰っちゃったのね」マギーは言った。「お母さまがそう言ってた。自分の仕事をきちんとできなかったような気持ちになっちゃってるの。エイダはロンドンに帰る予定はあるの？」

首をふる。

「母さんは、ここにいれば安全だと思ってるから」

冬のあいだに、マギーには何度か手紙を書いたけど、母さんの居場所《いばしょ》がわからないことは伝えていない。わたしがぽいと捨《す》てられるゴミみたいだと思われたくないから。

「金曜日は、わたしの誕生日《たんじょうび》パーティーだよ。お茶を飲みに来ない？　みんなで、わたしが十一歳《さい》になったつもりになるの」

ほんとうの誕生日とにせの誕生日のことはもう話してあったけど、マギーはびっくりしたようだった。

「もう十一歳なんだと思ってた。からだは小さいけど、十歳より上に思えるわ」

それをきいてうれしくなった。

「ほんと？　じゃあ、スーザンにそう言ってくれない？　十二歳の誕生日ってことにしてもいいな」

　マギーは、それについては何も言わなかった。

「喜んでパーティーに行くわ。うちにいると最悪。エイダには想像《そうぞう》できないでしょうね。わたし、学校も好きじゃないけど、今は家にいるほうがつらいわ。お母さまはしずみっぱなしだし」

　ソールトン夫人は、いつ見ても何かしら仕事をしていた。名簿《めいぼ》を作ったり、ボランティアの人たちをせきたてたり、婦人義勇隊《ふじんぎゆうたい》をしきったり。わたしがそう言うと、マギーは顔をしかめた。

「それはお母さまの外向きの顔なのよ。家では元気がないの。何をするにものろのろしちゃって、ぱっとしないの。こんなふうになってるなんて、わたしも思ってなかった。手紙では、外向きのお母さまなのよね」

　マギーのお兄さんのジョナサンは、パイロットの訓練を終えたそうだ。今はストラトフォードっていう、ロンドンの北のどこかにある空軍基地《きち》にいる。

「お母さまは、過去《かこ》を引きずってるのよね。お母さまの兄弟は、第一次世界大戦で亡《な》くなってるの。三人もよ。全員パイロット」

　ぞっとする。

「ジョナサンは歩兵になればよかったのに」わたしは言った。

「お父さまもそう言ったわ。でも、ジョナサンはおじさまたちとおんなじで、飛行機に夢中《むちゅう》なの。戦争の前から、パイロットになりたがってたんだもの。お母さまは、ぜったいにだめだと言ってたんだけど、ジョナサンは入隊しちゃったの。二十一歳《さい》になってたから、親でも止められなかったのよ。

もしもジョナサンが死んだら、お母さまも死ぬでしょうね。ジョナサンとわたしのあいだにはね、男の子が二人いたのよ。だからわたしの兄は三人だったの。全員が、亡《な》くなったおじさまたちの名前をもらったのよ。でもジョナサン以外の二人は、小さいときに腸《ちょう》チフスで死んじゃったの。そのあと生まれたのがわたし。女の子だから、役立たず。お母さまは、ジョナサンが生まれた日からずっと、この戦争を恐《おそ》れていたのよね」

「マギーのお母さんのこと、気にしとくね」わたしは言った。「もしも、今よりもっと調子が悪そうになったら、手紙で知らせるよ。見ていて気づけばね」

マギーはうれしそうにうなずいた。

「家を離《はな》れて寮《りょう》に入ってると、不安でしょうがないの。エイダにはわからないでしょうけれどね」

そう言ったあと、真剣《しんけん》な目でしばらくわたしを見つめた。

「わかるのかもしれないけど」

お祝いのお茶会の朝、わたしは言った。

「今日は、ほんとうの誕生日《たんじょうび》じゃありません」

「そうね」と、スーザン。

「ほんとうは、まだ十一歳じゃありません。でも、もう十一歳になってるのかもしれません」

考えると腹《はら》が立つので、できるだけ考えないようにしていたことだ。

「そのどちらかね」と、スーザン。

「ほんとうは十四歳なのかもしれません」

「それはどうかしら。もしそうだったら、少しは胸《むね》があっていいはず」

それをきいて、ジェイミーが鼻から牛乳《ぎゅうにゅう》を吹《ふ》きだした。わたしも笑い、それをきっかけに、明るく一日をはじめることができた。

スーザンは、テーブルクロスをかけて、ジェイミーがつんできた花を花びんにいけて、テーブルのまんなかにおいた。配給の砂糖《さとう》をとっておいて、小さなケーキを作ってくれた。肉のペーストのサンドイッチは、とても薄《うす》く切ってある。新鮮《しんせん》なカブがあり、ケーキにかけるカスタードソースが少しだけある。スーザンは、ベッキーの服をもとに新しいワンピースを作ってくれた。春の空みたいな明るい青のワンピースだ。『たのしい川べ』という本もくれた。表紙が色あせてすり切れた古い本だ。開くと、細い手書きの文字で、「スーザン・スミス」とある。

そしてその下には、書かれたばかりのインクの文字。

愛をこめて、エイダへ。一九四〇年四月五日
――愛をこめて――

「子どものころに読んだ本なの」スーザンは、せきばらいをして言った。「お店で新しいのを買いたかったんだけど、残念ながら、なかったの」

「こっちのほうがいいです」わたしは顔をあげて言った。

マギーからのプレゼントは、小さな木彫《きぼ》りのポニーだった。

「ジョナサンとわたしのおもちゃ箱にあったの。あんまりすてきじゃないけど、この前見つけて、バターに似《に》てるなと思ったから」

たしかに、バターに似ている。夏のバターだ。つやつやしたからだで、緑の野原を走るバター。

その日の夜、新しい本を棚《たな》においた。寝室《しんしつ》の棚に、スーザンが場所を作ってくれたのだ。木彫りのポニーは窓辺《まどべ》においた。ベッドの中からも見える。ワンピースは、ほかの服といっしょに洋服だんすにかけた。

わたしはとてもたくさんのものを持っている。なのに、とても悲しい。

次の週のはじめに、ヒトラーがノルウェーとデンマークに侵攻《しんこう》した。どちらの国も、名前を

きいたことさえほとんどなかったけれど、まるで自分の国が負けたかのように感じた。春のうちに、ドイツはオランダとベルギーも占領《せんりょう》した。ウィンストン・チャーチルがイギリスの首相になった。戦争は、ロンドンのアパートでの思い出だったのかと思うほど、ぼんやりしていて現実的《げんじつてき》じゃなかったのに、とつぜんはっきりとピントが合ってきた。スーザンは前から毎晩《まいばん》ラジオのニュースをきいていた。今ではジェイミーとわたしも、注意してきくようになった。ロンドンもほかの場所も、まだ爆撃《ばくげき》されてはいないけど、ドイツ軍は、前よりずっとイギリスに近づいている。次は自分たちの番だって、イギリス人はみんな思っている。空軍は、爆撃にそなえて、機関銃《きかんじゅう》を配備したコンクリートのシェルターを飛行場のまわりに作った。

政府は、七つのルールを通達した。

一．食料をむだにしない。
二．見知らぬ人に話しかけない。
三．情報《じょうほう》を漏《も》らさない。
四．常《つね》に政府の指示《しじ》に耳をかたむけ、実行する。
五．あやしいものを見つけたら警察《けいさつ》に通報する。
六．うわさ話を広げない。
七．侵攻された場合、敵《てき》を助ける可能性《かのうせい》のあるものはすべて、施錠《せじょう》してかくす。

「かくすって、どんなものを？　銃？」ジェイミーがきいた。

「そう、銃《じゅう》よ」と、スーザン。「たとえば、ソールトン夫人のご主人は、鳥を撃《う》つための銃を、部屋がいっぱいになるほど持ってるの。ソールトン夫人はそれをかくさないといけなくなるわね。でもこの家には、敵《てき》がほしがるようなものは何もないわ。あぶないものも、高価《こうか》なものも、何もなし。心配いらないのよ。万が一ドイツ軍が攻《せ》めてきても、子どもを傷《きず》つけるようなことはないから。ノルウェーでもオランダでも、子どもはだれも傷つけられてないのよ」

そう言われても、なぜかちっともなぐさめられなかった。

村にはうわさが広まっている。オランダには、前々からドイツ人のスパイがたくさんいたから、侵攻《しんこう》がうまくいったのだと。スパイたちは、「第五列員《れつついん》」と呼《よ》ばれている。どうしてなのかはわからない。駅の近くの壁《かべ》には新しいポスターがはりだされて、イギリスもスパイだらけかもしれないって思わせる。ポスターに書いてある言葉は、「おしゃべりが船をもしずめる」だ。

三月には、二十六隻《せき》の船がしずめられた。四月は十隻。数がへったのは、ドイツが封鎖《ふうさ》しているところを通る船自体が少なくなったからだ。

ジェイミーはまたおねしょをするようになった。スーザンは、空軍の人たちが安心させてくれると考えて、ジェイミーをつれて飛行場へおしかけた。ところが兵隊さんたちは、イギリスにももちろんスパイはいると言った。そして、子どもは大人よりもいろんなことに気がつくから、きみも兵士のように目を光らせているんだよと言った。変だなと思うものを見つけたら、ただちにここへ知らせにきてくれよ、とも。

ジェイミーが空軍の人たちに情報《じょうほう》集めをたのまれるとは、スーザンも思ってなかっただろうけど、結果的にジェイミーのおねしょは止まった。

政府は、軍隊に入ってない男は全員、地域防衛義勇隊《ちいきぼうえいぎゆうたい》に入るようにと呼びかけた。スティーヴンの大佐《たいさ》は、自分が入れてもらえないことに腹《はら》を立てた。

「男子たるもの、このようなときに役立たずであってはいかんのだ」と、かっかしている。

「目が見えないのはあなたのせいじゃありません」

わたしは大佐に言った。図書館でぐうぜん出会ったときだ。スーザンはわたしのための本を選んでいて、スティーヴンは、大佐に読んであげるものをさがしていた。

「だからなんだというんだね？　わしは今でも、無力な男になりたくないんじゃ。それに、うちの若《わか》いのが申しこみにいったら、やはり入れないと言われる始末だ」

わたしはびっくりしてスティーヴンを見た。

「今、何歳《さい》なの？」

「十三だよ」スティーヴンはそうこたえると、わたしにささやいた。「ほんとは申しこんでないんだけど、そうしたことにしたんだよ。大佐がぼくに失望しないようにと思って。大佐の世話をしてると、あいてる時間なんてほとんどないんだけどね。ぼくが演習《えんしゅう》に行っちまったら、だれが食料配給の列にならぶと思ってるんだか」

地域防衛義勇隊《ちいきぼうえいぎゆうたい》は、ほうきを使って演習《えんしゅう》をしている。銃《じゅう》がないからそのかわりなのだ。大佐《たいさ》は、ボーア戦争（イギリスと、南アフリカの二つの国が戦った戦争）で使った銃《じゅう》を寄付《きふ》したとスティーヴンが言った。五十年も前のもので、さびだらけだそうだ。

「役には立たないよ。でも、大佐の気持ちだから」

最近は、毎日のように食料の列にならばないといけない。肉は配給だし、ほかのものもなかなか手に入らない。タマネギはほとんどなくて、純金《じゅんきん》なみの貴重品《きちょうひん》だ。イギリスのタマネギは全部輸入品《ゆにゅうひん》だったってことに、輸入ができなくなるまでだれも気づかなかった。それに、タマネギって、種から育てるにはすごく時間がかかるのだ。

五月半ば、ヒトラーがフランスに侵攻《しんこう》した。フランスには、イギリス軍の兵士三十七万人以上が駐屯《ちゅうとん》している。イギリス軍もフランス軍も必死で戦ったけど、ドイツ軍にどんどん後退《こうたい》させられた。そして六月のダンケルク撤退《てったい》作戦。あとになって奇跡《きせき》の作戦と言われたけど、わたしたちの村にとっては、大きな試練になった。

36

玄関《げんかん》のドアを乱暴《らんぼう》にたたく音で目がさめた。ジェイミーがわたしにしがみつく。

「侵攻《しんこう》？」ジェイミーがささやく。

自分の心臓《しんぞう》の鼓動《こどう》が耳にひびく。かくれたほうがいいの？　ジェイミーをベッドの下におしこもうと思ったそのとき、下からソールトン夫人の声がきこえた。

「スーザン！　起きて！　手伝ってちょうだい！　人手がいるのよ！」

スーザンは大急ぎで婦人義勇隊《ふじんぎゆうたい》の制服《せいふく》に着がえる。わたしはよろよろと階段《かいだん》をおりた。外には自動車が止まっていた。開いたドアの前に立つソールトン夫人は、まるで走ってきたかのようにはげしく息をしていた。

「どうしたんですか？」わたしはきいた。

「この村に船が着いたんですよ。兵士をたくさん乗せて。ダンケルクから。海峡《かいきょう》をわたるあいだ、空から機銃掃射《きじゅうそうしゃ》されたの」

ソールトン夫人はそう言うと、二階に向かって「スーザン！」とさけんだ。

「今、行きます！」

婦人義勇隊《ふじんぎゆうたい》の帽子《ぼうし》に髪《かみ》の毛《け》をおしこみながら、スーザンが階段《かいだん》をかけおりてきた。そして、ドアのところで立ち止まり、わたしの頬《ほお》に手をあてた。

「だいじょうぶよね？　二人とも」

「はい」

わたしはジェイミーの肩《かた》に手をまわした。ソールトン夫人が土煙《つちけむり》を巻《ま》きあげて自動車をバックさせる。

「侵攻《しんこう》じゃなかったね」と、わたし。

ジェイミーはわたしを見あげて言った。

「空から機銃掃射《きじゅうそうしゃ》されたんだね」

つまり、飛行機で上から猛攻撃《もうこうげき》されたということだ。わたしは大きく息を吸《す》って、「そうだね」とこたえた。

前の晩《ばん》、ラジオをきいてぞっとしていた。フランスにいたイギリス軍は撤退《てったい》して本国にもどろうとしたけれど、イギリス海峡《かいきょう》に面したダンケルクという港で先へ進めなくなったという。救出に向かったイギリス海軍の大型船は、水深があさすぎて岸まで近づけない。ラジオでは、岸まで近よれるような小さな船を持っている人がいたら、兵士たちを助けるために海軍に貸《か》してほしいと呼《よ》びかけていた。

この村の漁船を見たことがある。十人ちょっとしか乗れなそうな船ばかりだ。三十七万人の兵隊さんたちが、十人ぐらいずつにわかれて、船に乗りこむところを想像《そうぞう》してみようとした。できるわけがない。そんなにたくさん、船があるわけない。それに、ドイツに機銃掃射されたら、全員死んでしまう。

「朝ごはんを作るね」わたしはジェイミーのために笑顔を作って言った。

「おなかすいてないよ」と、ジェイミー。

「ソーセージを焼くよ」と言うと、ジェイミーは笑顔になった。

ソーセージはおいしくなかった。戦争中のソーセージだから。ほとんどオートミールみたいな味だったけど、口には出さなかった。いったいなんの肉が入ってるんだか。

二人でかたづけをして、着がえた。飛行場からつぎつぎと飛行機が飛びたつ音がきこえる。何十機も。外に出てながめる。たくさんの飛行機が海のほうに向かって飛んでゆき、もどってこない。

「ぼく、パイロットの人たちと話したい」ジェイミーが言った。

「今日はむりだよ。みんないそがしいから」と、わたし。

ジェイミーはうなずいた。

「ドイツを機銃掃射してるんだよね」

しばらくのあいだ、二人で飛行機を見ていた。スーザンみたいに役に立ちたくて、うずうずしてきた。わたしだって何かできるはずだ。

ジェイミーが真剣《しんけん》な顔で言った。

「ぼくたち、ここにいるだけじゃいけないよね」

「そうだね」

自分たちに何ができるか、ひらめいた。

「ジェイミー、フレッドのところに行ってちょうだい。わたしのかわりに、フレッドを手伝ってあげて。わたしは村に行くから」

ジェイミーはいやだと言いたそうだったけれど、わたしがさえぎった。

「わたしは婦人義勇隊《ふじんぎゆうたい》の少女隊員なの」とっさに作った話だ。「兵隊さんみたいなもの。ソールトン夫人は、わたしにやってほしい任務《にんむ》があるんだよ。ジェイミーにはジェイミーにできることをやってほしいの」

ジェイミーは目を見開いて、うなずいた。

「じゃあ、スーザンかわたしがむかえに行くまで、フレッドのところにいてね。食事も出してくれるはずだから。もしもむかえがこなかったら、今夜はフレッドのところに泊《と》まるのよ。わたしがそう言ったって、フレッドに言いなさい」

ジェイミーはうなずいた。

「バターをつれてっていいの？」

「もちろん」

ジェイミーはときどき牧草地《ぼくそうち》でバターに乗っているからだいじょうぶだ。わたしは鞍《くら》と頭絡《とうらく》をつけるのを手伝った。

それから、空色のワンピースに着がえた。髪《かみ》を自分で三つあみにする。スーザンが包帯《ほうたい》を作る材料にしている布《ぬの》きれを枕《まくら》カバーにつめこむ。松葉杖《まつばづえ》をとり、村の中心へ出発した。

あとになって見たニュース映像《えいぞう》は、こわくなかった。実際《じっさい》に兵隊さんたちを助けたあとに見たからじゃない。ニュース映像は、真実を伝えていなかったからだ。映像では、ダンケルクから逃《に》げてきた兵隊さんたちは、疲《つか》れてはいても、うれしそうだった。ヘルメットの下に見える顔はよごれていても、目はかがやいていた。にっこり笑って、カメラに向かって手をふったり親指を立てたりしていた。屈強《くっきょう》なイギリス戦士たちが、英雄《えいゆう》の帰還《きかん》を果たして喜んでいる姿《すがた》だった。

そういう兵隊さんも、どこかにいたのだろう。でも、この村に来たのは、撃《う》たれて死んだ人や死にかけている人だった。撃たれなかった人もいたけれど、水も食べものもないたいへんな状況《じょうきょう》のなか、何日もかかって引きあげてきて病気になっていた。

最初の船に乗ってきた兵隊さんたちは、歩ける人が重傷《じゅうしょう》の仲間を運んで、村のホールにたどり着いた。疎開《そかい》してきたばかりのわたしたちが、だれかに選ばれるのを待って立っていた、あのホールだ。

村の中心に着くと、婦人義勇隊の制服《せいふく》を着た女の人がホールに入っていくのが見えた。わたしもつづこうと、ドアをあけた。

いきなり息がつまりそうになった。鉄の霧《きり》が立ちこめているかのように、部屋じゅうに血のにおいがしている。それだけじゃない。だれもこんなこと言わないし、書かないし、ニュース映像《えいぞう》でも流れないけど、ひどいけがをした人たちは、排泄《はいせつ》の管理ができないのだ。トイレに行けない赤ちゃんと同じになる。ひどいにおいのせいで目に涙《なみだ》がたまり、胃《い》がむかついた。

部屋じゅうが、担架《たんか》にのせられた負傷兵《ふしょうへい》であふれている。グレアム先生が、衛生兵《えいせいへい》や婦人《ふじん》義勇隊《ぎゆうたい》にまじって働いている。顔に血のしみをつけたソールトン夫人もいる。スーザンもいて、顔をあげてわたしを見つけると「出ていきなさい！」と、どなった。

女の人たちが、兵隊さんたちの下着をはぎとって、お尻《しり》をきれいにしてあげる仕事をしているのが見えた。わたしには手伝わせたくなさそうだ。わたしはスーザンを見てうなずき、外へ出た。

道路は、重傷ではない兵隊さんたちであふれていた。村の人たちは、パブや図書館や開放されたスペースのある建物の場所を教えた。兵隊さんたちは、つまずいたり、たおれたり、さけび声をあげたりしている。

「お嬢《じょう》さん」

一人の兵隊さんに声をかけられた。血だらけの足をからだの前に投げだして、縁石《えんせき》にこしかけている。

「水、あるかい?」

わたしは近くのパブに入った。兵隊さんと村の人たちでいっぱいだ。わたしがいても、だれも気にしないだろう。松葉杖《まつばづえ》と枕《まくら》カバーをカウンターの後ろに放り投げて、そばにあった水さしに水を入れ、マグカップを一つつかむ。足を引きずりながら通りに出て、さっきの兵隊さんにさしだす。兵隊さんは、水さしがからになるまで飲んだ。

わたしは水を持って、兵隊さんとパブのあいだを行ったり来たりした。そのうち、パブの娘《むすめ》でわたしと同い年ぐらいの女の子が、重たいバケツを持って外に出てきた。

「あなたはマグカップを持ってここに立ってて」と言う。「わたしがバケツで水を運ぶから」

兵隊さんがたくさんよってきた。猛烈《もうれつ》にくさくてきたなくて、軍服は血と汗《あせ》でがちがちになっている。みんな、水をがぶがぶ飲んだ。ひびわれた唇《くちびる》、おどおどした目。バケツの水が、つぎつぎとからになる。パブの娘がマグカップをいくつも持ってきてくれたので、わたしはそれでバケツの水をくみ、兵隊さんたちにわたした。そのうち、自分で歩ける兵隊さんたちがいなくなると(あとから知ったけど、歩ける人は鉄道の駅に行って汽車に乗り、北の方にある基地《きち》にもどったそうだ)、わたしはパブにもどって、そこにいるほかの兵隊さんたちの助けにまわった。ホールにいた人たちとおんなじだ。血だらけで、不潔《ふけつ》で、衰弱《すいじゃく》している。パブの娘の名前はデイジーだとわかった。デイジーとわたしは、ずらりとならんだ負傷兵たちに飲みものをわたしていった。はじめは水、そのあとお茶になった。何度も何度も行ったり来たりした。

どんなに大きな船だって、これだけの人数をいっぺんに乗せられるはずがない。わたしがデイジーにそう言うと、そばにいた村の人が教えてくれた。

「この人たちは、三番目か四番目の船で来たんだよ。どこでもいいから入れる港で負傷兵《ふしょうへい》をおろして、船はまた次の兵士を助けるために引きかえすのさ」

すっかり暗くなったころ、デイジーのお母さんが、厨房《ちゅうぼう》で休みなさいと命令するように言った。わたしたちを長いテーブルにつかせ、食べものがのったお皿を目の前におく。

「食べなさい」

デイジーはじっとすわっていた。食べなくちゃと思ってわたしがフォークを持ちあげようとしたとき、デイジーのお皿にしずくがはねた。見あげると、デイジーの顔を涙《なみだ》がつたっていた。

「泣くんじゃないの」お母さんが言った。「泣いたってどうにもならないわ」

「だって、あの人たち、死んじゃうのよ」と、デイジー。

「いいえ、死なないわ。ひどい様子だけど、もっとひどい状態《じょうたい》になっても生きてる人もいるわ。びっくりするぐらいよ。さあ、食べて、休みなさい。さもないと、二人ともベッドへつれていくわよ」

デイジーとわたしは、出されたものを食べた。

「ワンピースがだいなしだね」と、デイジー。

下を向くと、空色のワンピースが、よごれやしみだらけで黒ずんでいる。

「お気に入りなんだけど」わたしは言った。

デイジーはうなずいた。

「すてきなワンピースね」

少し休んで、お茶を配る仕事にもどった。

明るい目をした一人の兵隊さんが、わたしを見あげて言った。

「お嬢《じょう》さん、お願いがあるんだ。ぼくのかわりに手紙を書いてくれないか？　手がしびれちゃってさ」

「デイジーがやってくれます」

わたしはまだ字を書くのがへただし、時間もかかる。デイジーを呼《よ》びにいき、紙とペンを持って、二人で兵隊さんのところへもどった。兵隊さんは目をとじている。

死んでいた。

死んじゃったんだ。このパブの床《ゆか》の上で。血も出てないし、無傷《むきず》のように見えたのに。ほかの兵隊さんが、心臓《しんぞう》の音をたしかめようとその人の軍服を開いた。血はどこにも見えなかった。でも死んでいた。ほかの兵隊さんたちが毛布《もうふ》を持ってきて、その人の頭にかぶせた。

息ができない。たった今話しかけてきた人が、死んでしまった。手紙を書きたいと言っていたのに、死んでしまった。悲しみがこみあげてくる。頭の中に逃《に》げこみたい。バターのところ、ジェイミーのところ、安全なところならどこでもいいから逃げこみたい。でも、デイジーがわたしの手をぎゅっとにぎってくれたので、われにかえった。

「ほんとうに、戦争なんだね」

デイジーがつぶやいた。わたしはうなずいた。ほかの兵隊さんがお茶をくれと呼《よ》んでいる。デイジーとふたりで持っていった。


ダンケルク撤退《てったい》作戦でこの村に来た船の中でも、最初の数隻《せき》がいちばん悲惨《ひさん》だった。でも、そのあと来た船にも、重傷《じゅうしょう》の兵隊さんが何人かずつ乗っていた。船は、昼夜かまわずやってきた。非常事態《ひじょうじたい》がつづいた。ホールがからになることはなかった。飛行場からは、スピットファイアー戦闘機《せんとうき》が昼も夜もひっきりなしに飛びたったり着陸したりしていた。兵隊さんを運ぶ船を一隻でも多く守ろうと、上空を飛びまわるのだ。いつのまにか、村じゅうの人が、兵隊さんの世話をしていた。食事をさせ、手当てをした。

最初の日の夜中に、パブにいたわたしをスーザンが見つけた。デイジーのお母さんが、わたしたちのしたことを報告《ほうこく》した。スーザンはしぶしぶとだったけど、わたしが村に泊《と》まるのをゆるしてくれた。デイジーのお母さんは、このパブで寝《ね》ていいと言った。婦人義勇隊《ふじんぎゆうたい》の人たちは、同じ通りにある本部で、交替《こうたい》で寝るという。

「あなたはまだ子どもなんだから、こんな経験《けいけん》をする必要はないのよ」スーザンは言う。

「もうじゅうぶん大きいです。役に立ってます」

目の前で亡《な》くなった兵隊さんのことを話したかったけど、そうしたら家に帰されてしまうかもしれないと思って、しばらくわたしを見つめて言った。

スーザンは、だまっていた。


「そうね。役に立ってるわ」

次の朝、スーザンはパブの電話を借りてソールトン夫人に連絡《れんらく》し、フレッドとジェイミーと話をした。それからまた、わたしたちは仕事をした。デイジーとわたしは、疲《つか》れて限界《げんかい》になると、裏口《うらぐち》のそばのベンチで寝た。目がさめると仕事にもどった。みんなそうしていた。ジェイミーがフレッドのもとで無事でいられて、安心だ。ネコのボブリルは外に出しておいたから、自分でえさをさがせるだろう。スーザンとわたしは、兵隊さんを助ける仕事をつづけた。わたしたちがこの戦争を戦う番になったのだ。

最終的に、三十三万人のイギリス軍兵士が救出された。ウィンストン・チャーチル首相は、これをイギリスの〝最良の時間〟と呼《よ》んだ。その演説《えんぜつ》をラジオできいたのは、無事に帰ってジェイミーと再会《さいかい》してからだったけど、死にかけてぼろぼろだったおおぜいの兵隊さんのことで、よいことなんてあっただろうかと思った。でもそれと同時に、何かが変わったとも感じていた。ダンケルク前のわたしと、ダンケルク後のわたしがいる。ダンケルク後のわたしのほうが、強くて落ち着いている。とてもつらい体験だったけど、投げださなかった。ねばり強くやった。わたしはひとつの戦いに勝ったのだ。

37

何日かたってスーザンといっしょに村の中心に行ったとき、デイジーにあいさつしようとパブに立ちよった。

「ああ、エイダ！」

デイジーのお母さんが、大きな胸《むね》にわたしをだきよせ、頭のてっぺんにキスをした。

「デイジーを送りだしたの」そして、スーザンに向かって言った。「あなたも子どもたちを避《ひ》難《なん》させたほうがいいわよ」

この村の人たちが、自分の子どもたちを疎開《そかい》させはじめたのだ。

イギリス海峡《かいきょう》の向こう側に、ヒトラーの軍隊がいる。ここから五十キロと離《はな》れていないのだ。チャネル諸島《しょとう》にあるガーンジー島とジャージー島というイギリス領《りょう》の島は、侵攻《しんこう》された。

そして、チャネル諸島が降伏《こうふく》した。

わたしたちが住んでいるのは、イギリスの南東部にあるケント州。ヨーロッパ大陸にいちばん近い地域《ちいき》だ。ヒトラーがイギリス本土に侵攻するときは、ケント州から上陸するだろう。

スーザンはデイジーのお母さんの助言には何もこたえなかったけど、あとでジェイミーとわたしに、心配ないと言った。わたしたちの母さんが希望するならともかく、母さんから連絡《れんらく》があるまでは、ここにとどまると。

それから何日かして、ソールトン夫人が、ジェイミーとわたしを疎開させなさいと言ってきた。こちらに疎開していた子どもたちも、村の子どもたちも、みんな疎開するという。婦人義《ふじんぎ》勇隊《ゆうたい》が、どこか安全なところに家をさがしてくれるそうだ。

「そんなことをしたら、この子たちの居場所《いばしょ》がお母さんにわからなくなってしまいます」スーザンはきっぱりと言った。

「いいえ、もちろんわかりますよ」と、ソールトン夫人。「この子たちの新しい住所をあなたが知っていれば、お母さんがあなたに連絡してきたときに、教えてあげられるでしょう」

スーザンはとまどった。

「そうでしょうか」

ソールトン夫人は、いつも怒《おこ》ったときにするように、鼻から大きく息を吸《す》った。

「侵攻されることは、まちがいないんですよ」断固《だんこ》とした言い方だ。「この村の通りに、わたしたちの家に、ドイツ軍の兵士がやってくるのです。この村が戦場になる可能性《かのうせい》はじゅうぶんにあるのです。子どもたちをできるだけ遠くに行かせるべきです。マーガレットは夏休みにも帰省しませんのよ。そのまま新しい学校に進学することになったの」

それをきいてがっかりした。もうすぐマギーに会えると思っていたのに。

ソールトン夫人がもう一度言った。

「この子たちを疎開《そかい》させなさい」

がっかりした思いの下から、何か大きな不安が波のようにうねり、わきあがってきた。なんなのかはわからない。どういう意味なのかわからない。窓《まど》の外に目をやり、バターのことを考えようと、必死で自分に言いきかせた。

「……爆撃《ばくげき》よりひどいことです」スーザンが言っている。

ソールトン夫人は首をふった。

「戦争中に感傷《かんしょう》は禁物《きんもつ》です」

「感傷ですか?」

スーザンが言った。わたしの耳には、遠くでもごもご言ってるようにしかきこえない。スーザンがわたしの肩《かた》に手をおいた。

「見てください。エイダを見てください。ふさわしくない人と暮《く》らすことになったら、エイダは、もとのエイダにもどってしまいますよ」

パニックになっていくなかで、話についていかなければと必死な気持ちになり、わたしは頭をふった。でも、ソールトン夫人はだまっている。おそるおそる顔を見ると、夫人はスーザンを見つめていた。何を考えているのか、表情《ひょうじょう》からはわからなかった。

「むずかしいところのある子ですけど」スーザンが言った。「わたしはこの子のために戦います。今だってそうしています。だれかがそうしなくちゃいけないんです」

ソールトン夫人がやっと口を開いた。

「わかりました」と静かに言う。

「あなたの考えが正しいかどうかは疑問《ぎもん》ですけれど、言いたいことはわかりましたよ。でも、弟は――」

「いいえ」スーザンが言った。「引《ひ》き離《はな》したら、二人ともだめになってしまいます」

ソールトン夫人が帰ると、スーザンはジェイミーとわたしをソファーにすわらせて、スーザンもその横にすわった。

「よくきいてちょうだい。あなたたちをどこかに送るなんてことはしないわ」

スーザンはそのあとも長いあいだ話していた。わたしは「どこかに送るなんてことはしない」から先は何もきいてなかった。

心の中のパニックの波はおさまった。また落ち着いて息ができるようになった。

「それについて、あなたはどういう気持ち?」スーザンがわたしにきいている。

どういう気持ちかって?　わからない。説明しようにも言葉が見つからない。

さっきまで窒息《ちっそく》しそうになってたけど、今は息ができます。そう言いたい。

スーザンはわたしが口を開くのを待っている。わたしはまだ胸《むね》がいっぱいで、くらくらしている。ゴクンとつばを飲みこむ。

「わたし、ここにいたほうがいいと思います」

「よかった」スーザンは言った。「だって、わたしはもう、そうすると決めたんだもの」

スーザンが言ったとおり、夏になると葉っぱや草の緑がみんなもどってきた。天気は最高。牧草地《ぼくそうち》の草は、バターのひざぐらいまでのびて、〝勝利の畑〟の作物も元気だ。

フレッドは、ソールトン家の物置で古い自転車を見つけ、ジェイミーが乗れるように整備《せいび》してくれた。ほとんどの子どもたちが村を出ていったので、学校は閉鎖《へいさ》され、ジェイミーは毎日フレッドの手伝いをするようになった。庭師《にわし》をしていた人は、馬の世話では役に立たなかった。こわがって、すぐにたたいてしまうのだ。でもそのうちその人も召集《しょうしゅう》されて、フレッドはまた一人になった。ソールトン夫人は、馬を二頭売り、ほかに三頭、年をとって人を乗せられなくなった馬を処分《しょぶん》した。それでも、馬の世話の仕事はたくさんあった。いちばんいい牧草地は〝勝利の畑〟に変えられてしまった。農場で働いていた男たちが軍隊に行ってしまったので、ランドガールと呼《よ》ばれる女性《じょせい》たちが政府から派遣《はけん》されてきた。若《わか》い厩務員《きゅうむいん》たちが住んでいた部屋にこしてきたけれど、お屋敷《やしき》の庭で畑仕事を手伝うだけで、馬の世話はしない。

「このごろは、馬は大事にされないんだな」フレッドは言った。

ジェイミーは、今度こそ完全に、永遠《えいえん》に、飛行場に行くことを禁止《きんし》された。飛行場は大わらわで、ジェイミーをかまうひまなんかないのだ。昼も夜も、たくさんの飛行機がつぎつぎと飛びたっていく。空高くのぼっていった飛行機が海峡《かいきょう》をパトロールする様子は、点のように小さく見える。ドイツ軍の侵攻《しんこう》にそなえているのだ。

夏は日暮《ひぐ》れがおそくて夜になっても明るいので、なかなか眠《ねむ》れなかった。ジェイミーとボブリルがそろっていびきをかいて、うるさい。ある晩《ばん》、うるさくてたえきれなくなったので、わたしは居間《いま》へおりていった。二階より少し暗めだ。スーザンがソファーの上に横ずわりして、一点を見つめている。以前のような、深い悲しみに暮れる感じとはちがう目だ。

「眠れないの？」スーザンはわたしに気づいて言った。

わたしはうなずいた。スーザンは、ここへいらっしゃいとソファーをたたいた。わたしはスーザンの前まで歩いていった。毛足の長いじゅうたんに、いいほうの足と松葉杖《まつばづえ》の先がしずむけれど、悪いほうのつま先は、ほとんどふれもしない。

「あなたたちを疎開《そかい》させたほうがいいって、みんなはまだ思ってるのよ」と、スーザン。うなずく。ソールトン夫人もよく言っている。スーザンといっしょに婦人義勇隊《ふじんぎゆうたい》に行って縫《ぬ》いものを手伝うときなど、ソールトン夫人は、わたしを見るたびに、のどの奥《おく》で何か言っている。

「一理あるとは思うわ」スーザンはつづけた。「よかれと思って言ってくれてるのよね。でも、ロンドンから疎開《そかい》してきた子たちの母親がはやばやとつれもどしにきた気持ちも、今はわかるのよ。家族で向き合わなければならないこともあるのよね」

ヒトラーは今、パリにいる。来週はロンドンにいても不思議じゃない。

「長いあいだ、思ってたの。自分はあなたたちを放置してるなって。わたしの母がわたしや兄弟たちを世話したようには、あなたたちを見てあげてないなって。母はわたしから目を離《はな》さなかった。いつでもきちんとした服装《ふくそう》をさせた。靴《くつ》ひもにまでアイロンをかけた。わたしのように、子どもの好きにさせるなんてことは決してしない人だった。でもね、今のあなたを見ていると、わたしのやり方も悪くないように思えるの。わたしの母みたいな育て方は、あなたもいやなんじゃないかしら。どう思う、エイダ？」

わたしはソファーにこしをおろした。

「わかりません。意識《いしき》してないときは頭の中を整理できるんだけど、きちんと考えようとすると混乱《こんらん》するんです」

ソファーの背《せ》によりかかる。

「わかるわ」スーザンが言った。「わたしもときどきそうなるから」

ちょっとだけ、スーザンのほうに頭をかたむける。スーザンは動かない。もう少し頭をかたむける。スーザンがわたしの肩《かた》に腕《うで》をまわして、だきよせてくれる。そのままわたしはまどろんだ。頭のてっぺんに、唇《くちびる》がよせられたような気がした。

初めての空襲《くうしゅう》は、クリスマスイブのできごとよりひどかった。

38

七月の第二週のことだった。とても暑い日だったので、窓《まど》を大きくあけたまま、灯火管制《とうかかんせい》の暗幕《あんまく》をおろしていた。わたしは、夢《ゆめ》も見ないほどぐっすり眠《ねむ》っていた。

ウー、ウー！　ウー、ウー！　ウー、ウー！

飛行場のサイレンが鳴りひびく。音はどんどん大きくなる。部屋の中で鳴っているのかと思うほどだ。ジェイミーは、ボブリルをしっかりだいたまま大あわてで起きあがった。ボブリルは逃《に》げようと、あばれたりひっかいたりしている。わたしは松葉杖《まつばづえ》をつかんだ。スーザンがガウンをはためかせながらかけこんできた。

「二人とも、急いで」

わたしは急げない。階段《かいだん》をおりるにも時間がかかる。両手がふるえる。わたしはまにあわない。爆弾《ばくだん》にやられてしまう。

ジェイミーは先を走り、スーザンはわたしを待っている。

「だいじょうぶよ。落ち着いてね」

居間《いま》を横切り、裏口《うらぐち》へ。ジェイミーは防空壕《ぼうくうごう》にとびこんで、ボブリルをかごに入れた。ボブリルはニャーニャー鳴いている。どこかが痛《いた》くて泣きさけぶ赤ちゃんみたいな声だ。

わたしは防空壕《ぼうくうごう》のドアの前に立った。中に入るのははじめてだ。防空壕は恐《おそ》ろしくて、すごくいやだった。まるで、流し台の下の戸棚《とだな》みたいだ。ロンドンのアパートの、ゴキブリがいたあの戸棚。暗くて見えないからどうにもできなかったのを思いだす。

「エイダ」わたしの後ろでスーザンが言った。「入って」

むりだ。中には入れない。あの戸棚とまったく同じにおいがする、じめじめした防空壕には入れない。暗闇《くらやみ》が待っている。痛みが待っている。

サイレンが鳴りひびく。ジェイミーがさけぶ。

「エイダ、早く！」

飛行機が爆発《ばくはつ》したときのような音。爆撃《ばくげき》だ。ほんとうの爆撃だ。わたしたちが住むケント州に、恐れていたドイツ軍がやってきた。ここに、流し台の下の戸棚の中に。

スーザンがわたしをだいて階段《かいだん》をおりた。じめじめしたにおいに包まれる。きゅうくつな戸棚。ゴキブリ。自分の悲鳴と、母さんの笑い声がきこえる。

悲鳴をあげる。また爆撃の音。また悲鳴。ジェイミーの声なの？　わたしの声なの？　区別がつかない。戸棚にとじこめられたことが、記憶《きおく》じゃなくて現実《げんじつ》のように思える。今わたしは戸棚にとじこめられているの？　戸棚が見える。中におしこまれる。恐怖《きょうふ》で頭がいっぱいになる。

とつぜん、からだがしっかりと包まれたのを感じた。毛布《もうふ》だ。ごわごわしたウールの毛布。クリスマスイブのときのように、スーザンがわたしをくるんだのだ。毛布でぐるぐる巻《ま》く。ぴっちりと。

「シーッ」

スーザンはそういいながら、両腕《りょううで》をわたしにまわして、ベンチに寝《ね》かせた。それから、半分わたしにすわるようにして、お尻《しり》でわたしを壁《かべ》ぎわにおしつけた。

「みんなでここにいるわ。ここなら安全よ」

スーザンはジェイミーをひざにのせた。

「だいじょうぶよ、ジェイミー。エイダはちょっとおびえてるだけ。だいじょうぶよ」

ジェイミーは泣いている。

「わたしたちは安全よ。だいじょうぶよ」スーザンが言う。

毛布にぴっちりくるまれると、少し楽になった。防空壕とジェイミーとスーザンを感じられるようになった。さけび声もおさまった。心臓《しんぞう》の鼓動《こどう》も落ち着いてきた。毛布のにおいをかぐ。防空壕や戸棚の湿気《しっけ》ではなく、わたしの涙《なみだ》で湿《しめ》っていた。

さっきより遠くでまた爆音がした。飛行場からは高射砲《こうしゃほう》の音がする。

「だいじょうぶよ」スーザンが弱々しく言った。「だいじょうぶよ」

二時間後に警報解除《けいほうかいじょ》の音がきこえるまで、スーザンとわたしは眠《ねむ》くなることもなかった。ジェイミーはスーザンのひざで寝入《ねい》っていた。スーザンがジェイミーを家までだいていった。わたしはそのとなりを、マントのように毛布《もうふ》をたらして歩いた。家に入ると、階段《かいだん》をのぼる元気も残っていなかったので、居間《いま》で横になった。

次の朝、おそくに起きると、スーザンが言った。

「空襲《くうしゅう》はこれからもあるわ。そうなったらまた防空壕《ぼうくうごう》に入らなきゃならない。慣《な》れる必要があるわね」

ぞっとした。またあそこに入るなんて、想像《そうぞう》もできない。

「あそこに行くと、何を思いだすの?」

「母さんの戸棚《とだな》です。あのにおいが……」

わたしはそう言って、パニックにおそわれないように、急いで頭の中に逃《に》げこんだ。バターのことを考える。バターに乗っている自分を思《おも》い浮《う》かべる。

スーザンがわたしのあごにふれた。

「においなら変えられるわ」

スーザンは、市場に行って香《かお》りの強いハーブを買った。ローズマリー、ラベンダー、セージ。防空壕のベンチのはしにさかさにしてつるすと、せまい空間に香りが広がった。かわいてぱさぱさになっても、香りは消えない。じめじめしたにおいはしなくなった。とてもありがたかった。それでもパニックにはおそわれた。毎回スーザンに布《ぬの》でくるんでもらった。でも、たいていは、大声を出さずにいられたし、頭の中に戸棚が見えることもなくなった。まだまだつらかったけど、ジェイミーまでこわがらせることはなくなった。

そうなってほんとうによかった。最初の空襲の日以来、毎晩《まいばん》のように防空壕に避難《ひなん》するようになったからだ。「ブリテンの戦い」（一九四〇年七月にはじまった、イギリス南部上空でのイギリス空軍とドイツ空軍の戦い）のはじまりだった。

ヒトラーは、イギリス空軍をやっつけるまでは、侵攻《しんこう》部隊を上陸させられないと考えた。上陸しようとしても、イギリスの飛行機に船や戦隊を爆撃《ばくげき》されるからだ。イギリスの飛行機を全《ぜん》滅《めつ》させてからなら、侵攻するのはかんたんということだ。飛行機やパイロットの数は、イギリス軍よりもドイツ軍のほうがずっと多い。飛行機の種類も多い。ただ、ドイツ軍の戦闘機《せんとうき》は、イギリスの戦闘機より短い距離《きょり》しか飛べない。イギリスの南東部まで来たら、燃料《ねんりょう》補給《ほきゅう》のためにもどらなければならないのだ。ドイツ軍がイギリスの飛行機や飛行場を攻撃できるのは、ケント州でだけということになる。

飛行場は、ドイツ軍のいちばんの標的《ひょうてき》だ。飛んでいる飛行機でも止まっている飛行機でも、一機破壊《はかい》するたびに、侵攻へ一歩近づく。滑走路《かっそうろ》を一つこわすたびに、イギリスの飛行機が安全に着陸できる場所がへる。うちの向かいの飛行場は、最初の日に爆撃された。倉庫が二つ、ばらばらになり、草のはえる滑走路《かっそうろ》に小型の戦車ほどの穴《あな》がいくつもあいた。飛行場の人たちが全員避難《ひなん》できたのはよかった。警報解除《けいほうかいじょ》のあと、飛行場の人たちは、瓦礫《がれき》をシャベルでかたづけて穴をふさぐ作業を徹夜《てつや》でやった。朝までに、飛行機が安全に着陸できる状態《じょうたい》にもどった。

七月は、緑が濃《こ》くて気持ちのいい季節だ。波のようにゆれる草原をバターに乗って進み、丘《おか》にのぼって、日に照らされてきらきら光る青い海を見る。生け垣《いがき》に野バラが咲《さ》いて、香《かお》りがただよう。そよ風に吹《ふ》かれて、最高に幸せだと感じてもいいぐらいだ。でも今のわたしは、スパイだけでなく、飛行機にもいつも目を光らせている。昼間の空襲《くうしゅう》はまだないけど、ありえることだ。

スーザンは、わたしがバターに乗って出かけることに賛成《さんせい》していない。でも、やめさせたいとも思っていない。家が飛行場のすぐ近くなので、離《はな》れたほうが安全だという判断《はんだん》なのだろう。わたしがそう言ったら、スーザンはけわしい顔つきになった。

「あなたたちを疎開《そかい》させるべきなのかしら」スーザンはそう言った。

スーザンといっしょでも、暮《く》らしていくのはけっこうたいへんだ。スーザンがいなかったら、どうしていいのかわからない。

もしもスーザンが、わたしたちをロンドンに送りかえしたら？

わたしは自分の靴《くつ》の先を見つめた。

「バターをおいていけません」

スーザンはため息をついた。

「ロンドンではポニーがいなくても生きていられたのにね」

わたしは顔をあげてスーザンを見た。そうだ。そうだったと思う。もう一度あの生活ができるだろうか？　あの一つしかない部屋にもどって、世界を知らないままで。

「わかってるわよ」スーザンがやさしく言った。「だから、ここにあなたを引きとめてるのよ」

「爆撃《ばくげき》よりひどいものがあります」

わたしは言った。前にスーザンが言った言葉だ。

「そのとおりね」と、スーザン。「それに、ケント州は広いから、全面に爆弾《ばくだん》を落とすなんてできっこないわ」

そう言いながらも、スーザンは窓《まど》の外を見て飛行場を気にしている。心配そうに目を細めて。

39

毎晩《まいばん》毎晩、防空壕《ぼうくうごう》で過《す》ごす。銃声《じゅうせい》と爆発音《ばくはつおん》がしているときに眠《ねむ》るなんてむりだ。懐中電灯《かいちゅうでんとう》はあるけど、それには電池が必要で、電池はなかなか手に入らない。そこでスーザンは、植木《うえき》鉢《ばち》にろうそくを入れて火をともし、その小さな明かりの中で本を読んでくれた。『ピーターパン』『秘密《ひみつ》の花園』『たのしい川べ』。図書館から借りた本もあるし、スーザンの本棚《ほんだな》の本もある。ジェイミーは、『スイスのロビンソン』を自分で最初から何度も読みなおした。

「ぼくたちも同じだね」

ある夜、ジェイミーが言った。防空壕のブリキの壁《かべ》に、ろうそくの光がちらちらとうつる。

「どうくつの中にいて、あったかくて、安全なんだ」

わたしはぎょっとした。その日は、毛布《もうふ》は暑すぎるので、からだにシーツを巻《ま》いていた。あったかいけど、安全じゃないよ。防空壕の中にいて安全だと感じたことなんかない。

「でも、たしかにそうなのよ」スーザンが言った。「自分の部屋にいたほうが安全だと感じるでしょうけど、実際《じっさい》は、防空壕の中のほうがずっと安全なんだから」

自分がどう感じるかは問題じゃないんだ。サイレンが鳴るたびに、スーザンはわたしを防空壕に避難《ひなん》させた。

村じゅうの道路標識《ひょうしき》がとりはずされた。こうすれば、侵攻《しんこう》してきたヒトラーも、自分がどこにいるかわからない。

ヒトラーが侵攻してきたら、ラジオは埋《う》めることになっている。もうジェイミーがそれ用の穴《あな》を庭にほった。ヒトラーが侵攻してきたら、わたしたちは何一つ話さないことになっている。敵《てき》を助けるようなことは、何もしてはいけない。

もしもわたしが馬に乗っているときに侵攻があったら、いちばんの近道を通って、大急ぎで家に帰ることになっている。空襲《くうしゅう》じゃなくて侵攻だということは、教会という教会の鐘《かね》が鳴らされるのでわかるはずだ。

「ドイツ軍にバターをうばわれたらどうするんですか?」わたしはスーザンにきいた。

「そんなことされないわ」スーザンはそうこたえたけど、うそに決まってる。

「いまいましいドイツ兵め」

フレッドがつぶやいた。わたしが手伝いに行っているときのことだ。

「ここに来やがったら、干《ほ》し草《くさ》用のフォークでぶっさしてやる」

フレッドはきげんが悪い。乗馬用の馬も、ソールトン家のりっぱなハンターも、みんな牧草《ぼくそう》地《ち》に出ていた。牧草はいいのだけれど、干し草用の土地が小麦畑に変えられてしまったので、冬になったら馬たちのえさをどうしていいかわからないそうだ。それに、住みこんでいるランドガールたちにはうんざりだという。

「一日十二時間労働のあと、ダンスに出かけるときてる。軽いやつばっかりだ。わしが若《わか》かったころは、娘《むすめ》ってのはあんなじゃなかったわい」

ランドガールは感じのいい人たちだとわたしは思っていたけど、フレッドには言わないでおこう。


人間、なにごとにも慣《な》れるものだ。何週間かたつと、防空壕《ぼうくうごう》に入ってもパニックにおそわれなくなった。侵攻《しんこう》の心配をするのもやめた。バターの背中《せなか》にジェイミーと二人乗りして、弾丸《だんがん》や砲弾《ほうだん》やその破片《はへん》が落ちていないかと、牧草地《ぼくそうち》をさがした。あるとき、ホップの畑に飛行機が落ちるのを見た。わたしたちがかけつけたときには、兵隊さんたちがとりかこんでいて、一般人《いっぱんじん》は立入禁止《きんし》になっていた。

「メッサーシュミット（ドイツの戦闘機）だ」ジェイミーが目をかがやかせた。「パイロットはどこにいったのかな」

操縦席《そうじゅうせき》の屋根が開いている。パイロットはパラシュートで脱出《だっしゅつ》したのだ。

「そいつはもう、つかまったよ」ジェイミーの声をきいた兵隊さんが教えてくれた。「戦争捕虜《ほりょ》になったんだ。心配いらない」

八月のはじめのある日、スーザンは婦人義勇隊《ふじんぎゆうたい》の会合に出かけ、ジェイミーは畑にいた。ジェイミーは、畑仕事が大好きになっていた。わたしはいつものようにバターに乗って出かけた。丘《おか》のてっぺんにのぼる。いつものようにバターを止めて、海と空を見わたした。飛行機は見えない。大きな船も見えない。でも、遠くに何かが見えた。海の上に、何か小さいものが見える。小さな手こぎボートが、岸に向かってくるのだ。どうしてだろうと思って見つめる。港じゃなくて、有刺鉄線《ゆうしてっせん》のはってある砂浜《すなはま》のほうに向かっている。迷《まよ》っているのかな？ でも、地雷《じらい》があるかもしれない場所に行かないほうがいいのはわかっているはずだ。わたしは眉《まゆ》をひそめて、じっと見つめた。その人は、たぶん男性《だんせい》で、まっすぐ岸に向かってボートをこぎつづけている。海から村が見えているはずだ。村に向かったほうが安全だとわかるはずだ。考えているうちに、血が凍《こお》るような思いになった。あの人は、きっとスパイなんだ。

スパイ！　信じられない。ありえない。わたしは、丘の上に来ると、いつもスパイをさがしていた。それが習慣《しゅうかん》になっていた。でも、ポスターやうわさ話じゃなくて、自分がほんとうにスパイを見つけるなんて、思ってもみなかった。でも、でも、一人乗りの手こぎボートが、あんなに遠くに見えるなんて。いったいどこから来たの？ 潜水艦《せんすいかん》で来たのかもしれない。ドイツの潜水艦で。人のいない砂浜に向かうなんて、スパイだとしか思えない。

スーザンだったら、「非現実的《ひげんじつてき》だわ」と言うかもしれない。まずありえないという意味だ。

政府が決めた規則《きそく》の一つにある。あやしいものを見つけたら、ただちに通報《つうほう》せよ。わたしはバターの向きを変え、ボートを見失わないように気をつけながら、しげみや丈《たけ》の高い草のはびこる丘《おか》の斜面《しゃめん》を、ジグザグにかけおりた。おりてくるとボートは見えなくなった。スピードをあげて道路を走り、有刺鉄線《ゆうしてっせん》のはられた砂浜《すなはま》へ向かう。砂浜が見えてくると、小さな木立の中にバターを止めた。

引《ひ》き潮《しお》で、海岸線には砂浜が何キロにもわたって広がっている。その砂のまん中で、男が手こぎボートから足をふみだした。スーツケースを持ち、背中《せなか》にリュックをしょっている。そして、ボートを水の中におしもどした。海は静かだった。おだやかな波に乗って、ボートは高く浮《う》き、海岸線に沿《そ》ってただよいだした。

わたしはゴクリとつばを飲みこんだ。

その男は、少なくとも遠くからだと、ごくふつうの人に見えた。リュックから折りたたみ式のものをとりだす。何かはわからないけど、それを使って砂に穴《あな》をほった。そしてスーツケースを穴に横たえ、砂をかけて埋《う》めた。用心深く砂丘《さきゅう》をのぼって、有刺鉄線のほうに近づいてくる。そのあと姿《すがた》が見えなくなったと思ったら、いつの間にか柵《さく》をこえて、道路を歩いていた。こっちに向かってくる。

わたしはバターの向きを変え、全速力で走らせた。

飛行場に行ってもよかったのかもしれないけれど、警察署《けいさつしょ》のほうが近かったし、場所も知っていたので、そっちに向かった。学校のそばの喫茶店《きっさてん》の近くにある。石畳《いしだたみ》の大通りも、バターをかけ足で進ませた。警察署の前で止め、手綱《たづな》を支柱《しちゅう》につないで、せいいっぱい急いで階《かい》段《だん》をのぼった。松葉杖《まつばづえ》なしで。

「スパイらしき人を見つけました！」

最初に目にとまった人にそう伝えた。太った男の人だ。大きな木の机《つくえ》の向こうにすわっている。

「砂浜にスパイがいるんです！」

太った警察官はこちらを向いて言った。

「お嬢《じょう》さん、落ち着きなさい。何をさわいでいるんだね？」

わたしは、よろけないように机のはしにつかまった。同じことをもう一度言う。

警察官はわたしを上から下までながめた。特に下のほうをじっと見る。手作りの変な靴《くつ》をはいた不自由な足。わたしはそれをかくしたくなった。

「どんなふうにスパイを見たんだね？」

少し笑っている。この人は、わたしの話を信じてないんだ。

「ポニーに乗っていたときです」

わたしは最初から説明した。丘のこと、いつものように見まわしたこと、小さなボートのこと、スーツケースが砂《すな》に埋《う》められたこと。

「ポニーに乗っておったと」警察官《けいさつかん》はうなずいて、ばかにしたように笑いながら言う。「ニュース映像《えいぞう》の見過《みす》ぎではないかね？ ラジオで恐《おそ》ろしい話をきいたのかな？」

わたしがうそをついてると思ってるんだ。そうじゃないとしても、大げさに話してると思ってる。その警察官は、またわたしの不自由な足をじろじろ見る。首すじがかっと熱くなってきた。

スーザンだったらどうするだろうと考えた。わたしは背《せ》すじをのばしてすっくと立ち、その人をにらみつけながら言った。

「足は悪いけど、頭は悪くありません」

太った警察官は目をぱちくりさせた。

わたしは言った。

「あなたの上司《じょうし》と話したいです。イギリス政府は、あやしいことがあったらただちに通報《つうほう》せよと言ってます。だからそうしたいんです。あなたがきいてくれないなら、きいてくれる人と話したいです」

二人目の警察官は、まじめに受けとってくれた。

「パトカーを出してさがしに行ってみよう。いっしょに来なさい」

そして、自動車に乗りこむのに手助けはいるかとたずねた。

「けっこうです」

わたしはできるだけまっすぐに歩いた。ほんとうはすごく痛《いた》かったけれど、がまんした。警察官は、わたしを助手席にすわらせ、車を発進させた。村の中心を出てまもなく、さっき見た男の姿《すがた》が見えた。なにごともなさそうな顔をして歩いている。わたしはその人を指さして警察官に知らせた。

「たしかかい?」警察官がきく。

一瞬《いっしゅん》不安になった。その人の顔を近くで見たわけではないのだ。でも、まちがいないと思う。わたしはうなずいた。警察官は車を止めて、外に出た。

「身分証明書《しょうめいしょ》を見せてください」

「なんですって?」男は、ソールトン夫人の話し方に似《に》た完璧《かんぺき》な英語《えいご》で言った。「いったい全体どうしてですか?」

「職務《しょくむ》ですので」警察官がこたえた。

男は、じょうだんでしょうというように眉《まゆ》をあげたけれど、すぐにポケットに手を入れ、使いこんだ革《かわ》の財布《さいふ》から、身分証明書をとりだした。

「ちょっとしたハイキングを楽しんでいるだけなんですがね」背中《せなか》のリュックを指さしてそう言う。「配給手帳もとおっしゃるなら、この中に入ってますが」

イギリス人としか思えない発音だ。見た感じもイギリス人としか思えない。だけど、やっぱり……。

「おまわりさん」

わたしは声をかけた。警察官《けいさつかん》は助手席のほうにやってきて、窓《まど》からこちらをのぞきこんだ。

「お嬢《じょう》さん、もうしわけないがね」と、首をふっている。「きみはおそらく――」

わたしは言った。

「あの人、ズボンのすそが濡《ぬ》れています。それに、砂《すな》だらけです」

あの砂浜《すなはま》に近よる人など、ほかにはいない。ひとりもいない。立入禁止《きんし》なのだから。

警察官の顔から笑顔が消えた。わたしのことを怒《おこ》ってるのかと一瞬《いっしゅん》思ったけれど、そうじゃなかった。あっというまに、その男は手錠《てじょう》をかけられ、自動車の後部座席《ざせき》におしこまれていた。完璧《かんぺき》な発音の英語《えいご》で、はげしく文句《もんく》を言っている。

警察署《けいさつしょ》にもどると、入り口前の支柱《しちゅう》につながれたバターが、しんぼう強く待っていた。警察官は、家に帰りなさいとわたしに言った。

「ここから先はわれわれにおまかせなさい」

スーザンに報告《ほうこく》したかったけど、どう言えばいいのかわからなかった。もう少し考えてから話そうと決めた。晩《ばん》ごはんのとちゅうで、警察署の人が玄関《げんかん》のドアをたたいた。

二人目の警察官と、また別の警察官がいた。

「奥《おく》さん、娘《むすめ》さんとお話ししたいんですが」

わたしは急いで立ちあがった。スーザンはびっくりしている。ジェイミーはうれしそうだ。

「埋《う》められた荷物を見つけだすのに、力を貸《か》してほしい」

さっきの警察官がわたしに言った。わたしはまたパトカーに乗って、今度は砂浜まで出かけていった。バターといっしょに見はっていた場所を伝え、あの男がボートで上陸したと思われるところを教えようとした。でも、満《み》ち潮《しお》になっていたので、何もかもがちがって見えた。

「なんにしても、軍にたのまないとほりだせないな」もうひとりの警察官が言った。「この浜には地雷《じらい》が埋められているからね」

車で有刺鉄線《ゆうしてっせん》の柵沿《さくぞ》いを進んだ。あの男が柵をこえたと思われるところでおりて、道をたどると、足跡《あしあと》が見つかった。警察官がその場所の有刺鉄線に布《ぬの》をむすんで目印をつけた。それから家まで送ってくれた。

車をおりるとき、たずねてみた。

「あの男はどうなるのか、教えてもらえますか？」

二人は首をふった。

「秘密《ひみつ》なんだよ、お嬢さん」

「あの人、ほんとうにスパイなんですか？」

二人は顔を見合わせ、それからうなずいた。

「しかし、だれにも言ってはいけないよ」一人が言った。

わたしはうなずいて、「おしゃべりが船をもしずめる」と言った。スーザンに説明しなければと思いながら、家に入った。

スーザンは、紫色《むらさきいろ》のソファーでわたしを待っていた。そしてわたしの話をすべてきいた。それから両手でわたしの頰《ほお》をはさんだ。にっこり笑っている。

「ああ、エイダ。あなたを誇《ほこ》りに思うわ」


次の日の午後、まただれかが玄関《げんかん》のドアをたたいた。警察官《けいさつかん》だ。きのういっしょに行った人じゃなくて、机《つくえ》に向かっていた太った人、わたしの話を信じなかった人だ。

「娘《むすめ》さんにおわびしに来ました」

と、スーザンに告げた。そしてわたしを見ると、帽子《ぼうし》をとって頭をさげた。

「きみの話を信じるべきだったよ。悪かった。きみの協力に、イギリスは感謝《かんしゃ》している」

その警察官は、大げさな身ぶりで、タマネギを一つさしだした。

40

砂《すな》に埋《う》められたスーツケースが発見された。中に入っていたのは、無線送信機。スパイたちが、海の向こうへ情報《じょうほう》を暗号で伝えるときに使うものだ。イギリス人にしか見えなかった男が、ほんとうはスパイだったのだ。

わたしは英雄《えいゆう》になった。飛行場のイギリス空軍の兵隊さんたちが、チョコレートを持ってきた。婦人義勇隊《ふじんぎゆうたい》の人たちは、スプーン一杯《ぱい》ずつ砂糖《さとう》を持ちよって、ひと袋《ふくろ》分わたしにくれた。パブをやっているデイジーのお母さんは、わたしを見かけるたびにだきしめてくれたし、村に行くたびに、みんなが笑顔で声をかけてきた。

「スパイを発見したお嬢《じょう》さんだ！」とか、「わが村の誇りだよ！」とか。

まるでわたしがこの村で生まれたみたい。生まれつき二本のじょうぶな足を持っているみたい。大切に思われて、愛されてるみたいだ。

ジェイミーは、またスパイの話をしてくれと、何度も何度もせがんだ。

「ねえ、お願い。英雄になったときの話、またききたいよ」

寄宿《きしゅく》学校にいるマギーからも手紙が来た。

〈ああ、わたしもいっしょにいたかった！　そっちに帰ってるときだったら、いっしょにいたかもしれないものね〉

〈ほんとうに、マギーがいてくれればよかったよ〉と、わたしは返事を書いた。

〈二人の名誉《めいよ》になるけど、いいの？〉マギーはそう書いてきた。

もちろん、ちっともかまわない。そのほうが楽だっただろう。わたしは英雄《えいゆう》という言葉はきなれていない。感心してもらえるのは悪くないけど、注目されると、とまどってしまう。

「ねえ、もう一回言って」ジェイミーがからかい半分に言う。「最初のおまわりさんになんて言ったか、もう一回言ってよ！」

「その人はわたしの不自由な足を見たの。だからわたし、言ったの。『足は悪いけど、頭は悪くありません』」

「そして、エイダが正しかったんだよね」と、ジェイミー。

「そうよ。エイダが正しかったのよ」と、スーザン。

実際《じっさい》にスパイがいたというのは、ほんとうに恐《おそ》ろしいことだ。ほんもののスパイ。ドイツがイギリス侵攻《しんこう》を進めるために送りこんだスパイなのだ。空襲警報《くうしゅうけいほう》がまた鳴りはじめると、おびえずにはいられなかった。

「でも、エイダがつかまえたんだよね」と、ジェイミー。

「わたしはスパイを一人つかまえたの。一人だけ」

その日の夜は、いつもより早い時間にサイレンが鳴りだした。わたしたちはまだ食事中だったので、防空壕《ぼうくうごう》にお皿を持っていった。

「そいつ、今ごろ死んでるね」ジェイミーは、食べものをくちゃくちゃかみながら言った。

「外につれだして、ねらいをさだめて、パーン！」

銃《じゅう》を発射《はっしゃ》するまねをしている。わたしはぎょっとした。

「ちがうと思うわ」スーザンが言った。「わたし、いろんな人にきいてみたの」

ジェイミーは心配そうに目を細めた。

「どうなったの？」

「たしかなことは、だれも口にしないんだけど」と、スーザン。

わたしは、ゆでたジャガイモをお皿から持ちあげた。皮がついたままだ。戦争中は食べものをむだにしてはいけないので、ジャガイモの皮もむかないのだ。わたしは皮は好きじゃない。でも、イギリスにジャガイモはたくさんあるから、毎日食べることになっている。

「どうやら、二重スパイになるように仕向けられたらしいわ。つまり、イギリス政府があのスパイに命令して、わざとまちがった情報《じょうほう》をドイツに送らせるのよ。あの無線送信機を使って」

「うそをつかせるってことですね」と、わたし。

「そう」と、スーザン。

ジェイミーは、しかめっつらになった。

「ぼくがスパイだったら、そんなことしないよ。もしもドイツ軍につかまったら――」

「わたしなら、そうするな。うそをつかなかったら、銃殺《じゅうさつ》されるんだよ。ほかに方法がないなら、わたしはうそをつくと思う」


ドイツ軍の飛行機は、昼間でもやってくるようになった。ずっと遠くに見えるときは、ジェイミーと二人で牧草地《ぼくそうち》に立って、おでこに手をかざして日ざしをよけながら、それをながめた。円を描《えが》いて空をブンブン飛びまわる虫の群《む》れみたいだ。煙《けむり》をあげながら急降下《きゅうこうか》する飛行機を見たこともあった。遠いので、イギリスの飛行機なのかドイツの飛行機なのか、わたしにはわからない。でも、ジェイミーにはわかる。

「イギリスのだ」とか、「ドイツのだ」とか言う。

パラシュートが開いてふくらむのが見えることもある。パイロットが脱出《だっしゅつ》したということだ。わたしはいつもパラシュートが出るようにと願う。たとえそれがドイツの飛行機だったとしても。

クリスマスのときにごちそうを食べにきた三人のパイロットのうち、二人が死んだ。それを知ったとき、ジェイミーは、泣きつかれて眠《ねむ》るまで泣いた。わたしは、二人の顔や、ジェイミーと遊んでいた様子、笑っていた様子を思いだした。ジェイミーは二人の名前を知っていたけど、わたしは知らなかった。あの日は緑色のワンピースのことで動揺《どうよう》していたから。

クリスマスの日に動揺してしまったのは、しかたないと思う。まったく余裕《よゆう》がなかった。自分ではどうしようもなかった。でも、二人のパイロットが死んだ今、思いかえすと、ワンピースのことでなげくなんて、ちょっとばかみたいだった。やりなおすことなんてできないけど、せめてあの人たちの名前ぐらいおぼえればよかった。


イギリスの飛行機は、毎日のように失われた。ドイツの飛行機はもっとたくさん失われた。向かいの飛行場には、新しい飛行機がイギリス北部からつぎつぎやってきた。空軍の訓練場からは、新しいパイロットたちがどんどんやってきた。飛行機は毎日のように飛びたっていき、もどってこないこともある。

この戦いに勝てなかったら、戦争に負けてしまうとスーザンは言った。ラジオの放送で、チャーチル首相はこう言った。

「人類の戦いの歴史において、これほど多くの人間が、これほど少数にたよるのは、はじめてのことだ」

つまり、空軍のパイロットたちが、全国民の命を守ってくれている、ということだ。ドイツ軍を追いはらってくれるのは、空軍のパイロットだけなのだ。

九月になった。わたしが村で注目をあびることもあまりなくなった。一週間前に、イギリス空軍が、ドイツのベルリンを攻撃《こうげき》した。この戦争ではじめて、ドイツの地に乗りこんだのだ。フレッドは大喜びで高笑いした。

「やつらに思い知らせてやるぞ」

破壊《はかい》されたドイツ機の破片《はへん》が、ソールトン家の小麦畑のはしに落ちていた。フレッドは、ジェイミーへのおみやげだと言って、その破片をわたしにくれた。

「ドイツの飛行機だってこと、どうしてわかるんですか？」

手にのせた破片《はへん》をいじりながら、わたしはフレッドにきいた。

「この目で見たからさ。海峡《かいきょう》の向こうへ引きかえすところだったが、部品がつぎつぎ落ちていったよ」

家に近づいてからバターを走らせるのは、いいことじゃなかったけど、その日はそうしてしまった。気分がよかった。日ざしは暖《あたた》かで、飛行機も見えないしサイレンも鳴っていなかった。ドイツ機のかけらを見て、ジェイミーは喜ぶだろう。バターは両耳をピンと立て、気分よさそうに走っている。わたしは夏じゅう、ジャンプの練習をしてきた。フレッドのおゆるしはまだだったけど、もうジャンプができるとわたしにはわかっていた。牧草地《ぼくそうち》の門に近づくと、スピードを落とすかわりに、わたしはバターを石垣《いしがき》のほうに向け、まっすぐに走らせた。

飛んだ。バターとわたしは、ついに石垣をジャンプでこえたのだ。

牧草地の向こうの裏庭《うらにわ》に、スーザンとジェイミーが立っている。もうひとり、知らない大人の人がいる。わたしはバターのおなかを蹴《け》って、牧草地を飛ぶように走った。

「ジェイミー！　メッサーシュミットのかけらを持ってきたよ！」

わたしはバターを止めて、首をぽんぽんとたたいてやりながら、声をあげて笑った。

「今のジャンプ、見てましたか？」スーザンにきく。「見てましたか？」

そのとき、スーザンのとなりに立つ女の人を見て、はっとした。

母さんだった。

41

母さん。

何をどう考えたらいいんだろう。庭の石垣《いしがき》のそばで、手綱《たづな》をにぎってバターを止めたまま、わたしは母さんを見た。母さんは、ひたいに手をかざして日ざしをさえぎりながら、わたしを見かえした。

「こんにちは」と、わたしは言った。

母さんは顔をしかめた。怒《おこ》っているような、何ごとにも興味《きょうみ》がなさそうな表情《ひょうじょう》は、変わっていない。

「だれだい？」

わたしのことがわからないんだ。

バターからおりる。ちゃんと動く左足を注意深く地面につけた。鞍《くら》にくくりつけてあった松《まつ》葉杖《ばづえ》をとり、それをついて庭の石垣をまたぐ。

「エイダよ」

わたしだとわかると、母さんは、鬼《おに》のような顔になった。

「いったいどういうことなんだよ？　何さまだと思ってるんだい？」

ジェイミーは母さんの手をにぎっている。うれしそうな顔だ。

「ポニーに乗って登場か！　かわいいかわいいマーガレット王女（当時のイギリス国王の次女）にでもなったつもりかい？」

「乗馬をおぼえたの。横鞍《よこくら》を使うから、足が痛《いた》くなることも――」

そう言うわたしの鼻先に、母さんがぼろぼろの封筒《ふうとう》を突《つ》きつけた。

「それに、これだ。いったいどういう意味なんだ？　え？」

見ると、スーザンが書いた手紙の一つだった。封筒に書かれた文字でわかる。

「何かの手術《しゅじゅつ》がしたいんだと？」

心臓《しんぞう》がバクバクする。

「わたしの足を治してくれるんだって。お医者さんが言ってたけど――」

「そんなわけないじゃないか」と、母さん。「その足を治すのはむりなんだよ。こないだ政府から手紙が来たと思ったら、子どもをとられた人は金をはらわなきゃならんと書いてある。週に十九シリングもだ。あたしにはらえと――」

「はらわなくてすむことも――」スーザンがわって入った。

母さんがつづける。

「そして、今度はこの手紙だ。まちがったところに送られたものが転送されてきた。クソ生意気なだれかさんが、あたしの子どものことで、ああしろこうしろと言いやがる。そしておまえだ。すっかりめかしこんで、ポニーに乗ってツンとすましていやがる。この世のだれよりも自分が上だと――」

「母さん、ちがうよ！」

「――あたしよりも上だと思っていやがる」

「母さん、ちがうってば」

「ついてきな。うちに帰るからね」

スーザンが反論しようとした。母さんはスーザンのほうに向きなおり、にらみつけた。

「子どもたちをどこへつれていこうと、あたしの勝手だろう。え？　あんたに指図されたくないね。りっぱなおうちにお住まいの、ひまそうなあばずれ女め」

母さんはそのあとも、これでもかというぐらいスーザンをののしりつづけた。

自分だけ遠く離《はな》れたところにいるような気持ちになる。冷たくなっていくような気がする。わたしの心はまっぷたつに折れてしまった。でも、だめだ、現実《げんじつ》にもどらなくちゃ。まだバターの世話をしていない。わたしは牧草地《ぼくそうち》へもどろうとした。

「どこへ行こうってんだい？」母さんが言う。

「バターの馬具をはずさなきゃ。鞍《くら》をつけたままにしておけないから」

「ふざけるんじゃないよ！　こっちへ来るんだ。次の汽車に乗るからね」

それでもわたしはバターのほうに歩いていった。母さんがわたしの背中《せなか》をつかまえて思いきりなぐりつけた。なぐられると思ってなかったわたしは、前にふっとんだ。松葉杖《まつばづえ》がころがり、地面についた両手がすりむけた。ジェイミーが泣きだした。わたしの目にも涙《なみだ》があふれる。こんなふうになぐられる感覚、忘《わす》れていた。ふらつきながら立ちあがる。

「バターの世話はわたしがするわ」スーザンが言った。

「エイダ、こっちへ来るんだよ」

母さんが言う。ジェイミーの首もとに手をおいたので、わたしからはジェイミーの表情《ひょうじょう》が見えなくなった。母さんはジェイミーをつれて、裏木戸《うらきど》のほうへずんずん歩いていく。

「待ってください！」スーザンがそう言ってふり向いた。「荷物をとってこないと」

「荷物なんかいるもんか」と、母さん。「めかしこんじまってさ。あんたのやったことは、子どもたちをつけあがらせるだけで、なんにもならないよ。ものなんかいらないいんだ。これから行くところではね」

それでもスーザンは家にかけこんだ。そして、『スイスのロビンソン』を持って出てきた。

「これを持っていって」と、ジェイミーにさしだす。「あなたのものよ」

母さんは、あやしむような目つきでその本を見た。

「いらないよ。この子がそんなもん持っててなんになるってんだ」

「ぼく、いらないよ」

と、ジェイミー。うれしそうな表情は消えている。なんの表情もない。

「いらないってば！」

「そうです、いりません」と、わたし。

お願いだから持っていかせようとしないでくださいと、声に出さずにスーザンにうったえた。持っていったら、もっとひどいことになります。

スーザンはわたしを見た。あっけにとられている。本をわきにはさむ。

「あなたのためにとっておくわ、ジェイミー。エイダ、バターの世話はわたしがするからね。約束する。蹄《ひづめ》をのばしっぱなしにしたりしないわ」

母さんはジェイミーを門の外におしだした。

「待って」スーザンが言う。「行かなくていいのよ。エイダ。ジェイミー。ここにいていいのよ。どうにかするから。約束する。ここにいていいのよ」

母さんが顔をしかめた。

「あたしの子どもたちをぬすもうとしてるんだね。え？」

「警察《けいさつ》に行くわ」と、スーザン。「警察が話をきいてくれるわよ、エイダ。わたしたちの話をきいてくれるわ。ここにいていいのよ」

そのあとの沈黙《ちんもく》は、永遠《えいえん》につづくように思えた。母さんが息を吸《す》いこんだ。ジェイミーはすすり泣いている。わたしはスーザンを見て言った。

「わたしたちのこと、あずかりたくなかったでしょ」

スーザンは、まっすぐわたしを見かえした。

「それは去年のことよ。今はあなたたちにいてほしい」

でも、ジェイミーは母さんの手をにぎっている。警察に言えば、わたしはスーザンのもとにいられるかもしれないけど、母さんからジェイミーを引《ひ》き離《はな》すことは警察にもできないだろう。母さんはジェイミーをとじこめたことなんてないのだから。

「ジェイミーと離れるわけにはいきません」

スーザンはわたしを見て、それからゆっくりとうなずいた。母さんが何かぶつぶつ言った。そしてジェイミーを道路へと引っぱっていった。わたしはそのあとにつづいた。ふりかえると、スーザンはもう石垣《いしがき》の反対側にいて、バターの背中《せなか》から鞍《くら》をはずしていた。顔をあげない。スーザンは、さよならを言わなかった。

42

通りに出たところで、母さんは足を止めた。

「それはなんだい?」と言って、松葉杖《まつばづえ》を指さす。

「これがあると速く歩けるの」わたしはこたえた。

「まるで歩く必要があるみたいだね」母さんは鼻で笑った。

「わたし、歩けるの」

「長くは歩けまいよ、お嬢《じょう》さま。長くはね」


ロンドン行きの汽車は、疎開《そかい》してきたときよりもさらにのろくて、混《こ》んでいた。通路には兵隊さんたちもいて、荷物をいすにしてすわっていた。わたしが松葉杖をついているのを見て、席をゆずろうとしてくれた兵隊さんがいたけど、母さんはその人をしかりつけ、わたしをおしのけてすわった。その人が何か言いかけたので、わたしはとっさに言った。

「立ったままで平気です。松葉杖があるので――」

言わなければよかった。母さんが目を細めてにらんだ。

「外に出て人に見られてもいいなんて思わせたのは、どこのどいつだろうね」声は小さいけど、かんかんに怒《おこ》っている。「奇形《きけい》であることを見せびらかすとはね。家に帰るまではそれを使わせてやるけど、そのあとはぜったいだめだ」

「でもわたし、歩けるの」

「あたしは歩かないでほしいんだよ。きこえたかい？」

ゴクリとつばを飲む。悪夢《あくむ》よりもひどい。

「エイダはスパイをつかまえたんだよ」ジェイミーがささやいた。

母さんは鼻を鳴らした。

「そんなばかな話があるか」

「エイダ、英雄《えいゆう》になった話を母さんに教えてあげなよ」

わたしはきゅっと口をむすんで首をふった。


汽車をおりたときにはもう夜おそかった。灯火管制《とうかかんせい》が敷《し》かれたロンドンのまっ暗な通りを、あぶなっかしく進む。わたしはかたい縁石《えんせき》につまずいた。暗闇《くらやみ》からきこえるざわめきは、記憶《きおく》にないものだ。でも、じめじめした街からただよってくる、くさったようなにおいは、前と同じだ。

バターのことを考える。バターに乗ることを考える。

母さんは引っこしたそうだ。今働いている工場に近いところだという。

「それに、ピーチクパーチクしゃべってばかりの近所の連中とおさらばできたよ。いいことなんてひとつも言わないやつらとね。今度の仕事は、働くのはやっぱり夜だけど、ちゃんとしてるんだよ。新しい家がきっと気に入るよ。あんたたちがいっしょにいた、いやみな金持ち女の家みたいに高級じゃないが、とってもいいところさ」

「スーザンは、いやみな金持ち女じゃないよ」ジェイミーが言った。

ああ、ジェイミー。だまっていたほうがいいのに。

「そうなったんだよ。おまえたちをあずかったおかげでお金をもうけたに決まってる。服だけは買ってくれたらしいけどね。ところでエイダ、おまえがはいてるのは、なんだい？　ズボンかい？」

「ジョッパーズだよ」

そうこたえたとたんに、言わなければよかったと思った。

「おやまあ、すてきだこと！　で、ここではなんと言うんだい？」

「乗馬用のズボン」わたしはこたえた。「高級じゃないよ。貴婦人《きふじん》たちは、乗馬用のドレスを着るものだから。わたしのは、お金はかかってないの。スーザンが作ったんだよ」

マギーにもらったズボンはすりきれてしまったので、スーザンが新しく作ったのだ。でも、それも言わなければよかった。ほんとうに。

「へえ、お金持ちのご婦人たちは乗馬用ドレスを着るのかい？　おまえが持ってないとは驚《おどろ》きだ」

スーザンは、わたしに乗馬用ドレスを作ろうと考えていたこともある。作るのはきっと楽しいだろうと言ってた。

「あたしのうちでズボンなんかはくんじゃないよ」母さんは言った。「明日、おまえの服を質《しち》屋《や》に持っていって、かわりにおまえに見合うものを手に入れてやるよ。まったく、ずうずうしい女だ。おまえを人前にさらすだなんて」

「わたし、そんなにおかしくないよ」わたしは言った。「足が悪いと頭も悪いってわけじゃないもん」

パシン！

平手打ちされ、わたしはよろめいて後ろ向きにたおれた。ひじが何かかたいものにあたってこすれる。一瞬《いっしゅん》、暗闇《くらやみ》のなかで松葉杖《まつばづえ》を見失った。ジェイミーが手を貸《か》してくれた。しゃべっちゃだめだ。だまっていよう。

母さんのあとについて階段《かいだん》をのぼる。おどり場にぶらさがる裸《はだか》電球がぼんやりとした光を放って、壁《かべ》に影《かげ》が映《うつ》る。何かがさっと走っていくのが見えた。ネズミだろう。ネズミのことなんて忘《わす》れてた。各階にある共同トイレから、廊下《ろうか》ににおいがもれることも、忘れていた。

四階に着くと、母さんが、うすよごれた木のドアをあけた。

「さあ、ここだよ」

小さな部屋が二つのアパートだ。入っていくと、テーブルがあり、流し台があり、ガスこんろ、それにいすがいくつかあった。リノリウムの床《ゆか》にうすっぺらいじゅうたんが敷《し》いてある。流し台の下に戸棚《とだな》はない。わたしのからだが入るような大きなものはない。まず、それをたしかめた。

「どうだい？」母さんが言った。

わたしはゴクリとつばを飲んだ。

「すてきだね」

「気どった子だよ。金持ち根性《こんじょう》をたたきのめしてやるからね」

そう言って、テーブルのそばのいすを持ちあげる。

「これを窓《まど》のそばにおくとしよう。おまえが気持ちよく、外をながめられるようにね」

なんと言えばいいんだろう？　正しいこたえ方も忘《わす》れてしまった。

「ありがとう」

「この家にはお行儀《ぎょうぎ》よい子ちゃんが暮《く》らしているようだ。ほかの二人よりも上だと思っていやがる」

母さんはわたしたちにもうひとつの部屋も見せた。前からある洋服だんすと、新しいベッド。シーツはなくて、ごわごわの毛布《もうふ》が一枚《まい》と、枕《まくら》一つ、マットレス一つだ。

スーザンと暮《く》らすまでは、こういうベッドがあたりまえだった。このアパートだって上等だと思えただろう。二つも部屋があるなんてすごいとさえ思ったかもしれない。

「今日はおまえたちをむかえに行かなきゃならなかったから、仕事を休んだんだ。パブへ一杯《ぱい》やりに行ってくるよ。おまえたちは寝《ね》るんだよ。エイダ、おまえにはバケツがいるね」

どうしてバケツがいるのかと気づくまで少しかかった。

「わたし、トイレに行くほうがいい。ふだんはそうしてるの」

母さんは、ひと言ひと言を区切りながらはっきり言った。

「おまえは、この部屋を、出ては、いけない。わかったかい？　自分の子が奇形児《きけいじ》だっていう恥《はじ》を世間にさらす必要はないからね。どこかほかの場所でならおまえが何をしたって気にしないさ。でも、またあたしと暮らすんだから、あたしの言うことをおきき。はむかったりしたら、思い知らせてやる。おまえは奇形なんだよ。それだけさ。奇形以外のなんでもない。今までずっとそうだったんだよ。わかったか？」

「スーザンはわたしを恥だと思わなかったよ」わたしは言った。

「そりゃ、ごりっぱだ。恥だと思うべきだったのに」

母さんの目がぎらついた。

「はむかってみろ」と言ってジェイミーを指さす。「そしたら罰《ばっ》を受けるのはあの子だ。わかったか？」

「わかった」

母さんは出かけた。ドアがしまると、わたしはバケツに目をやり、それを使った。

ジェイミーといっしょに、暑い寝室《しんしつ》のベッドに横になった。

「眠《ねむ》れないよ」ジェイミーが泣きべそをかいた。「ボブリルがいない」

「スーザンがちゃんと世話してくれるよ」と、ささやく。

「ボブリルがいないと、眠れないよ」

「そうだね。わかるよ」

「ねえ、どうなってるの？　どうして母さんはあんなに怒《おこ》ってるの？」ジェイミーがきく。

「わたしたちが前とちがうから」

「だから？」

わたしは大きく息を吸《す》った。自分のせいのようにも思える。上品ぶって身のほど知らずで、母さんが愛するような娘《むすめ》じゃないんだ。

奇形《きけい》だし。

だけど……母さんはわたしの足を治そうとしなかった。赤ちゃんのときに治すことができたのに。今だって治すことができるのに。治したくないんだ。

母さんはわたしを奇形のままでいさせたいんだ。

そんなのおかしい。

月がのぼった。天井《てんじょう》に光があたってもようを作る。

——奇形以外のなんでもない——

ジェイミーをつついて声をかける。

「わたし、スパイをつかまえたよね」

「そうだね」

「バターに乗れるようになったし、石垣《いしがき》も飛びこえられる。フレッドはわたしを必要としてる」

「うん」ジェイミーは寝返《ねがえ》りを打った。

「読み書きもできるし、編《あ》みものもお裁縫《さいほう》もできる。ダンケルク撤退《てったい》作戦のときには兵隊さんを助けた。マギーとデイジーはわたしのことが好きだよ」

「スーザンはエイダが大好きだよ」と、ジェイミー。

「スーザンはジェイミーのことも大好きだよ」と、わたし。

「そうだね」ジェイミーは鼻をすすった。「ボブリルに会いたいよ」

それにはこたえなかった。母さんが帰ってくる前に、いつのまにか眠りに落ちていた。眠りに落ちながら、わたしは一つの言葉を思い浮《う》かべていた。

〝戦争〟。自分が何と戦っているのか、そしてなぜ戦っているのか、やっとわかった。母さんは、何も知らない。わたしが成長して、今では強い戦士であることを。

43

ジェイミーはおねしょをした。わたしは驚《おどろ》かなかったけど、ジェイミーをはさんで反対側で寝《ね》ていた母さんは、かんかんに怒《おこ》った。ジェイミーのお尻《しり》を思いきりたたき、二度とするなと言った。

「またこんなことしたら、床《ゆか》で寝てもらうよ」

ジェイミーはしくしく泣いた。たたかれるなんて、ひさしぶりだったのだ。

「泣かないで」わたしはジェイミーに両腕《りょううで》をまわして、ささやいた。「泣きやまなきゃ。泣いてるともっとひどいことになるよ」

母さんにはこう言った。

「毛布《もうふ》はわたしが洗《あら》うから」

松葉杖《まつばづえ》と靴《くつ》をとろうと、床に手をのばす。ない。

母さんがわたしの表情《ひょうじょう》を見ている。

「松葉杖がないのかい?」と笑う。

「どうしてもっと小さいころに松葉杖をくれなかったの？」わたしはきいた。

母さんはふんと言った。

「言っただろう。どこにも行かせたくなかったんだよ。おまえの姿《すがた》をだれにも見られたくなかったんだ」

「でも、わたしの足は治ってたかもしれないんだよ。赤ちゃんのころに――」

「はっ。つまりおまえは、そういう話を全部信じてるんだね。あたしだって言われたよ。看護《かんご》婦《ふ》連中は、あたしに金をはらわせて、あたしの赤んぼうとお金をとりあげて、おまえを何か月も病院に入れて、あたしに全部はらえだと。お金と子どもをどうすればいいのか、だれも教えちゃくれないんだよ。どうせ、うまくいかなかったさ。赤んぼうのころのおまえの足は、今の半分も見苦しくなかったよ」

わたしはこの話を理解《りかい》しようと必死になった。でも、ジェイミーはほかのことを考えていた。

「空襲《くうしゅう》があったらどうするの？　どこに行けばいいの？　うちには防空壕《ぼうくうごう》が――」

ジェイミーはそこで口をとじ、恐怖《きょうふ》に目を見開いた。わたしも気づいた。スーザンの家を「うち」と呼《よ》ぶなんて、まちがいだ。

でも母さんは気づかなかったようだ。ただ鼻を鳴らして言った。

「ロンドンに空襲はないよ。今まで一度もなかった。戦争は一年つづいてるっていうのに」

その日は土曜日だったけど、夜は仕事だと母さんは言った。工場は二十四時間やっている。

母さんがベッドの濡《ぬ》れてない部分でうとうとしているあいだ、わたしは朝ごはんのトーストを焼き、お茶をいれた。母さんは起きると、ジェイミーをつれて食べものの買いだしに行くと言った。

「おまえたちの配給手帳はどこだい？」

スーザンが持っている。母さんがあんなに大急ぎで出発したりしなければ、わたしてくれていたかもしれない。

わたしは何も知らないふりをした。

「わからない」

ジェイミーが口を開こうとしたけど、わたしがにらみつけたので、何も言わずに口をとじた。

母さんは文句《もんく》を言った。

「あの、ばか女め。あたしをだまそうとしたにちがいない。今ごろ配給切符《きっぷ》を使い果たしてるよ。砂糖《さとう》や肉をありったけ買いこんでるんだ」

わたしはだまっていた。窓辺《まどべ》に行って、いすにすわる。見るものなど何もない。通りで遊ぶ子どももいない。お店の窓の前に砂袋《すなぶくろ》が積んである。女の人たちが急ぎ足で歩いている。階《かい》段《だん》にこしかけてうわさ話する人なんかいない。

戦時なのだ。

母さんは、いくらかおだやかになってわたしを見た。

「しかたないんだよ。そんな足じゃね。なんの役にも立ちゃしない。おまえは一生奇形《きけい》なんだよ」

母さんとジェイミーが出かけると、わたしはスパイ活動をした。このアパートはすごくきたないので、せめて流し台と床《ゆか》だけでもそうじしたくなったけど、しないことに決めた。母さんが気づいたら怒《おこ》るだろうから。わたしがいすから一歩も動かなかったと思わせたほうがいい。

このアパートに、ものをしまえるような場所はあまりない。台所の戸棚《とだな》には、母さんが長年使っている鍋《なべ》やお皿が入っていた。洋服だんすには母さんの服。新しいのと古いのとがかかっていた。寝室《しんしつ》には小さなテーブルがあって、そこには前のより大きな新しい鏡があった。

わたしの髪《かみ》はぼさぼさだ。母さんのブラシを使ってとかし、きちんと三つあみにした。顔がよごれていたので、流しにあった布《ぬの》と石けんを使ってあらった。またバケツで用を足さなければならなかった。ドアのそばまで持っていって、においがしないようにお皿でふたをした。

寝室の鏡の前にもどる。テーブルには引き出しが一つあった。手前のほうには、ヘアピンや短くなった鉛筆《えんぴつ》や、紙切れが入っていた。最後まで引きだすと、いちばん奥《おく》に、ボール紙でできた小さな箱があった。中には書類の束が入っている。

一番上の書類を開く。

「出生証明書《しょうめいしょ》」と書いてある。

エイダ・マリア・スミス。

深呼吸《しんこきゅう》する。急いで書類に目を通す。求めていた情報《じょうほう》を見つけた。一九二九年五月十三日。仮《かり》の誕生日《たんじょうび》はやっぱりまちがいだったけど、年はあっていた。わたしはほんとうに十一歳《さい》なんだ。

そのすぐ下にジェイミーの出生証明書《しょうめいしょ》もあった。その下には両親の結婚《けっこん》証明書もあった。階段《かいだん》から音がひびいてきた。ジェイミーが大きな声で歌をうたっている。ジェイミー、なんていい子なんだろう、ジェイミー。母さんがドアをあけたときには、書類はもとの場所におさまっており、わたしは何ごともなかったように、いすにすわっていた。

晩《ばん》ごはんに母さんが用意したのは、ゆでたジャガイモとキャベツ、それにかたそうな牛肉ひと切れだった。牛肉は母さんが食べた。配給手帳をとりもどすまで、わたしたちには肉を食べる権利《けんり》なんかないそうだ。

「あのどろぼうネコに送ってよこさせるよ。必要なら警察《けいさつ》に言うさ」

ジェイミーはすっかりしおれてしまい、食欲《しょくよく》がなかったけど、わたしはジェイミーのお皿に野菜をもってやった。

「おいしいよ。少し牛肉の味もするし」そう言ってはげました。

ジェイミーは横目でわたしを見た。わたしはウインクした。ジェイミーはしばらくわたしを見つめたあと、お皿にのったものをひとつひとつ食べていった。

母さんが仕事に出かけようと立ちあがると、わたしは大きく息を吸《す》った。今だと思った。今話すしかない。

「母さんは、わたしたちにいてほしくないんだよね。食べさせたり、世話をしたりしなくてすむなら、そのほうがいいんだよね。ほんとうはいらないんでしょう？　わたしだけじゃなくて、ジェイミーも」

ジェイミーが何か言おうとしたけど、わたしはテーブルの下でジェイミーの足を蹴《け》とばしてだまらせた。

母さんはわたしを見た。

「いったい何ごとだ？　あたしを引っかけようってのかい？」

「今までだってずっと、わたしたちのこと、いらないと思ってたでしょ？　そうなんでしょ？　だから疎開《そかい》先から呼《よ》びもどさなかった。ほかのお母さんたちはみんなそうしたのに」

「いったいなんの権利があって文句《もんく》を言うんだい」と、母さん。「おまえはあそこで、ずいぶんといい暮《く》らしをしていたようだね。気どった服を着て、気どった考え方をして、馬を乗りまわして――」

「わたしたちに何があっても母さんには関係ない。きのうむかえにきたのは、あずけてるとよけいにお金がかかると思ったからだよ」

「そのとおりじゃないか。あの手紙を見ただろう。おまえたちが自分よりいい暮らしをするのに、どうしてあたしがお金をはらわなきゃならないんだい？　おまえはただの――」

「それは関係ないよ」

おだやかに話しつづけようと必死で努力した。ただ事実を引きだしたかった。もう、うそはいらない。

「十九シリングだ。週に十九シリング！　最初はただでよかったのに。週に十九シリングもはらえだなんて。強盗《ごうとう》だ。まるで強盗だよ」

「お金をはらわなくてすむのなら、わたしたちが出ていっても気にしないよね」わたしは言った。「わたしがそういうふうに手つづきするから。ジェイミーとわたしはここから出ていって、母さんはまったくお金をはらわなくてすむように」

母さんはあやしむように目を細めた。

「何をたくらんでいるんだかわからないよ。いったいどこでそんなに言葉をおぼえたんだか。しゃべること、しゃべること」

「わたしの足は、治せるんだよ。今からでもおそくない。奇形《きけい》じゃなくなるの。母さんはわたしのことを恥《は》ずかしく思わなくてすむよ」

頭の中に言葉が浮《う》かぶ。

スーザンはわたしを恥《はじ》だと思ってない。

母さんの顔が赤くなった。

「おまえの足を治すために金をはらうつもりはまったくない」

「赤ちゃんのころなら、かんたんだったんだよ」

「うそだ！　人の話を信じるもんじゃない！　みんなうそだ！　おまえの父親に――」

わたしの父さん。引き出しにあった新聞の切りぬきに、父さんのことが書いてあった。わたしはゆっくりと言った。

「父さんなら治してくれたかも」

ただの推測《すいそく》だ。

「あの男はそうしたがってたよ」と、母さん。「子どもがほしいと言ったのは、あの男のほうだった。おまえのことをだいてゆらしたり、歌をうたってやったりしていた」

わたしの頬《ほお》を涙《なみだ》がつたう。自分が泣いていることに、ようやく気づいた。

「母さんはずっと、わたしたちなんていらないと思ってた。今だっていなければいいと思ってる」

母さんの目はぎらぎらしている。

「そのとおりだ。そう思ってるさ」

「これまでもそうだったんだね」

「悪いかい？　あの男、あたしを変わり者呼《よ》ばわりしやがった。いつも赤んぼうをほしがった。そしたら、生まれてきたのは奇形児だ。それからもうひとり生まれた。そのあと未亡人《みぼうじん》になっちまった。あたしはおまえたちのどちらもほしくなかった」

ジェイミーが小さな声を出した。泣いているとわかったけれど、わたしはまだジェイミーを見なかった。

「それじゃもう、わたしたちをここにおいてくれる必要はないから。お金ははらわなくてすむの。わたしたち、朝には出ていく。二度ともどらないよ」

母さんはテーブルを離《はな》れた。財布《さいふ》と帽子《ぼうし》をとる。ふりかえってわたしを見る。

「金をはらうことなく、おまえたちを手放せるんだね？」

わたしはうなずいた。

母さんは笑った。わたしを戸棚《とだな》にとじこめるときに見せる笑顔だ。

「約束だろうね？」

わたしはこの会話を一生忘《わす》れない。

「約束だよ」わたしはこたえた。

44

ジェイミーとだきあって、二人で泣きじゃくった。ジェイミーの涙《なみだ》がわたしのシャツの胸《むね》を濡《ぬ》らし、わたしの鼻水がジェイミーの髪《かみ》につく。これまで泣いたことがないかのようにワンワン泣いた。

悲しくてつらかった。これまでに感じた足の痛《いた》みよりもひどいぐらい、心が痛んだ。

涙が止まってからも、ジェイミーをだきしめてずっとゆすっていた。ようやくジェイミーが顔をあげてわたしを見た。まつ毛が涙で濡れている。

「ぼく、うちに帰りたい」と、ジェイミー。

「帰るよ。日がのぼったらすぐに出発しようね」

迷《まよ》いはない。今のわたしは道路標識《ひょうしき》も読める。道はわかるはずだ。汽車賃《きしゃちん》は持ってないけど、婦人義勇隊《ふじんぎゆうたい》の事務所《じむしょ》がどこかにあると信じよう。婦人義勇隊の人たちが助けてくれる。

出生証明書《しょうめいしょ》をとりだして、ジェイミーに見せた。

「あんたは一九三三年十一月二十九日に生まれたんだよ。だから七歳《さい》になるんだよ」

結婚《けっこん》証明書も見せた。

「父さんの名前はジェイムズなの。あんたと同じだね」

いちばん下にあった紙もとりだす。新聞記事だ。

〈ロイヤル・アルバート・ドック六人死亡事故《しぼうじこ》〉

「父さんは、あんたがまだちっちゃい赤ちゃんだったときに死んだんだよ。わたしはまだ四歳《さい》だった」

結婚証明書《けっこんしょうめいしょ》と新聞記事は引き出しにもどしたけど、ジェイミーとわたしの出生証明書は、朝の出発にそなえてジョッパーズのポケットに入れた。

ウー、ウー！　ウー、ウー！　ウー、ウー！

あけっぱなしの窓《まど》から音がきこえてきた。どんどん大きく、鳴りひびく。

空襲警報《くうしゅうけいほう》だ。

防空壕《ぼうくうごう》はどこにあるんだろう。

松葉杖《まつばづえ》はない。この不自由な足で遠くまで歩くなんてこと、もうずっとずっと長いあいだ、なかった。

ジェイミーはあわてふためいてわたしの手をにぎった。サイレンの音はますます大きくなる。

「行こう」わたしは言った。

「どこへ？」

わかっているふりをした。

「下へ！」

同じアパートの人たちも、部屋から飛びだしてきて、毛布《もうふ》や枕《まくら》をかかえて階段《かいだん》をかけおりはじめた。こんなに人が多いと、すべりおりることはできないので、わたしは両手で手すりをつかみ、一生けんめい歩いた。人々がおすようにして追いぬいていく。ジェイミーはふるえながら、わたしのシャツにつかまっている。サイレンの音は小さくなってゆき、遠くでものすごい音がひびきはじめた。

爆撃《ばくげき》だ。

暗闇《くらやみ》の街に出ても、何も見えなくてどこへ行けばいいのかわからない。まわりの人の声はきこえたけれど、四方八方へ向かっているようだ。ビルのあいだにさけび声がひびく。わたしはジェイミーの手をつかんで、いきあたりばったりに進んだ。わたしの足で、せいいっぱい速く。どこでもいいから、あいてるドアに飛びこもう。階段をおりよう。

頭の上で爆弾《ばくだん》がはじけた。ガラスの飛びちる音がする。ずっと遠くの港のほうで、空が赤く染《そ》まりはじめた。火事だ。港が火事だ。

後ろのビルが爆発した。ジェイミーとわたしは、その衝撃《しょうげき》で道路にたおれこんだ。わたしの耳まで爆発してしまったように思えた。れんがが雨のようにふってくる、ガラスのかけらや瓦礫《がれき》も。ジェイミーの頭を両腕《りょううで》でおおってやる。ジェイミーはさけんでいるようだけど、わたしにはきこえない。何もきこえない。

よろよろと立ちあがり、ジェイミーを起こしてやる。目の前に開いたドアがあった。くだりの階段《かいだん》がある。防空壕《ぼうくうごう》だ。助かった。

知らない人たちが引っぱりこんでくれた。その地下室は人でいっぱいだ。暑くてじめじめしている。みんな心配そうな顔をして何かしゃべっているけれど、きこえない。まわりの人たちが手をさしだして、やさしくゆすってくれる。お茶はどうかと言ってくれる。ジェイミーの顔の血をふいてくれる。わたしの顔もふいてくれる。

コンクリートの床《ゆか》に、わたしたちの場所をあけてくれた。だれかが毛布《もうふ》をかけてくれた。わたしはジェイミーをだきしめていた。ジェイミーのこと、離《はな》すもんか。ぜったいに。

45

そのあと、わたしたちは眠《ねむ》った。朝になると、防空監視員《ぼうくうかんしいん》がみんなを起こした。

「火事がそこまで来てるぞ。全員、外に出てくれ」

体を起こす。ゆうべ、港が燃《も》えていた。でも、かなり遠いはずでしょ？　そうでしょう？

「何もかも燃えてるんだよ、お嬢《じょう》さん。給水本管《ほんかん》がこわれて、消火に時間がかかってるんだ」

男の人にそう言われてはじめて、自分が質問《しつもん》したことに気づいた。耳がきこえることにも気づいた。まだ耳鳴りがしていたけど、ちゃんときこえはじめた。

ジェイミーをゆりおこす。穴《あな》から出てくるウサギみたいに、少しずつ少しずつ眠りからさめる。

「ぼく、うちに帰りたい」

「うん」

ジェイミーは頭からつま先まで、すすにまみれて灰色《はいいろ》だ。鼻血が流れた赤いあとが首すじにまで残っている。シャツはやぶれ、靴《くつ》は片方《かたほう》なくなっている。わたしも同じぐらい、あるいはもっとひどい様子なんだろう。

「さあ、行こう」

階段《かいだん》をのぼって破壊《はかい》された街に出た。歯がかけたように、ビルのあいだにすきまができている。ほこりと煙《けむり》の幕《まく》で日の光をさえぎられているのに、路上は満天の星のようにきらきらしている。ガラスだ。そこらじゅう、こなごなになったガラスだらけだ。

そのとき、瓦礫《がれき》や破片《はへん》をかきわけながら、小がらな女の人がこっちに向かってくるのが見えた。もわっとした金髪《きんぱつ》が、帽子《ぼうし》の両わきから突《つ》きでている。頑固者《がんこもの》のやせた魔女《まじょ》のようだ。わたしは、信じられない思いで見つめた。口の中で声が干《ひ》あがってしまった。

ジェイミーはそうじゃなかった。

「スーザン！」ジェイミーがさけんだ。

ひもでひっぱられたかのように、その人の顔があがった。口を大きくあけ、こっちへかけてくる。ジェイミーもかけだして、その腕《うで》に飛びこみ、よごれた顔をスカートにうずめた。わたしも追いついた。気がついたときにはスーザンがわたしのからだにも両腕をまわしていた。毛糸のカーディガンに顔があたってちくちくする。わたしはジェイミーの頭の上で、スーザンのからだに両腕をまわした。ぎゅっとだきつく。

「ああ、なんてことなの。たいへんな災難《さいなん》。そして奇跡《きせき》だわ。だいじょうぶよ。二人ともだいじょうぶよ」

46

駅の近くのレストランは、窓《まど》が吹《ふ》きとばされたのに営業《えいぎょう》していた。スーザンはお茶を注文し、それから、からだのよごれを落とすために、わたしたちをトイレにつれていった。

「松葉杖《まつばづえ》はどうしたの?」スーザンがきく。「ああ、エイダ、足がこんなに」

靴下《くつした》をはいているのに、両足が傷《きず》だらけだった。

「靴はどうしたの?」

「母さんにとりあげられました。だから、すぐには防空壕《ぼうくうごう》に行けなかったんです。最初の爆弾《ばくだん》が落ちたときはまだ外にいました」

スーザンはきゅっと口をむすんで、だまっていた。席にもどってからも、スーザンはしばらくだまってすわっていた。ウェイトレスがサンドイッチを運んできたので、三人で食べはじめた。

「ぼくたちをどうやって見つけたの?」ジェイミーがきいた。

「あなたたちのお母さん、手紙をおき忘《わす》れていったのよ。そのなかの一通に住所が書いてあったの。でも、あのアパートは――」

スーザンはいったん口をとじた。

「あのね、残念だけど、やられていたわ。でも、住人たちが避難所《ひなんじょ》からもどってきて、今朝《けさ》、瓦礫《がれき》のそばに立っていたの。そのなかの一人の女の人が、あなたたちが階段《かいだん》をおりていくのを見たと思うって」

スーザンは顔をしかめた。

「その人、階段であなたを追いこしたんですって。あなたがすごくゆっくりだったから。だからわたし、あなたたちが防空壕《ぼうくうごう》にたどり着きましたようにって、祈《いの》ったわ。防空壕をひとつひとつさがしまわっていたのよ。こんなにたくさんあるなんて、知らなかったわ」

それより大切な質問《しつもん》があった。

「どうしてですか？　こっちにもどってしまったわたしたちを、どうしてむかえに来たんですか？」

スーザンは考えこんで、何度も何度もスプーンでお茶をかきまぜた。そのレストランのテーブルには砂糖《さとう》があったけど、たくさんとるのはマナー違反《いはん》だ。

「あなたにもわかると思うけど」スーザンはやっと口を開いた。「事実はひとつだけじゃないのよね。あなたたちのことを決める権利《けんり》がお母さんにある、というのは事実よ。そう思ったから、あなたたちを行かせるしかなかったの。でもね、あのあと、眠《ねむ》れなかったの。そして、あわれなネコといっしょに防空壕にすわっていたとき、気づいたのよ。規則《きそく》がどうであれ、あなたたちを引きとめるべきだったって。だって、あなたたちがわたしのもとにいたのも事実なんだから。わかる？　どういう意味か、わかる？」

「わたしたち、今朝スーザンのところに帰るつもりだったんです」わたしは言った。

スーザンはうなずいた。

「よかった」

何分かしてからスーザンが言った。

「きのうね、できるだけ早い汽車に乗ったのよ。でも、すっごくのろのろしてて、何度も止まってね。そして空襲《くうしゅう》がはじまったから、それ以上進めなくなったの。ほとんど夜じゅう、待避用の線路に止まってたのよ。やっと到着《とうちゃく》したときには、もう夜明けだったわ」

スーザンは話をやめた。ジェイミーの頭がテーブルにぶつかったのだ。ジェイミーは、ぐっすり眠っていた。


スーザンにささえてもらいながら、駅まで歩いた。

「前々から新しい松葉杖《まつばづえ》が必要だったのよね。背《せ》がのびてるから、古いのは小さすぎたもの」

うなずく。細かいことを説明しなくてすんで、ありがたかった。いつか、スーザンに全部話そう。わたしが母さんに言ったこと、母さんがわたしに言ったこと。でも、今じゃなくていい。ずっと先かもしれない。今は考えるだけで胸《むね》が引きさかれそうになる。

ケントへ向かう汽車は満員だった。わたしはスーザンが見つけてくれた席にすわったけど、ジェイミーは座席《ざせき》の下に寝《ね》そべって、スーザンは通路にあった兵隊さんの荷物の上にすわった。汽車は急に止まったり走ったりをくりかえした。わたしは壁《かべ》に頭をつけてうとうとした。ジェイミーがトイレに行きたくなると、兵隊さんたちがジェイミーのからだを持ちあげて、車両のはしまで頭の上を移動《いどう》させてくれた。もどってくるときも同じことをしてくれた。

やっと村に着いて、やれやれと駅の外に出ると、スーザンは、縁石《えんせき》のそばに止まっていたタクシーに手をふった。

「乗りなさい」とわたしに言う。「これ以上あなたを歩かせるわけにいかないわ」

日曜の午前中の静かな村をぬけて、スーザンの家につづく道を進む。両わきに木立のある道だ。スーザンが、いきなり声をあげた。

タクシーをおりると、スーザンが目にしたものがわたしにも見えた。

家がなくなっている。

ドイツ軍の爆弾《ばくだん》が直撃《ちょくげき》したのだ。

村の人口の半分もいるかと思うほどたくさんの人が、瓦礫《がれき》の中に立って、れんがや石を注意深く持ちあげている。その人たちが、止まったタクシーに目をやる。

そして、わたしたちの姿《すがた》を見る。ロンドンでスーザンに再会《さいかい》したときの再現《さいげん》のようだ。みんなびっくりした顔をしている。不安が喜びに変わる。みんなの笑顔、笑い声。

スーザンは口に手をあてて、じっと立ちつくしている。

みんながかけよってくる。フレッド、牧師《ぼくし》さん、スティーヴン・ホワイト、パブのご夫婦《ふうふ》、おまわりさんたち、パイロットたち……。

ソールトン夫人が、スーザンにだきついてワッと泣きだした。

「出かけるって、どうして教えてくれなかったのですか?」すすり泣きながら言う。「出かけたことなんてなかったのに。どうしてだれかに、ひとこと伝えなかったのですか?」

瓦礫の中から灰色《はいいろ》の毛のかたまりが顔を出し、ジェイミーに向かって走ってきた。

「ボブリル!」ジェイミーがうれしい悲鳴をあげた。

瓦礫の向こうに牧草地《ぼくそうち》が見える。わたしは走っていこうとしたけれど、三歩進んだところでフレッドにつかまえられた。

「無事だよ。おまえさんのポニーは無事だ。爆撃されたときは、牧草地の反対側にいたんだろうよ」

フレッドの頬《ほお》に涙《なみだ》のすじができる。

「おまえさんたちだよ、行方不明《ゆくえふめい》だったのは」一瞬《いっしゅん》、言葉をつまらせる。「おまえさんたちだよ、わしらがほりだそうとしてたのは。ゆうべはサイレンが一度も鳴らなくてな。三人ともだめかと思ってたんだぞ」

ジェイミーは、にかっと笑いながらスーザンにぶつかっていった。

「ぼくたちの船、こわれちゃったね」

スーザンはまだぼうぜんとしていたけれど、ジェイミーにせがまれて、ボブリルの頭をなでた。それから、両腕《りょううで》をジェイミーにまわし、わたしと目を合わせた。

「あなたたちを追っていって、ほんとうに幸運だった。あなたたち二人が、わたしの命を救ったのよ」

わたしはスーザンの手の中に自分の手をすべりこませた。これまでにない不思議な思いが胸《むね》をよぎる。広い海のような、太陽の光のような、馬のようなもの。愛のようなもの。ぴったりの言葉をさがす。これだ。

幸せ。

わたしはスーザンに言った。

「それじゃ、わたしたち、命を救い合ったんですね」

訳者《やくしゃ》あとがき

一九三九年、第二次世界大戦がはじまった年に、少女エイダの戦いの物語もはじまりました。右足が不自由で、十歳《さい》までアパートの部屋にとじこめられていたエイダが、学童疎開《そかい》を利用して母親の虐待《ぎゃくたい》から逃《のが》れます。とまどいながらも新しい暮《く》らしに少しずつなじんでいきますが、それと反比例《はんぴれい》するように戦況《せんきょう》が悪化して死ととなりあわせの毎日になります。なんというきびしい物語なのでしょう。読むのが苦しい場面もあるかもしれません。ひどい母親の存在《そんざい》に腹《はら》が立ったり悲しくなったりするかもしれません。でも、きびしい現実《げんじつ》に負けないほどの愛が描《えが》かれた作品でもあります。エイダをとりまく人びとのやさしさや強さを味わい、ほのぼのとした場面やユーモアを楽しみながら、エイダの戦いを最後まで読んでいただけたらうれしいです。

物語の舞台《ぶたい》ケント州は、イギリス南東部に広がる緑豊《ゆた》かな田園地帯です。一九三九年九月、多くの子どもたちが大都市ロンドンからケント州に疎開しました。ヒトラー率《ひき》いるドイツ軍がヨーロッパ各国を攻撃《こうげき》しはじめたこのころ、都市は爆撃《ばくげき》されるおそれがあるため、子どもたちは田舎《いなか》へ避難《ひなん》したのです。エイダたちが暮らしたのは、ケント州の中でもイギリス海峡《かいきょう》に面した村という設定《せってい》です。ほんの五十キロ先に、ヨーロッパ大陸が広がっています。安全だと思われていたこの地域《ちいき》は、開戦翌年《よくねん》の夏から空中戦の舞台《ぶたい》となり、状況《じょうきょう》は一転しました。疎開《そかい》してきた子どもも地元の子どもも、多くが別の地方に逃《のが》れていきました。そんな事実に基《もと》づいて、物語は展開《てんかい》していきます。

おさないころから、とじこめられたり暴力《ぼうりょく》をふるわれたりと、虐待《ぎゃくたい》されて育ったエイダは、心に深い傷《きず》（トラウマ）を負《お》っています。作者のブラッドリーさん自身も、過去《かこ》に虐待を受けた経験《けいけん》の持ち主だそうです。トラウマをかかえた人は、長い時間を経《へ》たあとでも、ちょっとした音やにおいから苦しみを思いだし、パニックになってしまうといいます。毛布《もうふ》でからだをきつくくるむこと、ハーブでにおいを変えることは、ブラッドリーさん自身の経験で効果《こうか》があった対処法《たいしょほう》なのだそうです。エイダの時代と比《くら》べて研究が進んだ今でも、だれにでも効《き》く劇的《げきてき》な治療《ちりょう》方法はありません。トラウマの克服《こくふく》には時間がかかります。

エイダは内反足《ないはんそく》であるという設定ですが、内反足とは、足首から先の部分が内側に曲がった状態《じょうたい》の足のことです。エイダのような生まれつきの内反足（先天性《せんてんせい》内反足）は、千人に一人ほどです。マッサージやギプスでの固定で治るケース、手術《しゅじゅつ》が必要なケースなどさまざまですが、本書にも書かれているとおり、生まれてすぐに治療をはじめれば、ほとんどの場合は不自由のない足に成長するそうです。

戦争についても考えさせられる物語です。第二次世界大戦中は、日本でも、イギリスと同じ理由で学童疎開が実施《じっし》されました。配給制度《はいきゅうせいど》、灯火管制《とうかかんせい》、国民の士気を高めるためのスローガン、防空壕《ぼうくうごう》、そして、空中戦や爆撃《ばくげき》によって多くの命が失われたことも、みな同じだと気づかされ、愕然《がくぜん》としてしまいます。イギリスでも日本でも、人びとは同じ恐怖《きょうふ》におびえて、同じ苦しみや悲しみを経験したのです。こんなおろかなことが二度とくりかえされないようにと願うばかりです。

エイダが夢中《むちゅう》になった馬についても少しお話しましょう。エイダの愛馬バターは、イギリスのウェールズ地方にルーツを持つウェルシュ・コブという種類のポニーだそうです。ポニーとは、背中《せなか》までの高さが一四七センチ以下の小型の馬のことです。読者のみなさんの中にも、ポニーに乗った経験のある人がいるかもしれませんね。乗馬は、技術《ぎじゅつ》だけでなく馬と人との信頼《しんらい》関係がとても大事なスポーツです。馬とのふれあいには、人の心をいやす効果《こうか》もあるそうです。

作中に何度も出てくる『スイスのロビンソン』は、船旅のとちゅう嵐《あらし》で遭難《そうなん》したスイス人一家が無人島でたくましく生きていく物語です。ダニエル・デフォーの『ロビンソン・クルーソー』を下じきに、スイスの作家ヨハン・ダビット・ウィースがドイツ語で書き、一八一二年に出版《しゅっぱん》されました。その後、英語《えいご》に訳《やく》され、英語圏《けん》の国ぐにで広く親しまれました。日本語訳は残念ながら絶版《ぜっぱん》ですが、図書館や古書店で見つかるかもしれません。アメリカで映画《えいが》化もされ、日本では「南海漂流《ひょうりゅう》」というタイトルで公開されました。そのほか、エイダとジェイミーが親しんだ『不思議の国のアリス』『鏡の国のアリス』『ピーターパン』『たのしい川べ』『秘《ひ》密《みつ》の花園』は、いずれもイギリスの作家によって書かれた、おなじみの名作です。

ブラッドリーさんはアメリカ人で、本書もアメリカの出版社《しゅっぱんしゃ》から刊行《かんこう》されました。アメリカでは、毎年冬に、米国図書館協会がすぐれた児童文学をたたえて賞を贈《おく》ります。さまざまな賞がある中でも、子ども向け読み物を幅広《はばひろ》く対象《たいしょう》にしたニューベリー賞は、もっとも歴史が長く評価《ひょうか》も高いものです。本書は二〇一六年ニューベリー賞オナー（次点）作に選ばれました。また、障《しょう》がいをあつかった児童文学を対象《たいしょう》にしたシュナイダー・ファミリーブック賞の受賞作に輝《かがや》きました。いい本というのは、読めば読むほど理解《りかい》が深まります。乗馬も編《あ》みものも文字を書くことも、やればやるだけ上手になると、エイダは学びましたね。読書も同じだと思います。この数か月間、訳者《やくしゃ》として毎日のように本書に向きあえて幸せでした。この秋には、続《ぞく》編《へん》がアメリカで出版される予定で、今から楽しみにしています。

この本を訳すにあたり、多くの方にお世話になりました。中でも、質問《しつもん》に快《こころよ》く答えてくださった作者のキンバリー・ブルベイカー・ブラッドリーさん、原文と訳文を読んで助言をくださった森井理沙さん、訳文完成まで導《みちび》いてくださった評論社編集部の岡本稚歩美さんに、心から感謝《かんしゃ》申し上げます。

二〇一七年七月

大作道子

著者：キンバリー・ブルベイカー・ブラッドリー
Kimberly Brubaker Bradley
1967年、アメリカ、インディアナ州生まれの作家。スミス・カレッジで化学を専攻した。卒業後、編集者などの仕事をしながら、夜間や週末に創作をつづけ、歴史小説を発表。2016年『わたしがいどんだ戦い1939年』で、ニューベリー賞オナー（次点）作とシュナイダー・ファミリーブック賞受賞作に選ばれ、注目される。現在は、テネシー州在住。家族と共に、ポニー、犬、ネコ、ヤギなどの動物に囲まれ、農場で生活している。

訳者：大作道子 Michiko Ohsaku
1964年千葉県生まれ。大学卒業後、会社勤務を経て、ニュージーランドに滞在。帰国後、翻訳を学ぶ。『ハンター』（偕成社）、『プケコの日記』『帰ろう、シャドラック！』（いずれも文研出版）、『ロニーとまほうのもくば』（ワールドライブラリー）などの訳書がある。やまねこ翻訳クラブ会員。

わたしがいどんだ戦い　1939年
二〇一七年八月一〇日　初版発行
◆著　者　キンバリー・ブルベイカー・ブラッドリー
◆訳　者　大作道子
◆発行者　竹下晴信
◆発行所　株式会社評論社
〒162-0815　東京都新宿区筑土八幡町2-21
電話　営業〇三-三二六〇-九四〇九
編集〇三-三二六〇-九四〇三
◆印刷所　中央精版印刷株式会社
◆製本所　中央精版印刷株式会社

ISBN978-4-566-02454-0　NDC933　p.376　188㎜×128㎜
http://www.hyoronsha.co.jp

＊本文中、差別的な用語が使用されている部分がありますが、作品の性質上、そのままといたしました。